千歳《ちとせ》くんはラムネ瓶のなか
5
裕夢
[hiromu]
イラスト／raemz
Chitose kun ha
ramune bin no
naka.5

岩波蔵之介
【いわなみ・くらのすけ】

contents

千歳朔 [ちとせ・さく]
学内トップカーストに君臨するリア充。
元野球部。

柊夕湖 [ひいらぎ・ゆうこ]
天然姫オーラのリア充美少女。
テニス部所属。

内田優空 [うちだ・ゆあ]
努力型の後天的リア充。吹奏楽部所属。

青海陽 [あおみ・はる]
小柄な元気少女。バスケ部所属。

七瀬悠月 [ななせ・ゆづき]
夕湖と男子人気を二分する美少女。
バスケ部所属。

西野明日風 [にしの・あすか]
言動の読めない不思議な先輩。
本好き。

浅野海人 [あさの・かいと]
体育会系リア充。
男子バスケ部のエース。

水篠和希 [みずしの・かずき]
理知的なイケメン。
サッカー部の司令塔。

山崎健太 [やまざき・けんた]
元・引きこもりのオタク少年。

上村亜十夢 [うえむら・あとむ]
実はツンデレ説のあるひねくれ男。
中学時代は野球部。

綾瀬なずな [あやせ・なずな]
あけすけな物言いのギャル。
亜十夢とよくつるんでいる。

岩波蔵之介 [いわなみ・くらのすけ]
朔たちの担任教師。適当＆放任主義。

プロローグ　私のトクベツ

特に別ってなんだか念入りにのけ者にされてるような感じがして、小さい頃から自分に向けられてきた特別という言葉がちょっぴり苦手だった。

こっちの輪には入《はい》れないよって、おんなじにはなれないよって、言われてるみたい。

だからみんないい意味で使ってくれてるんだとわかっていても、そのたびに私はきっと少しだけいじけてて、いじけたかわいくない心は誰とも通わせることができなくて。

好きな男の子も、親友と呼べる女の子も、これまでずっと……。


でもね、見つけちゃった。


いっつも偉そうで、ときどき口が悪い。

へらへらしてて かっこつけ。

悪ぶってるくせに、女の子が相手だとすぐ甘い顔。

いっつも自信満々で、ときどき叱《しか》ってくれる。

にこにこしてて強がりで。
悪ぶったまんま、男の子にもやっぱり甘い顔。
……私を特別扱いしなかった、はじめての人。

どんだけ単純なんだろって思うけど、たったそれだけであっけなく恋に落ちた。
なんとなく透明にぼやけてた毎日は、笑っちゃうほどきらきらと色づいた。
苦手だった特別が、大好きなトクベツに変わった。
ねえ、もしも。

あなたの瞳《ひとみ》が、私だけを映しててくれたらな。
あなたの隣が、私にしか座れない特等席だったらな。
みんなの特別じゃなくてかまわない。
ううん、みんなに特別扱いされたまんまでもかまわないから。

――私はあなたにとって、たったひとりのトクベツがいい。

一章　夏休みの日めくりカレンダー

ひとりぼっちでどうにも退屈な夜の端っこを、ちぎりパンみたいにむしって口に含んでみたら、甘ったるいミルクキャラメルの味がした。

うんと小さい頃、赤白青のくすんだサインポールがおっとり回る近所の散髪屋さんでスポーツ刈りにしたあと、まるでご褒美《ほうび》みたいに手渡された橙《だいだい》色の小さな箱を思い出す。

ころころと四角い十二粒。

毎日ひとつずつ、確かめるようにゆっくり包みを剝《は》がし、何度か浅く噛《か》んでからしばらく舌の上で転がす。そのたびに耳元で箱を振ってみて、がさがさと鈍い音ならたんまりうれしくなり、からからときれいな音なら少しだけ寂しくなった。

七月末、一学期の終業式前日。

冷やし中華とおろし蕎麦《そば》でさんざん迷ったあげく、どちらを選んでも後悔しそうな気がして結局そうめんを茹《ゆ》でてしまった今日は、どうしようもなくそういう夜だった。

つけっぱなしにしていたFMラジオから、八月のひまわり畑みたいに天真爛漫《らんまん》な女性パーソナリティーの声が響いている。簡単な曲紹介を終えてそれがフェードアウトすると、うってかわって一歩後ろからやさしく抱きしめてくれるようにメロウなジャズ。チボリオーディオのスピーカーをすり抜けたどこか遠くで、雨上がりの路地裏めいたアルトサックスの音色がしっとりと踊っていた。

なにをする気にもなれない手持ち無沙汰な隙間《すきま》に収まりのいい居場所を見つけようと、俺は試しに部屋の電気を消してから、寂しさよりも穏やかさに近い心持ちでソファにばふんと寝転がってみる。

こういう時間は嫌いじゃなかった。

なんとはなしに目をつむると、春からの三か月がしゃぼん玉のように浮かんでまた消えていく。たぷたぷとたゆたう虹色の風船には、誰かの白いワイシャツや見慣れない都会の街、熱苦しいグラウンドなんかが映っていた。

明日の午後になれば、ぱちんとスイッチを切り替えたように長い夏休みの始まりだ。

学校のある毎日と休日、どちらが俺にとってのキャラメルだろう、なんて考えてみる。

いまあの箱を振ったら、からからときれいな音がしそうだな、と小さく笑った。

＊

――りるりる、りるりるりるりる。

知らないうちにうたた寝をしていたらしい。

うっすら目を開けると、頭の横に転がっていたスマホがどこか遠慮がちに震えていた。

いつもはチリリリとかしましい着信音も、こんな夜にはなんだかやわらかく感じられる。

ディスプレイには　柊《ひいらぎ》夕湖《ゆうこ》の名前が表示されていた。

時刻は二十二時。

まだ高校生が寝るような時間じゃないが、夕湖がこんなふうにいきなり電話をかけてくるのはけっこう珍しい。約束したデートの時間を過ぎても俺が現れない、なんて自業自得のケースを除けば、事前にこちらの都合を確認してくれることがほとんどだ。

まだ頭のなかにぷかぷか漂うシャボン玉を片っ端からでこぴんで割って電話に出る。

「んあー、どした？」

『あれ、朔《さく》寝てたの？　ごめんね起こしちゃって』

「なぜばれた」

『なんでって、まぬけっぽいから。普段ならもっと余裕ぶって気取った感じで、ようとかおうとか、もしもーしみたいに出るでしょ？』

「俺といっしょに羞恥心《しゅうちしん》まで蹴《け》り起こすのやめてくれません？」

『ほら、声もかすれてる。お水でも飲んでおいで』

「……はい」

まったく、夕湖のこういうところは本当に敵《かな》わない。

俺はラジオを止めて通話をスピーカーに切り替える。

洗面所でじゃぶじゃぶ顔を洗い、キッチンでコップに水道水を入れてがぶがぶ飲んだ。

ようやくすっきりした頭でふうと短く息を吐くと、

『あー』

なぜだかスピーカーから非難めいた声が飛んでくる。

『駄目だよ、水道水そのまま飲んだら』

「都会ならともかく福井で気にしてるやつ いるか？」

『うちはウォーターサーバーのお水しか飲まないけど？』

「そんな洒落《しゃれ》たもんねーよ。だいたい、一説によれば福井県大野市の水道水は日本一美味《おい》しいらしいぞ」

『いや朔ん家《ち》おもいっきり福井市だし』

「ご近所さんみたいなもんだろ……てか、ちょっと待って」

俺はグレゴリーのデイパックからターコイズブルーのBluetoothイヤホンを取り出す。

マイクつきなので、長電話するならこっちのほうが楽だ。

「わりぃ、イヤホンに切り替えてた」

そう言うと、夕湖が不思議そうに答える。

『あれ、前のイヤホン駄目になっちゃってから買ってないって言ってなかったっけ？』

「ああ、このあいだの誕生日にもらっ」

『ふうーーーーーーーーーーーーーーーーーーーーん？』

まだこちらが言い終わらないうちから、たいそう不満げな声が耳に飛び込んできた。

余計なことを口走ったという動揺から、思わずさらに余計なことを口にしてしまう。

「その、に、西野《にしの》先輩から」

『べ！　つ！　に！　聞いてないもん！』

「ですよねごめんなさい！」

いや、どう考えても説明と弁解を求められてるような気がしましたけど？

と、またしても不用意に出かけた台詞《せりふ》はさすがに引っ込めて素直に謝っておく。

それを真っ向から問い質せる間柄じゃないと理解しているからこそ、夕湖《ゆうこ》もはっきり言葉にはしなかったのだろう。たとえ本音はただ漏れだったとしても。

スマホの向こうでぷりぷり頬《ほお》を膨らませている姿が容易に想像できる。

思わず吹き出しそうになったけど、これ以上へそを曲げられてもたまらないのでさくっと話題を変えることにした。

「それより、なんか用だったんじゃないか？」

『そうそう！』

俺の言葉に夕湖はあっさりいつもの調子へと戻る。意識しているのか天然なのか、こんなふうに冗談の線引きを決して踏み越えないところが誰にでも好かれる理由のひとつだと思う。

『朔《さく》は結局あれ参加するの？　八月の夏勉《なつべん》！』

「ああ、申し込みの締め切り明日だっけ？」

『うん！』

藤志《ふじ》高名物のひとつとして知られる夏勉こと夏期勉強合宿。

八月上旬の四日間、海の近くにあるホテルで行われるこの恒例行事は、簡単に言ってしまえばちょっと規模の大きい勉強会みたいなものだ。

対象は一年生を除いた全生徒で、希望すれば誰でも参加することができる。例年、受験を控えた三年生の人数が多い傾向にあるようだが、二年生もわりと少なくはないらしい。

というのも、合宿とはいえ基本的にやることは自習。

期間中、参加者は施設内にあるセミナールームやミーティングルーム、あるいは自室なんかを利用して各々が好きに勉強する。

それだけなら友達とファミレスや図書館へ行くのと大差ないようにも思えるが、最も大きなメリットは主要教科の先生たちが引率してくれることだろう。理解が追いついていない内容やわからない問題があれば個別に質問することができるため、この機会を利用していっきに夏休みの宿題を片づけてしまおうとする人も多いと聞く。

加えて、生徒の自主性を重んじる藤志高《ふじ》ならではというかなんというか、ぶっちゃけ自習をしていなくても咎《とが》められることはない。

実際のところ、三日目は海でぱーっと遊んだり、その日の夜には先生も交えてバーベキューをすることが暗黙の慣例になっているそうだ。

ようは勉強しながら夏休みの思い出もつくれる一石二鳥のイベント、ってところか。

ちなみに学校として参加を推奨しているため、大会やコンテストなんかとかぶりでもしない限り、おおむね部活を休むことが認められている。せっかくの夏休みを練習の記憶だけで埋めたくない運動部連中はかなり参加率が高いらしい、というのがもっぱらの噂《うわさ》だ。

「ちなみに夕湖《ゆうこ》はどうするんだ？」

そう聞き返すと、弾んだ声が返ってくる。

『私は参加するよ！　なんか楽しそうだし、うっちーに勉強教えてもらうんだー』

「そりゃいいな。そんじょそこらの塾よりわかりやすいぞ、きっと」

『うん！　それで朔《さく》は？』

「どうすっかなぁ……」

『えー、いっしょに行こうよー』

正直にいえば、俺は特別に参加したいとは思っていなかった。

部活がない以上、どうせ勉強ぐらいでしか暇を潰《つぶ》せないいし、夕湖たちとは適当に連絡をとって遊べばいい。和希《かずき》や海人《かいと》は放っておいてもうちをたまり場にしようとするしな。

やんわり断ろうとしたところで夕湖がどこか恥ずかしがるような、甘えるような、そしてこちらの反応を探るような声色でそっとつぶやいた。

『朔は私とうっちーの水着、見たくないの？』

「——いやそれは見たい」

俺は迷わず即答する。

『じゃあ、行く？』

「イク、ゼッタイ」

そして一秒で意見を変えた。

ほんの少しの沈黙が流れ、思わずふたりで吹き出してしまう。

『ちょっと朔いまのはきもーい！』

「自分から誘ったのにひどくない?!」

『じゃあ、夏勉までにうっちーと可愛い水着選んでおくね』

「セクシーなやつでもいいぞ」

『……朔《さく》はどっちが好き?』

「がちで聞かれると反応に困るからやめて」

それから俺たちは、学食の冷やラーがしばらく食べられないのは寂しいという程度に雑な雑談をいくつか交わし、互いに行儀よくおやすみを告げて電話を切った。

夕湖《ゆうこ》といると、いつだってこんなふうにペースを握られてしまうな、と苦笑する。

さすがにさっきのやりとりは冗談の延長みたいなものだが、話してるうちに参加してみるのも悪くないかと思い直したのは本当だ。

なんだかんだでこの夏休みが終われば、短い高校生活もいつのまにか折り返し。

来年は多分、進路選択だとか受験勉強だとか、その先に必ずやってくるさよならだとか、今年よりもずっといろんなものを背負っているんだろう。

仲間たちといまのまんまで変わらずに過ごせる時間は、もしかしたらのんびり構えてるほどには残っていないのかもしれない。

もうすっかり目は冴えているというのに、どこかでまだシャボン玉がぷかぷかと漂っているような気がする。

後ろ向きで立ち止まり続けた七か月をなんとか抜け、前向いて走り続けた四か月をそれでも追い越し、まっさらな夏の入り口にたどり着いたいま、とてもチープに想う。

――この日々は、きっと、戻ってこない。


だからはぐらかさず目を背《そむ》けず、まるで気の早い卒業アルバムみたいに、まるであの日のミルクキャラメルみたいに、ひとつずつ、確かめるように過ごしていこう。

たとえばひとりきりの真夜中も、夏休みのささやかな一日も、仲間たちとの慣れたやりとりも、それから……誰かの気持ち、自分の気持ち。

網戸からは生ぬるい夏の風がゆるゆると遊びにきて、気まぐれにまたぷいと出ていく。どこかひんやりと涼しい月明かりが、真っ暗な部屋のなかに射し込んでいた。

もう少し話しててもよかったかな。

なんて考えてしまいそうで、代わりにランニングシューズを履いて外に出る。

ふらふらと、すぐには寝られそうにもない夜だから。

＊

「――はいもう起立！　礼さよなら!!」

翌日、一学期最後のホームルームで蔵《くら》センこと岩波蔵之介《いわなみくらのすけ》先生の本当に呆《あき》れるほど下世話でしょうもない「夏休みの心得」ってやつを長々と聞かされたあと、ようやく俺はそう言った。

半ば強引に話を打ち切るような号令だったが、まわりからは「よくぞやってくれた」という感謝に満ちた視線が飛んでくる。

「ちっ」

おい生徒に向かって舌打ちすんなろくでなし。

蔵センは渋々といった様子で軽く頭を下げてから口を開く。

「おーい、夏勉に参加希望のやつは提出してから帰れよー」

その言葉を合図にして、クラスのみんながぱらぱらと帰り支度を始め、何人かは教壇に立つ蔵センのところへ向かった。

俺も机の中に用意していた申込書を取り出してそれに続く。

「ほい、これもよろしく」

「ふん、教師のありがたい話を煙たがるようなやつの参加はお断りだ」

「そりゃあ誰かさんが、夏休みに付き合って一線越える高校生男女への恨み辛《つら》みを延々と垂れ流すからでしょうに」

「なにが勉強合宿だ。どうせお前らの目的は水着の女子と夜の浜辺で青か」

「――あんたは教育者としての一線を平気で越えてくんじゃねえよ」

まったく、ぶれないなこのおっさんは。

ああだこうだと空《むな》しいやりとりを何往復か重ねた末に申込書を押しつけて自分の席に戻ると、なぜだかなじみの面子《メンツ》が俺を待っていた。

まっさきに浅野海人《あさのかいと》がでかい声をあげる。

「おーい朔《さく》、打ち上げ行こうぜ打ち上げ！」

「なんのだよ」

俺が苦笑まじりに答えると、水篠和希《みずしのかずき》がすかした調子であとを引き継ぐ。

「そりゃまあ、一学期のでしょ」

「お前ら部活ないのか？」

「うちも含めてどうせ明日から嫌ってほど練習するんだ。今日ぐらいは休みに、ってとこが多いみたいだよ。それにこのまま解散でさよならってのは物足りない人もいるんじゃない？」

言いながら、ちらりと斜め後ろに視線を送る。

それに気づいた七瀬悠月《ななせゆづき》は、はふうと色っぽいため息まじりに流れる黒髪をかき上げた。

「なんで水篠がこっちを見るのかは後々けりをつけるとして、私は夏休みでも会いたい人がいるなら自分で誘うけどね」

和希がふっと口の端を上げる。

「へえ？　だったら俺も期待して待ってようかな」

「デートの待ち合わせは東尋坊《自殺の名所》でいいかしら？」

ふたりの物騒なやりとりをよそに、青海陽《あおみはる》がぐいっと俺の腕を引く。

「女バスも今日は休み！　ってことで来るっしょ、千歳《ちとせ》」

「……お、おう」

急に近づいてきた顔に動揺して反射的に身を引こうとすると、小さな手に込められた力が、まるで逃がさないと言わんばかりに強くなる。

「あっれー。ち♡と♡せ♡くんはぁ♡　もしかして陽ちゃんにお手て握られてドキっとしちゃったのかな？」

「まさか、お手入れ不足で飛び跳ねた寝癖が目に刺さりそうだったんだよ」

「あんだとこらぁーッ!!」

なんだかんだお互いに意識してしまっていたのだろう。

いや、あの日から陽とこういうやりとりを交わすことはほとんどなかったので、ひとまずはいつもの調子に戻れてほっとする。

「夕湖《ゆうこ》と優空《ゆあ》もか？」

まだ腕を引かれたままで言うと、先に内田《うちだ》優空がふんあり口を開いた。

「うん、さすがに今日はお弁当も持ってきてないからね」

夕湖がそれに続く。

「もっちろーん!!　ご飯食べたらみんなでカラオケ行こうよ！」

「「「「「「さんせー!!」」」」」」

「カ、カラオケ……」

最後の弱々しいつぶやきは当然のように山崎健太《やまざきけんた》くんだ、念のため。

＊

8番らーめんとの二択で迷った結果、俺たちは蛸九《たこきゅう》に来ていた。

前者はどうせ夏休みにも行くだろうけど、学校のすぐ近くにあるという理由で食べにくることが多かったこの店に集まる機会は、今日を逃すと当分なさそうだからだ。

テーブルの上には各々が好き勝手に注文したお好み焼きやとんぺい焼き、唐揚げ、餃子《ギョーザ》、フライドポテトなんかがところ狭しと並んでいる。

いつも同じものばっかり頼んでいるから気づかなかったが、あらためてメニューを隅から隅まで眺めてみると、ちょっとした定食屋ぐらいのバリエーションがあることに驚いた。

「はいよ、ラストやきそばお待ちっ」

威勢のいい声とともに、銀髪ベリーショートがトレードマークのおばちゃんがどかんと大きな皿を置く。

「あれ、これって……？」

俺は思わずそう言った。

運動部連中にとって定番のやきそば学生ジャンボはひとりで完食するのが基本的なルール。今日はみんなでシェアするからと通常サイズを頼んだつもりだったが、どこからどう見ても慣れ親しんだジャンボサイズだ。

「あんたら今日で学校終わりだろ？　どうせしばらく顔見せないんだから、いまのうちにしっかり食っときな」

「そんなに気前がいいとそのうち潰《つぶ》れるよ。ただでさえ小さいでぇっ?!」

軽口を叩《たた》いたら銀色の丸いトレイですぱんと後頭部を殴られた。

ぐわわんと間の抜けた音が響く。

「あたしが何年ここやってると思ってんだい。はなたれ坊主のひとりやふたりにおまけしてやったぐらいで店が傾くほどやわじゃないよ」

「んなこと言って物理的にもう傾き嘘《うそ》うそごめんて！　ありがたくいただきます!!」

もう一発食らう前に慌てて謝ると、おばちゃんはフンと短く鼻を鳴らしてカウンターの中へと戻っていく。

それを見届けてから、俺は自分を取り囲んでいるくすくす笑いを断ち切るように、ごほごほんとわざとらしく咳払《せきばら》いをした。

　ウーロン茶のグラスを手に取る。

「んじゃま、なにかといろいろあった一学期もなんとか無事に終わったってことで……おい健太《けんた》、乾杯の音頭」

「えぇっ、俺ですか?!」

　とつぜん指名された健太がわかりやすく慌てふためく。

「いろいろの切り込み隊長だろ。最後にびしっと決めとけ」

　俺の言葉に夕湖《ゆうこ》が続く。

「そうだぞ健太っちー！　立派に成長したところ見ないと安心して夏休み迎えられなーい」

　優空《ゆあ》もにっこりと微笑《ほほえ》む。

「頑張って、山崎《やまざき》くん」

　ふたりの声に背中を押されるように、健太は意を決した様子でコーラを持って立ち上がった。

「え、えぇと……。本当になんていうか、ぶっちゃけいまでも自分がみんなとこうしてることが信じられてないんだけど、俺にとってこの一学期は」


「「「「「「かんぱーい!!」」」」」」

　ちりんちりんと澄んだ音を響かせ、テーブルの上で安っぽいグラスが重なる。

「あ、あんまりや……」

「いいかげんこのパターン慣れろよ。ほら乾杯」

立ったままで口をぱくぱくさせている健太《けんた》のほうへ、からからと笑いながらみんながグラスを差し出した。

＊

「えぇっ、悠月《ゆづき》たちもなの⁉」

それなりに箸《はし》が進んだところで夕湖《ゆうこ》が驚いたように言った。

目下の話題は今年の夏勉について。

夕湖、優空《ゆあ》、俺が参加することを話したら、なにげに和希《かずき》、海人《かいと》、健太も申し込んでいたことがわかり、七瀬《なせ》と陽《はる》も右に同じだったらしい。

「うん、そもそも美咲《みさき》ちゃんが引率として参加するから期間中は部活できなくてさ。女バスの二年はみんな行くよ」

陽が苦笑いを浮かべた。

「てか、一応参加費かかるから口には出さなかったけど、あの目は確実に『お前ら全員来い』って言ってたよね。朝は砂浜で走らせるとか言ってたし」

その言葉に七瀬も同調する。

「ほんとそれ！　私たち運動部女子にとって貴重な夏の思い出をなんだと思ってるのか」

「旅先で朝っぱらから砂まみれの汗だくになってる乙女ってどうよ、旦那《だんな》。なんなら腹ぺこで朝食バイキングとかがっつり盛ると思うけど」

話を振られたので素直に答えた。

「端的にたくましい」

「「ですよね～」」

大げさに天を仰ぐ七瀬と陽を見てみんなが吹き出す。

ひとしきり笑ったところで、夕湖が「でもでも」と続けた。

「ここのみんなで行けるなんて超楽しみ！　バーベキューに海に、あと花火とか肝試しとか⁉」

「あ、あくまで勉強合宿なんだけどなぁ」

そう言って頬《ほお》をかいているのは優空だ。

「わかってるけど、うっちーとお泊まりするのだって初めてだし。いっしょに水着買いに行ったり、当日の夜はガールズトークとか……してみたいなって」

前にふたりが晩ご飯を作りに来てくれたとき、似たような話をしていたなと思いだす。

あのときは確か「好きな人の話とか」って、もう少し直接的な表現だったけれど。

「あ、そっちも水着買いに行くんだ？」

フライドポテトをつまんだ指先をちろりと舐《な》めた七瀬《ななせ》が言い、夕湖《ゆうこ》がそれに応じた。

「てことはもしかして？」

「まあ、この機会を逃したら海なんて行けるかわかんないし、せっかくだからね。なによりうちの相方がこの歳にもなってまだスク」

「言うなぁああああああ!!」

唇に青のりをつけた陽《はる》が慌てて会話に割り込む。

「おっと失礼。遅れてきた思春期の真っ最中だったね」

「よーしわかった戦争だ表出ろナナごらぁっ！」

「はいはいお子ちゃまに負ける気はしないでちゅねえウミちゃん」

相変わらずなふたりを「まあまあ」と優空《ゆあ》がたしなめる。

「もしよかったら、悠月《ゆづき》ちゃんと陽ちゃんもいっしょにどうかな？」

陽が勢いよく手を挙げた。

「行く！　悠月こういうの選ぶときめっちゃ説教してくるし、夕湖とうっちーに教わりたい」

「年頃の女子としてあるまじき嗜《たしな》みのなさを見てると、つい」

そんなやりとりを和やかな気持ちで見守っていると、隣に座っているでかい図体がぷるぷると小刻みに震えていた。

「……んみ、み、水着いいいいいいいいいいい!!!!!!!!」

「海人《かいと》うるさい」

俺と和希《かずき》が間髪入れずにつっこむ。

「だってよぉ、夕湖、うっちー、悠月の水着だぜ！　ここ《五組》はパラダイスか?!」

「どうして、わ♡　た♡　し♡　が入ってないのかな？」

「陽はまあその、なんだ、頑張れよ」

「よーしぶっ飛ばす♡」

まったく騒々しい、と和希が呆《あき》れたようにぼやいてから続けた。

「そういえば朔《さく》、今年は花火どうする？」

「ああ、もうそんな時期か」

福井県にもいくつか夏の風物詩となっている花火大会がある。

もっとも知名度が高く、人も多く集まるのは東尋坊《とうじんぼう》のあたりで行われる「三国《みくに》花火大会」だけど、福井市に学校がある俺たちにとって馴染《なじ》み深いのは、足羽川《あすわがわ》の河川敷で行われる「福井フェニックス花火」だ。

八月頭の三日間に渡って開催される「福井フェニックスまつり」の初日を飾るイベントで、毎年およそ一万発の花火が打ち上げられる。

わざわざ会場まで足を運ばなくても市内のいたるところから見られるので、自宅の屋上やベランダから楽しむ人も多い。

中学生ぐらいの男子なんかだと、いつか彼女ができたときに備えて「誰にも邪魔されずふたりきりで花火を見られる秘密のベストスポット探し」とか、一回ぐらいはやったことがあるんじゃないだろうか。

去年の夏はとてもそんな気分になれなかったけど、

「もしあれなら、みんなで行くか？」

今年の夏はなんの迷いもなくそう言った。

和希《かずき》が俺に尋ねたあと、テーブルの向こう側でずっと耳をそばだてていた夕湖《ゆうこ》が真っ先に身を乗り出してくる。

「賛成賛成さんせーいッ!!!!!　私、浴衣《ゆかた》着る！」

その勢いに思わず苦笑しながら言葉を返した。

「じゃあ俺も、夕湖からもらったやつにするか」

「もっちろーん！　お家《うち》まで行って着せてあげるね!!」

「へえ？　浴衣とはいえ夕湖が着付けできるなんて、ちょっと意外だな」

「えと、それはその……うっちーが……私のも」

「だと思ったけどね。『最初に見るのは私』って言ってなかったか？」

「うっちーならいいんだもん!!」

優空《ゆあ》が口許《くちもと》に手を当ててくすくすと笑う。

「はいはい、じゃあふたりで着付けてあげようね」

「うん！」

「それはそれで俺が恥ずかしくない？」

すると、黙って聞いていた七瀬《ななせ》がどこか挑発的に口の端を上げて夕湖を見た。

「ま、そもそも千歳《ちとせ》は自分で着られるけどね」

「そうなの?!」

「お祭りデートしたときに確認済みだから安心していいよ、正妻さん？」

「むっかちーん。はいそのけんか買いましたー！」

わいわいと賑《にぎ》やかな時間が流れていく。

どこまでも終業式の午後らしい一幕だった。

明日から夏休みだという昂揚《こうよう》にふわふわしながらも名残惜《なごり》しさですぐには帰りたくない宙ぶらりんな胸のなかに、なるべくたくさんのお土産を詰め込んでおこうとしていつも以上にはしゃいでしまう。

写真を撮ろうよ、と夕湖《ゆうこ》が言った。

それいいね、とみんなで笑う。

優空《ゆあ》がさっとテーブルの上を片づけ、七瀬《ななせ》はさりげなく前髪を整えて、最後の一個になっていた唐揚げを陽《はる》がひょいと口の中に放《ほう》り込んだ。

強引に肩を組もうとする海人《かいと》の腕を和希《かずき》がうっとうしそうに払い、健太《けんた》は場所を移動したほうがいいのか座っていたほうがいいのかでそわそわしている。

窓から見える青空には、子どもがアスファルトの道路にチョークで描いたらくがきみたいな入道雲がもくもく浮かんでいた。

そのうちのひとつを見て、やっぱり福井には恐竜がいるんだな、なんてのんびり思う。

小上がりの隅っこに置かれたおんぼろの扇風機が、かたかたと息切れしながらそれでもけなげに首を振り、仲間はずれができないようにと一人ひとりを順々に見守っている。

夕湖からスマホを受け取ったおばちゃんが「いくよ」と俺たちにレンズを向けた。

「はい、チーズ」

「「いえーい!!」」

ぱしゃりと、高校二年生のいまが切り取られて、色あせないように保存されていく。

——たとえばいつか遠い夏。

ちりんと鳴る風鈴の音を聞いたときにふと、この瞬間をどうしようもなく懐かしく思いだすような、そんな気がした。

＊

結局、蛸九を出てそのまますみんなで駅前のカラオケになだれ込み、平日フリータイムを利用して時間ぎりぎりまでひたすら唄《うた》い続けてしまった。

最初のうちはそれぞれに十八番《おはこ》を披露したり、いろんなペアのデュエットで盛り上がったりしていたのだが、だんだんとネタが尽きてからは適当な懐メロメドレーを片っ端から入れてマイクを回す。

ちなみに自分の順番の曲を唄えなかったら罰ゲーム。

ドリンクバーで適当に混ぜ合わせた謎ドリンクを一気飲みさせられるという定番のあれをはじめ、無茶振りもけっこうあった。

序盤はだんとつで健太《けんた》が負けてたから安心していたのに、アニソンメドレーに切り替えてからはあいつの独壇場。なんかモニターには表示されないキャラクターの台詞《せりふ》みたいなのまで完璧にマスターしてた。

おかげで全員が等しく一回は罰ゲームを食らっていたはずだ。

店を出てからも少し駅前をぶらぶらして、いよいよ空が夕暮れに染まってきたところで俺たちは解散した。

まるで卒業式の予行練習でもしているみたいに何度も振り返ってばいばいと手を振る自転車組の背中を見届けてから、俺と夕湖《ゆうこ》、優空《ゆあ》も家路につく。

心なしか、いつものふたりよりも歩調が遅い。

普段なら夕湖は両親が車で迎えに来てくれることが多いけれど、今日は優空の家までいっしょに歩きたいと言った。

その気持ちはなんとなくわかる気がして、俺も歩幅をほんのり狭くする。

駅前商店街が淡く撫子《なでしこ》色に染まり、その真ん中を一両編成の路面電車がとことこと走っていた。いつもは寂れた町並みも、こんなふうに化粧をしたらそれなりに悪くないと思えるから不思議なものだと思う。

夕湖がうんと背伸びをした。

「楽しかったねー、もうくたくた」

くすくすと優空がそれに答える。

「私あんなに唄《うた》ったのはじめてだよ。吹部の練習より疲れたかも」

そういえば、と夕湖が続けた。

「うっちーは夏休みどうするの？」

「うーん、これといって特別な予定はないかな。多分いつもどおりだよ。部活行って、勉強して、ご飯つくって」

「夏勉行くのにまだ勉強?!」

「夕湖ちゃん、夏勉参加したら他の日の勉強が免除されるわけじゃないからね？　それに受験のこととか考えたら、少しでも早く動きはじめるに越したことはないし」

「さらに受験?!　高二の夏休みにそんなこと考えてるのうっちーだけだよ！」

「そ、そんなことはないと思うけどなぁ……」

優空は困ったように頰《ほお》をかく。

お構いなしといった様子で、夕湖がその手をとった。

「じゃあ、いっぱい遊ぼうね！」

「じゃあ、の使い方がおかしいけど……うん！」

そんなやりとりに耳を傾けながら、俺はなんだかくすぐったい気持ちになる。

ふたりがこんなふうに仲よくなるなんて、あの頃は想像もしていなかった。

「でもそっかー。朔《さく》も、うっちーも、悠月《ゆづき》も、陽《はる》も、健太《けんた》っちーも、知らないうちにみんなちょっとずつ進んでるんだよね」

夕湖《ゆうこ》がどこか遠くを見ながらつぶやく。

「私も」

とん、と前に出て振り返り、

「——この夏、一歩踏み出してみるって決めたの」

そう言ってくしゃっと笑う。

なにが？　と聞いたりはしなかった。

なんとなく、その気持ちはわかるような気がしたからだ。

隣でやさしく微笑《ほほえ》んでいる優空《ゆあ》も、多分きっと。

だから今日ぐらいは、並んでゆっくり歩いて帰ろう。

夕陽が沈んでしまうまでには、あともう少し時間がある。

＊

そうして迎えた夏休み初日。

本当なら昼までぐっすり眠ったあと、適当に掃除やら洗濯やら野球道具の手入れやらをしてだらだら過ごそうと思っていた。


……朝っぱらにかかってきた電話から、調子っぱずれなラジオ体操の歌が流れてこなければ。


寝ぼけた頭と汗ばんだ身体《からだ》に風呂場で文字通りの冷や水を浴びせ、パタゴニアの黒い短パンの上に白いポケTを着てからテバのスポーツサンダルを履いて家を出た俺はいま、福井駅前に生息するフクイティタンの長い首が上下に動くのをぼんやりと眺めていた。

スマホを確認すると、時刻は八時五十分。

いつもなら学校に行ってる時間だから特別に早起きというわけでもないけれど、身体はまだ半分ぐらいベッドの中にいるような気がした。

起きなきゃと思っている平日はたいていスマホのアラームより先にしゃんと目が覚めるのに、起きなくてもいいと気が緩んでる休日は延々と寝ていられるのはどうしてだろう。

言葉にすれば当たり前のようにも感じられるが、ふと冷静になるとけっこう不思議だ。

そんなことを考えていると、とん、と後ろから肩を叩《たた》かれる。

すらすら解けた宿題の答え合わせをするみたいにのんびり振り返ると、

「さあ、冒険に出かけよう」

西野明日風《にしのあすか》こと明日姉《あすねえ》がいたずらっぽく微笑《ほほえ》んでいた。


偶然にも俺と同じパタゴニアの青いショートパンツに白のプリントTシャツ、黒のシンプルなバケットハットをかぶり、足下はチャコのスポーツサンダル。背中にはフェールラーベンの四角いカンケンバッグを背負っている。

いつもとずいぶん印象が違うアクティブな装いとは裏腹に、ほとんど日焼けしていないようなじゃ大胆に晒《さら》された太ももがやたら白々しい。

俺が黙っていると、明日姉が恥ずかしそうに足の指をきゅっと丸めた。その爪《つめ》には淡い桜色のマニキュアがうっすらと丁寧に塗られている。

「な、なにか言ってよぉ」

「ペアルックみたいで恥ずかしくない？」

「ひどい！　昔、朔兄《さくにい》がこういう格好しろって!!」

「妹にコスプレさせてるやばい兄貴みたいに言うのやめて？」

ぶすっと唇を尖《とが》らせてる様子を見て、俺は思わず吹き出してしまう。

「冗談だって。普段とギャップがあって正直どきっとした」

「……本当？」

「『レオン』のマチルダみたいに魅力的だ。あとで黒のチョーカーを買ってあげよう」

「それはちょっと違くない？」

明日姉が可笑《おか》しそうに肩を揺らす。

せらせらと無邪気な表情には、どこか少女だった日の面影があった。

そういえば、と思う。

あの頃は夏休みだからこそ、こんなふうに早起きしてたっけ。

寝坊なんかしてたらもったいないって、まるでぽっけにねじ込んだ宝の地図を片っ端から塗りつぶそうとしているみたいに。

やがて歩き出す楽しげな影法師が、なんだか今日はふたまわりほど小さく見えた。

＊

福井駅から電車で揺られること約二十分。

俺たちは「一乗谷」と書かれた看板がぽつんと立っているホームに降りた。

ぐるりと周囲を見回してみると、呆《あき》れるぐらい絵に描いたような田舎の駅だ。

改札なんて当然のように見当たらず、申し訳程度の小さな待合所がひとつだけ。

あたりには人っこひとりいない。

目に映るのは青々となびく田んぼとこぢんまりした山並み、のっぽな鉄塔、ところどころに点在する古びた民家。

どこまでも広がる空から、夏の陽射しがこれでもかとたぷたぷ降り注いでいる。

大きく息を吸い込んでみれば、むせ返るような熱気に乗って土と緑の匂いがした。

「にしても、なんでまた」

思わず俺はそうつぶやく。

朝、電話で告げられたのは「デートをしよう」というお誘いと集合場所だけ。

そりゃあ駅前でショッピングというタイプでもないだろうけど、まさかこんな辺鄙《へんぴ》なところに連れてこられるとは思っていなかった。

明日姉《あすねえ》はどこかわくわくした表情で口を開く。

「言ったでしょ、久しぶりにふたりで冒険してみたかったの」

「『スタンド・バイ・ミー』みたいに？」

古い映画の名前を口にすると、

「どっちかっていうと『黒と茶の幻想』かな」

俺も読んだことのある小説の名前が返ってきた。

元同級生の壮年男女四人が、おそらく屋久島を舞台としたY島を歩きながらいろんな話をするという、ただそれだけの物語が妙に印象的だったことを覚えている。

「私たちはもう、少年少女じゃないから」

からかうようなその口調に合わせて言葉を返す。

「かといって壮年でもないって。例に出すなら同じ恩田陸でも高校生が主人公の『夜のピクニック』だと思うんだけど、明日姉のことだからあえて？」

「……そっちは未読なんだもん」

「わりと雑な理由だった！」

恥ずかしそうに顔を背《そむ》ける様子を見て、我慢しきれずに頬《ほお》を緩めてしまう。

こと小説に関して、この人が俺の知らない作品を読んでいることはあっても、その逆というのは多分はじめてだ。

まあ普通に考えたら当然にあり得ることだけど、それでもまたひとつ、明日姉の知らない一面に触れた気がして少しだけうれしくなる。

「まあまあ、今度貸してあげるよ」

「……いい、読みたい本は自分で買う主義だから」

「悔しがってんの？」

「がってません」

つんとして先に歩き出す背中を追いかけながら、なんだかどうしようもなく楽しくなってきて、俺はにっと笑った。

＊

一乗谷と呼ばれるこのあたりは、戦国時代に越前国《えちぜんのくに》を治めていた朝倉氏の本拠地があったことで知られる地域だ。なんでも当時の城下町の跡が非常に良好な状態で発掘されたとかで、国の重要文化財にも指定されている。

近くに遺跡資料館なんかもあったはずだが、まあ夏休みにデートで行くこともないだろう。とはいえこれといった目的地もなかった俺たちは、ひとまず一乗滝のほうへ向かってみることに決めた。こちらも一応、福井の誇るささやかな観光名所のひとつで、佐々木小次郎が燕《つばめ》返しを編み出した場所だと伝えられているらしい。

スマホで道順を調べると、ここから徒歩で約一時間半。

歩いて話すことそのものが目的なら、ちょうどいいぐらいの距離だ。

駅を出てほんの少し行くと、すぐ県道十八号に出る。あとはほとんど道なりに進んでいくだけなので、最後にもう一度だけ地図を確認してからスマホをしまった。

「このへんてさ、自然の家の近くだったんだね」

俺が言うと、隣を歩く明日姉《あすねえ》が不思議そうな顔でこちらを見た。

「宿泊学習の？」

「そうそう、明日姉も小学校のとき行った？」

「うん、懐かしいなあ」

福井市少年自然の家は、小さな山の中腹にある公共の社会教育施設だ。体育館やちょっとした広場、野外の炊事場やクラフト場なんかがあり、市内の小学生はたいていここで一泊二日の宿泊学習を行う。

まあ、学習とはいっても、みんなでキャンドルや焼き杉プレート作り、飯ごう炊さん、肝試しにキャンプファイヤーなんかをして過ごすお楽しみイベントみたいなものだ。

なんとはなしに話を続ける。

「あの頃はとんでもない山奥の秘境に来てしまった。なんて思ってたけど、市街地から電車でたったの二十分か」

「でもその気持ちはわかるかも。当時は学校の図書室で借りたシャーロック・ホームズシリーズとか少年探偵団シリーズを読んでたから、殺人事件とか起きそうってちょっと怖かった」

まだ小さな明日姉が古びたハードカバーを抱えながら怯《おび》えているところを想像すると、その時間を隣で過ごしてみたかったなと当《あ》て所《ど》なく思う。

歩いているうちに足羽川《あすわがわ》をまたぐ鉄橋が見えてきて、手前で道が二手に分かれていた。

どちらを選んでも大差はなかったはずだが、と思ったところでちょんと肩をつつかれる。

「ねえ、これで決めよ？」

にひっといたずらっぽく笑う明日姉《あすねえ》の手には、どこでいつのまに拾ったのか、それなりにしっかりした木の枝が握られていた。

「男の子心くすぐるもの持ってんね」

「でしょ？　君もこういうの好きだった？」

「道ばたに転がってたら絶対に拾う派でした」

「言われてみれば、夏休みに遊んでたときもそうだったね。剣みたいに振り回して、なんだっけ、たしか名前とかつけ……」

「おっと嬢ちゃんそこまでにしておきな」

黒歴史を掘り起こされそうになったところで、俺は強引に続きを遮《さえぎ》る。

男の子には誰だってそういう時期があるもんだ。

福井に生まれた以上、九頭竜川《くずりゅうがわ》には九つの頭を持つ伝説の竜が封印されていて……とか妄想しちゃうのはお約束だと思う、誓って本当に。

明日姉が木の枝を地面に立て、そっと手を離す。

からん、と倒れた先が示したのは、脇道に逸《そ》れずこのまま真《ま》っ直《す》ぐ進む方向だ。

そこらへんに放っていくのも名残惜《なごり》しい気がして、俺は木の枝を拾っておく。

再び歩き出したところで明日姉が言った。

「宿泊学習といえば」

先ほどの話題の続きだろう。

「君はあそこのお風呂ってどんなだったか、覚えてる?」

意図の読めない質問だが、とりあえず素直に答える。

「これといって思いだすことはないけど……」

だよね、と笑って明日姉が続けた。

「私がお風呂に入ったときさ」

「まさか覗《のぞ》かれた?!」

「まっさきに思い浮かぶのがそれ?」

「だって男子のあいだで絶対に誰かは言い出す定番のネタだし」

「……もしかして君も?」

その疑《うたぐ》るような視線にはいつもの軽口で応じる。

「俺は自分で実行する度胸はないけど他の野郎が気になるあの子の裸を見るなんて絶対に許せないから先生にチクる系男子」

「行いは正しいのに理由がひどい」

「ちなみに最初は注意せずにある程度泳がせてから、言い逃れできなくなったところで取り押さえるのがポイントだ。女子からはヒーロー扱いされる」

「おまけにやり口も最低だった」

明日姉《あすねえ》は呆《あき》れたように首を振り、からかうように覗《のぞ》き込んでくる。

「じゃあ、もし私が男の子に見られちゃったたって言ったら、朔兄《さくにい》はどうするの？」

「そいつをオーブンでこんがり焼いて塩胡椒《しおこしょう》ふってからフクイラプトルの餌《えさ》にするけど？」

「ふふ、うちのお父さんみたいなこと言うんだね」

「……それはちょっと嫌」

たわいもないやりとりに、顔を見合わせてふたりでぷくぷく笑った。

「それでお風呂に入ったときのことなんだけどね」

そのまま少し歩いてから、明日姉が仕切り直しとばかりに口を開く。

「私も含めて学校の友達とお泊まりするのが初めてっていう子も多かったし、みんなとびきりはしゃいでた。『どんなパジャマ持ってきたの？』とかさ。だけど……」

ふっと、栓を抜いたように声の調子が変わった。

「そこに、椅子《いす》と桶が積まれてたんだ」

もう一度話の腰を折るつもりはなかったが、相づちのつもりで応える。

「まあ、風呂場だし？」

「もちろん。でも普通は銭湯や温泉に行ってもそこにはすでに他のお客さんたちがいて、身体《からだ》を洗ってたりするじゃない？　その日は私たちが最初だったから……」

三角なの、と明日姉が言った。

「椅子も、桶も、それぞれ隅のほうで整然と三角形に積み上げられててさ。後ろにある大きな窓からは夕陽が真《ま》っ直《す》ぐ射し込んでた」

少しだけその情景を想像してみる。

曇った鏡も年季の入ったタイルもたゆたう湯船も、真っ赤に染まった浴場。ふたつの三角形とそれを見つめる一糸まとわぬ少女たち……は、あんまり具体的に考えないようにするけれど。ともすれば、ちょっとした絵画のように幻想的な光景かもしれない。

「それで、私たちどうしたと思う？」

「ジェンガでもした？」

明日姉はくすっと笑ってから、ふるふると首を横に振る。

「なにもできなかったの。みんなしばらくその三角形の前でぼんやりと立ち尽くして、やがて誰からともなく身体を洗い始めた。椅子と桶は使わずに。なんだかとても不思議な時間で、高校生になったいまでも忘れられないな」

それで話は終わりのようだった。

こちらの反応を窺《うかが》うでもなく、明日姉《あすねえ》は「このあたり、蛍が見られるんだ」なんて呑気《のんき》につぶやいている。

「三角形って神秘的だよね」

俺がぽつり言うと、少しだけ驚いたような瞳《ひとみ》がこちらを見た。

「ピラミッドとか富士山とか、六芒星なんかもそうか。なんか畏敬の念を抱くというか、触れがたい感じしない？　……ほら、女の子のショーツなんてまさに！」

「照れ隠しの軽口にしても最後のはあんまりじゃない？」

ばればれだった。

思いつきを口に出したはいいが、なんか気取ったことを言ってるように思えて途中から恥ずかしくなったのだ。

ふうん、と明日姉が短く息を吐く。

「言われてみれば確かにそういう雰囲気はあったかもしれない。だから私たちは尻《しり》込みしちゃった、って君は考えてるの？」

「いや、べつに謎解きじゃないんだし答えなんてないよ。ただの雑談。けど、情景を想像してみたら俺はそんなふうに感じたかな」

「……情景を、想像……」

「自主規制入れたからね!?」

こほんと咳払《せきばら》いして、自分でもどこまでが冗談か本気かわからない調子で続けた。

「きっと、明日姉たちの見た三角は青春に似ている」

つかの間の沈黙が流れ、

「んと、どう解釈すればいいのかな?」

明日姉がどこか戸惑いがちに言う。

「前の利用者かスタッフの人かは知らないけど、それは誰かが作ったものでしょ。癖もあれば細かなずれもある。誰かが崩してしまったら、たとえもう一度積み直したとしても、まったく同じ光景は二度と見られない」


そこで言葉を句切り、手にしていた木の棒でこつんと地面を叩《たた》いた。

「――だから少女たちは、いつまでも終わらせたくない時間をきれいな三角形に重ねた」

こつん、こつん、こつん、と静けさが鳴る。

さっき小説の話なんかしたからだろうか。

それとも、君とまた夏休みを歩けることに浮かれているのだろうか。

どうにも上滑りしてしまった台詞《せりふ》を茶化して締めようとしたところで、

「――それはとても、素敵な読み方だね」


明日姉《あすねえ》がくしゃっと笑った。

そうだった、と俺も頬《ほお》を緩める。

高校で出会ったふたりの過ごしてきた時間は、いつだってこんなふうだった。

夏の日の蜃気楼《しんきろう》みたいに儚《はかな》げで、どこか打ち水のようにたおやかで、ひとつひとつの言葉をとても丁寧に紡ぐこの人を繋《つな》ぎ止めようとするように、俺も自分のなかにある言葉を何度も手探りしたっけ。


からん、ころん、からん、と静けさが踊る。


ただ話をしているだけでいい。

そう思える初恋《ひと》だった。

＊

私、西野明日凪はこっそり隣を歩く男の子の横顔を盗み見る。

普通、あんな話をしたら「それで？」とか「オチは？」とか「結局なにが言いたかったの？」なんて返されても仕方ないと思うけれど、朔《さく》くんはそうしない。

君とのこういうなんでもない会話が、時間が、私は大好きだった。

遠い夏のあぜ道が浮き輪みたいにぷかり浮かんでくる。

あのときも、ふたりでいろんな想像を膨らませながら歩いていたっけ。

「そういや殺人事件といえばさ」

まんまと気に入ったのか、まだ木の棒を持ってる朔くんが言った。

一瞬なんのことかと思ったけれど、先ほど自分が口にした単語であることを思いだす。

「宿泊学習のとき、なんかサポートのお兄さんお姉さんみたいな人たちが三人ぐらいいたんだよね。それぞれにあだ名があってさ」

「ああ、いたかも」

かなり曖昧《あいまい》な記憶によれば、胸に名札とかをつけていた。

「そのなかのひとりが『カリメロ』って名乗ってたんだ」

「カリメロって……あの卵の殻をかぶった黒いひよこの？」

たしかアニメかなにかの、けっこう有名なキャラクターだ。

朔《さく》くんはなぜだか少し困ったように微笑《ほほえ》んで続けた。

「間違いなく、本人はそのつもりだったと思う。卵の殻に似せようとしたんだろうけど、つばをギザギザに切った安物の白いシルクハットかぶってたし。ただ、服装は黒じゃなくて全身黄色だったな。おまけになぜだか、パーティーの飾り付けなんかで使うショッキングピンクのモールを首に巻いてた」

手持ちに黒い服がなくて代わりに全身黄色、っていうのは逆ならともかくちょっと考えづらいから、子どもたちの前では黄色いひよこのほうが明るくていいと思ったのかもしれない。モールも同様の理由だろう。

「かなり賑《にぎ》やかな格好だけど、小学生には人気出そうだね」

「実際そのとおりで、男子も女子もみんな懐いてた」

ただ、と心なしか声の調子が低くなる。

「俺はそれがどうしようもなく怖かったんだ」

「怖かった……？」

予想外の言葉に思わず聞き返した。

そもそもヒーローみたいだった朔兄に怖いものがあったってことがまず意外すぎて可愛くて、いっしょにお布団入ってよしよし大丈夫だよって寝るまで明日姉《あすねえ》モードで背中をさすってあげたいんだけど……こほん、いったんその気持ちには蓋《ふた》をしておきましょう。

じつは朝からずっと浮かれっぱなしの心を静めていると、朔くんはこくりと頷《うなず》いた。

「知らなかったんだよ、キャラクターのカリメロを」

まあ見たことあるけど名前を知らないって人はわりといそうだから、それ自体はさして不思議な話でもない。

けれど、どうしてそれが怖いに繋《つな》がるんだろう。

私は黙って先を促す。

「その前提がないと、カリメロってなんとも不気味な響きだと思わない？」

カリメロ、と私は口のなかでつぶやいてみた。

朔くんがそうしてくれたように、キャラクターを知らない自分になって想像してみる。


カリメロ、カリメロ、カリメロ。


……言われてみれば、たしかに。

無機質で意味をもたないカタカナの文字列が、シリアスにも、コミカルにも、どこか狂気的な名前にも聞こえてくる。

なぜだかすうっと温度が下がったように思えて、慌てて首を振った。

「元ネタを知らないと、見た目は完全に危ない人だからね。子ども向けに演じてくれてたんだろうけど、言動や振る舞いなんかも妙にずれてたり大げさだったりして」

楽しい宿泊学習にとつぜんやってきた得体の知れない奇妙な男。

まるでパントマイムのような身振り手振りで語りかけてくる。


『やあ、みんな僕のことはカリメロって呼んでね』

『ねえ、とっても楽しい遊びを教えてあげよう』

『ほら、男の子も女の子もこっちにおいで』


なんて、想像してみるとけっこう、いやかなり怖いかもしれない。

朔《さく》くんが短く息を吐いた。

「そんな薄気味の悪い男にクラスメイトたちが次々と吸い寄せられていく。俺には山奥に現れた殺人ピエロにしか見えなかったね。みんな知らないうちに洗脳されて、真っ暗な森の奥へと連れ去られちゃうんだ、って」

キャンプファイヤーが子どもたちの影を頼りなく揺らす夜。

ギザギザのシルクハットをかぶった黄色いピエロがにいっと笑っている。

カリメロ、遊ぼうよ。

カリメロ、次はなにを教えてくれるの？

カリメロ、もっと楽しいところに連れてって。


カリメロ、カリメロ、カリメロ、カリメロ、カリメロ――――。


ぞくっと、背筋に寒気が走って私は思わず朔くんの背中を叩《たた》く。

「ちょっと！」

ぱちんと、けっこういい音がした。

「真剣に君の心情と場景を想像してたら本気で怖くなっちゃったよ」

「でしょ？　明日姉《あすねえ》ならそうなると思ってた」

朔くんの顔には、してやったりという色が浮かんでいる。

「いまになってみればとんだ笑い話だけどね。なるべく遠巻きにしてたのに、気づいたら背後から声をかけられてたときなんか、比喩《ひゆ》ではなく心臓が飛び出すかと思ったよ」

べつになんでもないことなのだ。

きっと、朔くんが仲間はずれみたいに見えて気を遣ったんだろう。

それにしても、と思って口を開く。

「知らないは怖い、なんだね。子どもを楽しませようと頑張るお兄さんが、恐怖の殺人ピエロへと変貌《へんぼう》してしまうほどには」

朔《さく》くんがぽりぽりと照れたように頰《ほお》をかくのを見て続けた。

「幽霊の正体見たり枯れ尾花、ってやつだ?」

「お馴染《なじ》みのことわざでまとめられると謎に悔しいな」

「まあ、逆に知ってるからこそ怖くなることもあるけどね」

「そう?」

私はきゅっとTシャツの裾《すそ》を握る。


「──たとえば初恋のあとに訪れる二度目の恋みたいに」


言うだけ言っておいて、君の顔は見られなかった。

ずるいな、いまのは。

だけどもう、私に残されてる時間はそんなに長くない。

くすっと短い笑い声のあとに、朔くんが口を開く。

「たとえば毎年訪れるインフルエンザの注射みたいに?」

なにそれ、笑ってあげない。

ぷいっとわざとらしくそっぽを向く。

ねえ、気づいてる？

私がこんなふうに、まるで小説みたいに話せる場所は、君の隣《ここ》だけなんだよ？

君があんまり真摯《しんし》に私の言葉を聞いてくれるから。

君があんまり一生懸命に自分の言葉を返してくれるから。

それがかわいくて、うれしくて、いとおしくて、ときどきはっとさせられて、だからもっとずっと、君の声に耳をすましていたくなるの。


ただ話をしているだけでいい。

そう思える初恋《ひと》だった。


すぐ隣を流れている川がちゃぷちゃぷと穏やかにせせらいでいる。

うなじを一滴の汗がつつうと流れた。

しっかり日焼け止めを塗ってきた肌が、それでもちりちりと焼けていく。

ぺたん、ぺたんと歩くサンダルの裏側が溶けちゃいそう。


ああそうか、と唐突に実感する。

──私にとってはこれが、朔兄《さくにい》と過ごせる最後の夏休みなんだ。

「明日姉《あすねえ》？」

ちょっと不安げに名前を呼ぶ君に、思いきりべえっと舌を出した。

＊

道草を食いながらのんびり歩いていたせいで、二時間ほどかけて俺と明日姉はようやく一乗滝の駐車場にたどり着いた。

時刻はもう正午前だ。

夏はけっこうな人で賑《にぎ》わう場所だが、まだ七月末の平日ということもあってか他に先客は見当たらない。

「あぢぃ」

とっくにびしょ濡れのTシャツで汗をぬぐいながら言った。

「ねえ、どうして私たちこんなことしてるの？」

「ちょうど俺も気になってたのでぜひご自分の胸に聞いてみてくれませんかね？」

いつもは涼しげな明日姉も、さすがにバケットハットでぱたぱたと顔をあおいでいる。その額にはうっすら汗が滲《にじ》んでいた。

じゃわじゃわとあたりを囲むセミの声がいっそう暑苦しさをかさ増しさせている。

それをかき分けるようにしばらく進むと、ほどなく佐々木小次郎の銅像が見えてきた。

ようやくたどり着いたというへとへとの達成感と、もうどうにでもなれというまっさらな解放感で俺はその前に立ち、明日姉のほうを見てにやっと笑う。

手にしていた木の棒を両手で上段に構えて、

「秘剣・つばめ返しッ!!」

そのまま袈裟《けさ》懸《が》けに振り下ろし、間髪入れずもう一度上方に斬り上げた。

「……」

「…………」

「……………」

「………………………」

「ねえせめてつっこんで?!」

「えと、もしかして、君がずっと木の棒持ってたのはこのため？」

「冷静な指摘はやめろ！」

「か、かっこよかったよ朔兄《さくにい》……？」

「やめて心が痛い」

「小次郎敗れたり」

「いますぐ介錯《かいしゃく》してください」

そんなやりとりを交わし、ふたりでけたけた笑う。

俺はようやく手にしていた棒を手頃な茂みに還した。

あたりは一面が深々とした緑に覆われており、その真ん中を貫くように澄んだ川と細い砂利道が延びている。

屋根が青く苔《こけ》むした東屋《あずまや》を通り過ぎると、さぁーっと糸を引くような音が聞こえてきて、すぐに高さ十メートルほどの滝が視界に入った。

迫力には少し欠けるが、どこかしみじみと静謐《せいひつ》な趣《おもむき》がある。

小学生でも滝壺《つぼ》に入って遊べる程度の水深しかないここは、夏休みの子どもたちにとって格好の遊び場だ。

あとほんの数日もすれば、きゃっきゃと賑《にぎ》やかな喧噪《けんそう》が木霊《こだま》するんだろう。

「んー、気持ちいい」

隣を歩いていた明日姉《あすねえ》がぐっと両手を上げて背伸びする。

俺もそれに倣い、大きく深呼吸をした。

うるうると瑞々《みずみず》しい空気の粒ひとつひとつが、流した汗のかわりに染み渡っていくようだ。

「明日姉、きっとここにいたらお肌きれいになるよ」

「いまでも透き通るような雪肌《ゆきはだ》ですが？」

「ほら、今年でもう十八だしそろそろ将来に備えて」

「あー歳の差ネタ禁止!!」

むんずと明日姉が俺の手をとった。

そのまま自分の頬《ほお》に当てて「ほら！」と得意げに言う。

作りたての白玉みたいにやわらかく、午後のそよ風みたいになめらかな肌が触れた。

それがあんまり心地よくて、ほとんど無意識のうちに指先をつつうと滑らせる。

「んっ」

明日姉がくすぐったそうな声をあげた。

互いのつま先が触れそうな距離で向かい合うふたり。

潤んだ瞳《ひとみ》で見上げてくる女の子の頬を、男の子がそっと撫《な》でる。

男の子は軽く湿らせてから唇を開き、

「どうすんだよこれ」

いちおう手は添えたままでげんなりしたように言った。

ここからもうキス以外にすることある？

薄々感づいてはいたのだろう。

明日姉《あすねえ》は真っ赤な顔で目だけを逸《そ》らす。

「わ、私のせいでしょうか？」

「少なくとも、きっかけを作ったのは先輩ですね」

「でも君がうっとり撫《な》でたりするから変な雰囲気に」

「ぐッ、じゃあ両成敗ってことで――」

がしっと、今度は俺のほうから手を握った。

「え、なになに？」

「決まってるだろ、煩悩を振り払うんだよ」

「それってもしかしなくても」

「れっつ滝行！」

わいわいわめく明日姉を引きずってじゃぶじゃぶと川のなかに入り、

「「きもちーーー!!」」

思わずふたりで叫んだ。

凛《りん》と冷たい水が火照《ほて》った足先にひんやりとまとわりつく。

冷蔵庫を開けたときのように涼やかな風が吹いた。

ふたりを包み込む滝の細かなしぶきは、まるで天然のミストシャワーだ。

「もう！　私たちこんなのばっかり！」

明日姉がばちゃばちゃと水をかけてきた。

「いつか言ってたろ？　暑くなったら川に飛び込んで水遊び！」

俺も負けじと応戦する。

「あとで君の汗くさ〜い体操服貸してよね！」

「まじに汗だくのTシャツでいいなら脱がせっこして交換するか？」

「なーんちゃって、私は着替え持ってきてるもん」

「汚ねぇッ?!」

明日姉はとっくにミントグリーンの下着が透けていたけれど、今日ばかりは下心を捨てて季節はずれの若葉ぐらいに思っておこう。

だって、どうしようもなく実感してしまったから。

——俺にとってはこれが、君と過ごせる最後の夏休みなんだ。

本当に振り払えたらいいのにと小さく笑って、プールの底が抜けたような滝の水を頭からかぶった。

＊

そうしてひとしきりはしゃいだ俺たちは、へなへなと東屋《あずまや》に転がりこんだ。

互いに鞄《かばん》からスポーツタオルを取り出す。さすがに着替えまでは考えが及ばなかったが、せめてこれだけは持ってきておいてよかった。

Tシャツはともかく、幸いふたりとも短パンは撥水《はっすい》速乾で水着にも使えるタイプだから、この暑さなら放っておいてもそのうち乾くだろう。

「明日姉《あすねえ》、風邪ひかないうちに奥のほう行ってTシャツだけでも替えておいで。ここからなら角度的に見えないから」

駐車場まで戻ればトイレがあるけれど、絶妙に遠い。

どうせ滝までは一本道だし、万が一にも他の人が来たら少しだけ待ってもらえばいい。上のほうには遊歩道が設けられているらしいが、そもそも人っ子ひとりいないうえに、これだけ木が生い茂っていれば死角のひとつぐらいはあるはずだ。

おそらくどうしたものかと迷っていたのだろう。

おずおずと明日姉が言った。

「……ぜったい覗《のぞ》かない？」

「覗こうとしてるやつがいたら先生にチクっておくよ」

「もう、ばか」


明日姉は見張りがいもないほどさくっと着替えを終えて戻ってきた。

すっきりした顔で、無地の白いインナーの上に涼しげなミントグリーンのカットソーを重ねている。どこかで見覚えのある色だったが深く考えてはいけない。

そうこうしているうちに、明日姉がベンチに座り、サンダルを脱ぐ。

太ももの裏でも拭《ふ》こうとしているのだろう。

そのままひょいと左脚を上げ、つんと伸びたつま先がこちらに向けられる。真っ白な足の裏はまるで貝殻の内側みたいにつるりと美しく、うっすら濡れた部分が射し込む陽光を浴びて淡い虹色にてらてら揺れているようだ。

やわらかなショートパンツの生地がはらりとめくれそうになったところで俺は背を向けて、目隠しするようにTシャツを脱いだ。

「ひゃっ?!」

小さな悲鳴が聞こえたので視線を戻すと、明日姉《あすねえ》が両目を手で覆っている。

そういえば、あの七瀬《ななせ》でさえ最初は似たような反応してたなと思いだす。

もっとも、あいつの場合はすぐに慣れて凝視してたっけ。

野球部だった頃はグラウンドでアンダーシャツを替えるなんて日常茶飯事だったから、どうにもこのへんの気遣いは鈍くなってしまう。

「下ならともかく、プールの授業とか体育の前とかで見たことあるでしょ。男なんて普通にそこらへんで着替えるし」

「それはそうだけど、せいぜい中学までだし。その、そんなにごつごつしてなかった」

「隙間《すきま》から覗《のぞ》かれてますってチクっていい？」

「──ッ!?」

俺は笑いをかみ殺しながら身体《からだ》をタオルで拭《ふ》いて軽くTシャツを絞り、渋々、もう一度それを着た。本当は日当たりのいいところで乾かしておきたかったけれど仕方ない。

「はいよ、もう大丈夫」

そう言うと、恐るおそるといった様子で明日姉がこちらを見た。

「ご、ごめんね。仮にも先輩なのにみっともなく騒いでしまって」

「慣れてるのもへこむからいいよ、それで」

「……そういうの、ずるい」

上目がちに潤んだ瞳《ひとみ》を見て、そういうのもずるいよ、と苦笑する。

「んなことより」

俺はベンチに座ってぐでんと足を伸ばす。

「……おなかとせなかがくっつきそう」

思えば明日姉からの電話で叩《たた》き起こされたあと、ばたばたと準備して家を出たせいで朝からなにも食べてない。

そのまま炎天下を二時間歩いて水遊び。

どうにもこうにもガス欠だった。

道中、スーパーやコンビニなんて一軒も見かけなかったので、駅近くにあった観光客向けの売店まで戻らないと昼にはありつけないだろう。

そんなことを考えぐったりしていると、明日姉がにんまり笑ってライトグレーの四角いカンケンバッグを胸の前に持ち上げた。

「君がそう言うと思って」

ごそごそと中を探り、銀色の包みを取り出す。

「作ってきたよ、おむすび！」

「僕のお嫁さんになってくれますか?」

明日姉がくすくす笑っておにぎりとおしぼりを手渡してくれた。

「具は？」

「梅干し！　と、それだけじゃ足りないかもしれないから塩昆布に鮭も」

「好きだよね、梅干し。東京でも食べてた」

「うん、思い出の味なの」

そのまま並んでベンチに腰掛けて俺は口を開く。

「アルミホイルのやつ、いいよね。なんか懐かしくてサランラップより好き」

「朔兄《さくにい》のおばあちゃんがいっつもそうだったから」

「ばあちゃんは銀紙って呼んでたっけ」

「たくあんの煮たのも包んできたから食べてね」

「最高かよ」

小さい頃から当たり前のように食べていたから知らなかったが、「たくあんの煮たの」は福井の郷土料理らしい。

名前のまんま、たくあんを醤油《しょうゆ》やめんつゆ、酒、みりん、鷹《たか》の爪《つめ》、だし汁なんかといっしょに煮込んだものだ。

俺はおしぼりで手を拭《ふ》きながら、「呼び方っていえばさ」と続ける。

「おむすびって久しぶりに聞いたよ」

「私も昔はおにぎりだったんだけどね。それも朔兄のおばあちゃんの影響かな」

「ああ、言ってたかも」

それにさ、と明日姉《あすねえ》がこちらを向き、

「あの日、私と朔兄の縁を結んでくれたから。だからおむすび」

どこまでも無邪気に微笑《ほほえ》んだ。

俺はなんだか君の顔を真《ま》っ直《す》ぐに見ていることが苦しくて、ぺりぺりと包みを剝《は》がし真っ白なおむすびにかぶりつく。

ふっくら甘くて、じんわり塩《しょ》っぱくて、つんと酸っぱい。

わけもなく泣き出してしまいそうな声で、君が言う。

「ねえ、朔兄？」

「おむすびも、三角形だね」

それから俺と明日姉は、時間をかけて、ゆっくりと味わうようにおむすびを食べた。

＊

夏休み二日目、練習を終えた午後五時。

私、青海陽はさっきからずっと部室の外でスマホの画面とにらめっこしてた。

ディスプレイにはあいつの名前が表示されている。

何度もその部分に触れようと恐るおそる指を伸ばしては慌てて引っ込めて……。

まったく、ほんのちょっと前まではどうでもいいことでLINEや電話してたのに、我ながらなにをびびってんだか。

べつに千歳《ちとせ》との関係が変わったってわけでもあるまいし。

ただいっしょに練習して、あいつの試合を観て、私の試合を観てもらって、そんでちょっと熱くなった勢いで────ッ。

そこまで考え、ふんがーと頭を抱える。

いやいやあんたなに言ってんの？

めっちゃ変わったよね?!

正面切って告白したうえにキスしてんじゃんか。

この私が！　さばさばスポーツ元気っ子のアイコンたる陽《はる》ちゃんが!!

ほんとなにしてくれちゃってんのあの日の自分。

いくら恋愛偏差値低いって言っても、なんかこう、大事な過程とかいろいろすっ飛ばしちゃってない？？？？

あーーーーーーもうッ!!

って、最近の私はずっとこんなんだ。

一方的に気持ちを伝えただけで、「付き合って」とか「返事聞かせて」とか言わなかったことだけがせめてもの救い。

一昨日の終業式でやっとらしいい感じのやりとりができたけど、あの短い一瞬にどれだけの根性振り絞ったことか。

……ここで勇気じゃなくて根性って言葉をチョイスしちゃうのもどうよ？

もう一度、ディスプレイを見る。

大丈夫、一応どうやって切りだそうとか考えたし。

それでもあいつの名前が押せずに固まっていると、

「ええいまどろっこしいッ!!」

背後からふわっと女の子っぽい匂いがして、にゅっと伸びてきた手が千歳《ちとせ》に触れた。

「んあああああッ?!」

振り返ると悠月《ゆづき》がにやにやしながらこっちを見ている。

「私が代わりに話してあげようか？」

「あ、あんたってやつは！」

そうこうしているうちに、ディスプレイの表示が通話状態に変わった。

こっちからかけておいて切るわけにもいかないので、腹くくって口を開く。

「あ、うっ、千歳」

あ、うってなんだ。

「よっ」て気軽に会話を始める予定はどこいった？

『お、おう』

千歳は千歳でそれしか言わない。

思わず悠月のほうを見ると、口許《くちもと》で手をぱくぱくさせながら「しゃ、べ、れ」と声を出さずに伝えてくる。

私は大きく息を吐き、ゆっくり吸ってから。

「――今日あんたん家《ち》行っていいっ⁉」

『……え、なんで？』

は？　なんでってなんで？

それ聞く？

いや普通に行ってみたいからだけど。

てかちょっと待って。

私いま開口一番なに言った？

なんかこう、いい感じの雑談からさりげなく流れをつくる作戦では？

そりゃなんでって聞かれるっしょ。

……よし、いったん落ち着いて仕切り直し。

理由だ理由、なんで千歳《ちとせ》の家に行きたいか。

「えっと……海《ウミ》の日、だから？」

『だからなんだよ』

うんそれ私も聞きたい、なんだろね。

悠月《ゆづき》はもう完全に呆《あき》れたのか、眉間《みけん》に手を当てて下向いてる。

「だからその、ようするに私もあんたの作ったご飯食べに行くってことッ！」

『まあ、来るのは構わないけどゆ』

——ぶちっ。

千歳がまだなんか言いかけてたけど、これ以上しゃべってたら自分でもなにを口走るかわからないと思って電話を切った。

ひとまず、了解はとれたよね？

「セ、セーフ」

「三者連続三球三振ゲームセットの間違いでは？」

そう言ってわざとらしく悠月がため息をついた。

「や、やっぱひどかった？」

「まさかあれをひどいのひと言で済ませる気か？」

だよね、とわしゃわしゃ頭をかく。

確かにいまのはあんまりだった。

「てことで、これから千歳の家行くけど悠月も来るよね？」

「いや……」

相方がどこかやわらかく微笑《ほほえ》む。

「やめとくよ。もともとはひとりで行くつもりだったんでしょ？」

「まあ、それはそうだけど」

というか、あいつの家に行ってみたいってことで頭がいっぱいだったから、他の誰かを誘うなんて発想がそもそもなかった。

「あいにく、そこまで野暮でも切羽詰まってもいないもので」

でもまあ、悠月がそう言うなら。

「じゃ、じゃあ、行ってくんね！」

だっと勢いよく駆け出そうとしたところで、

「――おいちょっと待て」

思いきりエナメルバッグを引っ張られた。

ぐえっとショルダーストラップが食い込んで振り返ると、悠月《ゆづき》が腰に手を当てて「こいつマジか」って感じの目でこちらを見ている。

「まさかとは思うけどそのまま行く気？」

「へ？　そうだけど。一回帰ったら遠回りだし」

あ、またでっかいため息つかれた。

「あんたね、いまから惚《ほ》れた男がひとりで暮らしてる家に上がり込むのよ？」

「え、なんか手土産にせんべいとか持ってったほうがいい感じ？」

「せんべいにまでつっこむ余裕ないからな？」

言いながら悠月はバチンと私のお尻《しり》を叩《たた》く。

めっちゃ痛いけど、いまは逆らっちゃいけない気がして言葉の続きを待つ。

「部活終わりの！　たっぷり汗かいたこの身体《からだ》で！　本当にいいのか！」

「いいもなにも、千歳《ちとせ》そんなの気にしないっしょ」

「へえ？」

悠月の瞳《ひとみ》がなんか怪しく光った。

「いいんだね？　ふたりっきりでその気になった千歳に押し倒されて、いろんなところの匂いかがれたり隅から隅まで舐《な》」

「――完っ全に理解したからそれ以上言うなあああああああああッ!!!!!!」

力いっぱい叫んで悠月の口を塞《ふさ》ぐ。

こんなところでなに言い出すんだ。

それでも学校中の男子が夢見る美少女か？

でも……さんきゅ。

おかげで少し冷静になったよ。

ぱんぱん、とタップされたので手の力を緩める。

「わかったなら、うち寄ってシャワーぐらいは浴びていきなさい」

「いや、いい」

「あんたね、こういうのって嗜《たしな》みみたいなもんだから。べつに実際どうこうじゃなくて」

「――じゃなくて、やっぱ悠月も付き合ってほしい」

私がそう言うと、相方は一瞬きょとんとしたあと、どこか納得したように笑った。

「手土産ならせめてケーキにしときなよ、ウミ」

「でも私がケーキってのも逆に引かれそうじゃない？」

「……コンビニ寄ってお菓子でも買ってくか」

「まあそんなとこっしょ、ナナ」

べつにそういうことを知らないわけじゃない。

てか普通に知ってる。
試合でハイになったときとかガンガン下ネタ出るし。
怖いかって言われたらちょっと怖いけど、嫌《いや》かって言われたら嫌じゃない。
もちろん、本気であいつに迫られるかも、なんて自惚《うぬぼ》れてるわけでもないけどさ。
なんだろう。
いつまでも浮かれてたらあっというまに届かなくなる。
それだけはわかるし、嫌なんだ。
どこまでもいっしょに走り続けていたい。
そう思える相棒《ひと》だから。

＊

悠月《ゆづき》と買い出しを終えた私は、千歳《ちとせ》の部屋の前に立っていた。

茶色い外壁の四階建てマンションはわりと年季が入ってる感じだけど、川沿いでめちゃくちゃ眺めがよさそうな場所。

一人暮らしをすることになった経緯は悠月から聞いていた。

そんときは「あんたが勝手に広めていいことじゃないでしょ！」って思わずけんか腰になったけど、本人がどこ吹く風って感じだったから大丈夫らしい。

まあ、なんかわかってしまう。

あいつってそういうとこあるし。

それにしても、いざここまで来るとチャイムを鳴らすのでさえ緊張する。

友達の家だったら「こんちわー」って感じでずかずか入ってくのに、だってこの先にいるのは千歳ひとりで、寝たり起きたりご飯食べたりお風呂入ったり、あとなんだ……とにかくいろいろしてるあいつの空間なんだ。

「押してあげよっか？」

悠月がいかにもなんでもないことのように言う。

あーあー挑発とわかっててもむかつきますねこれ。

ストーカー被害にあってたとき、千歳に相談してみればって提案したのは自分だ。

私にだけはことさら弱みを見せないこの子がもしもすべてを預けられる相手がいるとすれば、それはあいつ以外に思いつかなかったから。

でもしれっと家行ってご飯作ってもらうような関係になるとか聞いてないって。

「いい、自分でやる」

私は丸いボタンをぐいっと押す。

ピーン、ポーン、と間の抜けた音が響き、すぐにがちゃっとドアが開いた。

短パンにTシャツ姿の千歳《ちとせ》を見て軽く手を上げる。

「おっす！」

よし、今度は普通に言えた。

「よう。なんだ、七瀬《ななせ》もいっしょか」

隣で悠月《ゆづき》が「やあ」と同じように手を上げる。

「お邪魔するよーん」

あれこれ考えてたらまたフリーズしてしまいそうだったので、千歳をぐいぐい押しのけるように玄関へ踏み込む。

廊下みたいなのはなくって、ドアを開けたらそこがもうリビングらしい。

なんかめっちゃ美味《おい》しそうな匂いするんだけど、もしかしてほんとにご飯の準備して待っててくれたりとか？

ぐるりと部屋を見回し、ふと右手にあったキッチンに視線が吸い寄せられた。

後ろから入ってこようとしていた悠月がぼすっと背中にぶつかる。

「いたっ、ちょっと陽《はる》」

んなこと言われても、だってそこには――、

「え、えと、こんばんは。陽ちゃん、悠月ちゃん」

そこには、エプロンを着けたうっちーがどこか気まずそうに立っていた。

「「なんでッ!?」」

思わず悠月とハモる。

「ったく、伝えようとしたのに切ったの陽だろ」

千歳の呆《あき》れたような声が右から左へとすり抜けていく。

もうなんかいろんな気持ちが頭のなかを飛び交って、私はがっくし肩を落とした。

＊

——陽と七瀬が家に来る二時間前。

俺は優空《ゆあ》といっしょに「ゲンキー」へと来ていた。

ゲンキーは福井に本社を構えるチェーンのドラッグストアだ。

ドラッグストアとはいっても店舗によってはやたらと広く、生鮮食品なんかも取り扱っている。普通にスーパーで買うより安いこともざらだ。

「なんか悪いな、いつも」

隣でカートを押す優空《ゆあ》に言った。

今日は夏らしい水色のプリーツスカートに白いノースリーブのカットソーというシンプルな服装。斜めがけにしたポーチのショルダーストラップが、なにとは言わないけどすごく強調していて、ちょっと目のやり場に困ってしまう。

「ううん、私が好きでやってることだし。朔《さく》くんにはうちの分まで重たい荷物持ってもらってるんだから、おあいこだよ」

俺たちは定期的にふたりで日用品や食料品の買い出しに来る。

なんだかんだ、こういうのが習慣になってもうすぐ一年ぐらい経つだろうか。

きっかけはあったけれど、一番の理由はお互いにとって都合がよかったからだ。

親御さんが忙しく働いている人だから、優空は料理をはじめとした家事の多くを自分で担当している。俺は俺で一人暮らしをしている以上、買い出しは避けられない。

だったらいっしょに来るほうが融通の利く場面も多いというわけだ。

たとえば特売の大容量パックなんかは、いくらお得でもひとりじゃ使い切れなかったりするけれど、優空がいれば必要な分だけもらって残りを差額で引き取ってくれる。

そうすれば向こうは一家族一点限りの品が多めに手に入る、みたいな場面も多い。大量に買いだめするときは、優空の手に余る荷物を代わりに持つ。

なんて、これは俺のために用意してくれた建前だろう。

慣れない一人暮らしに加え、野球を辞めて塞《ふさ》ぎ込んでいた時期。

とてもじゃないけど真っ当に自炊したりする気にはなれず、インスタントや冷食、ファストフードばっかり食べていた。

あるときそれを知った優空が、時間のあるときはうちに来てご飯を作ってくれたり、お手軽なメニューを教えてくれたりするようになったのだ。

今日みたいに買い出しをする日はたいていそのまま俺の家に寄って、冷蔵庫で日持ちするおかずを何種類も用意してくれる。

申し訳ないやら情けないやらで本当に頭が上がらないけど、当の優空がさっきの調子だから素直に甘えさせてもらっているのが現状だ。

「朔くん、歯磨き粉まだある？」

「ああ、なくなりかけてたかも」

「じゃあ入れておくね。あとごま油が残り少しだったと思うんだけど、買い足しておいても大丈夫かな？」

「もちろん」

　買う量が多い優空《ゆあ》が上のかご、俺の分は下のかごと、てきぱき商品を放《ほう》り込んでいく。

「作り置きはいつもどおり私の家のメニューと同じになっちゃうけど、今日の夜はなにかリクエストある？」

「なんでもいいよ」

「それが一番困るやつなんだけどなぁ……」

　うちも両親ともに土日祝日関係なしに働くタイプだったから、こうやって誰かと一緒に日常の買い物をした記憶はあまりない。

　だからだろうか。

「優空、コーヒーでも飲んで帰ろうか」

「うーん、そうしたいけどお肉とかあるから」

「じゃあ、テイクアウトか缶コーヒーだな」

「うん！」

　ひとりだと面倒でしかないこの時間が、ふたりならどうにも待ち遠しく思えた。

＊

「――と、いうわけなんです」

俺は陽《はる》と七瀬《ななせ》に事のあらましを説明した。

「「なにそれ妻か」」

妙に息の合ったつっこみが飛んでくる。

まあ、ぶっちゃけ立場が逆なら俺も同じことを言ってたと思う。

優空が困ったように頰《ほお》をかいた。

「あの、ごめんねふたりとも。なんかお邪魔しちゃったみたいで」

ていうか、と七瀬は深くため息をつく。

「それどう考えてもこちらの台詞《せりふ》では？」

陽が続いた。

「せめてケーキにしておけばよかった……」

多分、さっきくれた差し入れのことだろう。

コンビニのお菓子がどさっと詰まってて、それはそれでらしいなと思ったけど、女子的には複雑なのかもしれない。

「ねえ陽。クラスのかわいい女の子にご飯作ってもらってる男の家に、意気揚々とメシたかりにくる女ってどうよ」

「私が男だったら間違いなく『ああこっちを選ばなくてよかった』って思うね」

「うっちーの料理の手伝いとか、しとく？　どう見ても上級者だけど」

「わざわざ傷口広げて塩と唐辛子塗り込む気か?」

「オーケー戦わなければ負けない。私たちはここには来なかった。いいね、ウミ」

「それでいこう、ナナ」

「あ、あの……」

優空《ゆあ》がおずおずと会話に割って入る。

「朔《さく》くんのご飯じゃなくてあれだけど、もしよかったらいっしょにどうかな?」

その言葉に、

「「もちろんいただきます」」

練習終わりの女バス部二名はあっさりと白旗をあげた。


とん、とん、とん、とん。

ことこと、ことこと。

しゃっ、しゃっ、しゃっ。

優空が料理を続けていて、七瀬《ななせ》は邪魔にならないようにその様子を見ている。

ときどき、なにか質問をしているようだ。

それにしても、と思う。

慣れてるふたりはともかく、陽《はる》がこの部屋にいるのはなんとも落ち着かない。

あんなことがあったから、というのはもちろんある。

けれどそれ以上に、どうしてもこいつとは外でいっしょに動いてる印象が強いのだ。

自転車で二人乗りをしたり、キャッチボールしたりバスケしたり……。

そういうときはなにも考えずやりとりしてるのに、室内で、しかも自分の部屋でこうしてソファに並んでみると、とたんに会話の糸口が摑《つか》めなくなってしまう。

どうやらそれは陽も同じようで、さっきから微妙にずれたやりとりが続いていた。

「ち、千歳《ちとせ》って本とか読むんだね」

「ほとんどは家族が買ったやつだけど、まあそれなりに」

「そっか。あんた、たまにわけわかんないこと言うもんね！」

「もしかして褒《ほ》めてるつもりか？」

「テレビとかパソコンとかないの？」

「テレビはあんま興味ないな。でもパソコンは最近ちょっとほしいかも」

「ハッキングとかすんの？」

「つっこまないけど、やっぱスマホじゃ映画見るのしんどいし。あと、あんまり暇だから文章でも書いてみようかなって」

「真面目《まじめ》に日記とかつけるタイプなんだ」

「うんもういいよそれで」

そこまで話してふと、自分の前に立っている影に気づく。

顔を上げると、腰に手を当てた七瀬《ななせ》がにっこり微笑《ほほえ》んで「あのね？」と言った。

「あんたたちが、そこでギクシャクしゃべってると気が散るのね？」

いったいなにをそんなに集中しているのかは説明しなかったが、なんとなく察する。

七瀬は親指を立て、くいっと玄関を指した。

「作り置きもあるからあと三十分ぐらいかかるみたい。な、の、で、ランニングでもキャッチボールでも素振りでもなーんでもいいから、どっか行っててくれません？」

「「……はい」」

ここ僕のお家《うち》なのにひどい。

＊

そんなわけで、俺たちはグローブと木製バット、ボールを持って外に出た。

明日姉《あすねえ》は見てるだけで楽しいだなんて言ってたけど、陽《はる》の場合は自分も動いてないと落ち着かないだろう。

いつも素振りをしているマンション前の川のほとりで、グローブとボールを渡す。

俺はバットを持って陽から十メートルほど離れた。

野球におけるマウンド《ピッチャー》からホームベース《キャッチャー》までの約半分だ。

時計を見るともう十八時を過ぎていたが、夏の空はまだまだ明るく、気温もいっこうに下がるそぶりを見せていない。

「陽、ピッチャーになったつもりでこのへん狙って投げてくれるか?」

バットを動かしてざっくりストライクゾーンを伝えながら続ける。

「そしたら俺が軽くバウンドさせて打ち返すから、いつもの要領で捕ってくれ。あとはその繰り返しだな」

本当はキャッチボールができればよかったけど、あいにく俺もグローブはひとつしか持っていない。

「こんなとこでボール打って大丈夫?　一階のガラス割ったりしない?」

芝というには土が見えすぎている足下をならしながら答える。

「陽の山なりボールでその程度のバットコントロールができなかったら、素直に引退するよ」

俺が言うと、陽が少しぽかんとしてから、こらえきれないといった様子でにっと笑った。

「旦那《だんな》、このあいだのは引退試合じゃなかったの?」

「藤志高の、引退試合な」

言いながら、バットを構える。

陽《はる》もグローブをはめた。

「素直にチーム戻ればいいのに」

ひゅんっ、とボールがど真ん中に投げ込まれてくる。

想定していたよりずっと速い球に驚きながらも、こつんとバットを合わせた。

ツーバウンドしたボールを、陽がグローブで上手にすくい上げる。

「考えなくはなかったよ。というか、正直なところかなり悩んだ。でもやっぱ一度は逃げ出しちまった場所だからさ。いまさらぬけぬけとチームメイト面《づら》すんのは、どうしても自分のなかで折り合いがつかない」

そういえば、あのあと藤志《ふじ》高野球部は惜しくも二回戦で敗退。

俺も観に行ったけれど、全員が最後の最後まで本気で勝とうとあがいてて、心からいい試合だったと思う。

来年はきっと、もっとずっと戦えるチームになってるはずだ。

「みんな普通に受け入れてくれるっしょ」

「それはわかってる。ただ、もしもう一度本気で野球と向き合うなら、まっさらがいいんだ」

「まっさら……？」

「純粋に投げるのが楽しい、打つのが気持ちいい、って。そういうものだけを乗っけてプレーするところからやり直してみたい」

「あんなに熱いの注ぐだけ注いでおいて終わったら賢者モードってわけ？」

「おい唐突な下ネタやめろ」

陽がけらけらと笑う。

「ま、わからなくはないかな。やめちゃうわけじゃないんだよね？」

「ひとまず、高校のあいだはバットを振り続けるさ。ちょうど暇と体力を持て余してそうな野球バカも見つけたことだし」

「うん、あんたが決めたことなら私はなにも言わない。黙って見守ってるよ」

見守ってる、か。

これからも隣にいてくれるつもりなんだな、陽は。

ひゅっ、こつん。

ぴゅっ、かつん。

規則正しいリズムが刻まれていく。

最初はボールの握り方も知らなかったのに、うまいもんだ。

きっとこいつは、どんどんすごいバスケ選手に成長していく。

うかうかしてたら、あっというまに届かなくなりそうだ。

隣で胸張って立っていられるように、俺も次のスタートを切らないとな。

どこまでもいっしょに走り続けていたい。

そう思える相棒《ひと》だから。

＊

正直に告白すると、私、七瀬悠月は焦っていた。

陽《はる》が手強いのは最初から知っている。

西野《にしの》先輩と千歳《ちとせ》になにか深い繋《つな》がりがあることも、なんとなくわかる。

夕湖《ゆうこ》が特別だなんて言うに及ばずだ。

それにしたって、と思う。

もちろん誰が悪いわけでもないけれど、心のなかでだけはこっそり言わせてほしい。

こんなの聞いてない!!!!!!

目の前ではうっちーが次から次へと料理を仕上げていた。

この家ではなんとなく千歳にご馳走してもらうことが多かったけど、私だってそれなりの心得はあるつもりだ。

というか、よほど壊滅的に不器用とかでもないかぎり、料理なんて分量どおりに作れば失敗するほうが難しい。

つまり大切なのはどれだけ美味《おい》しい、もしくは食べてほしい相手の好みに合うレシピをストックできるかだと思っていた。

だけど、うっちーの料理はぜんぜん違う。

そもそもレシピなんか見てないし、なんなら軽量カップやスプーンさえ使っていない。自分で味見しながら調味料のさじ加減を調整しているようだ。

何種類ものおかずを並行して作り、少しでも手が空いたらちゃっちゃと不要になった道具を洗っていく。その手間を最小限にするためだろうけど、カットした野菜を入れていただけのボウルなんかはさっと水でゆすいで使い回したり、まな板を汚しにくい食材から順に切っていったりと、惚《ほ》れ惚《ぼ》れするような手際のよさだ。

できることは手伝おうと思ってたのに、これじゃかえって邪魔になってしまう。

「うっちーってよく料理するの？」

私はデニム地のエプロンを着けた背中に語りかける。

「よくっていうか、基本的には毎日かな。お弁当と晩ご飯は私の担当だから」

だよね、と思う。

どう見ても、日々の生活で洗練されてきたような所作だ。

あーあ、格好いい。

……ずるいなあ。

なんて、八つ当たりに近いぼやきを呑《の》みこんで、代わりに質問を重ねる。

「カリカリ梅？　なんに使うの？」

「枝豆が安かったから塩ゆでにして、しらすとあわせて炊き込みご飯にしたの。そこに刻んだカリカリ梅を混ぜると食感も変わって美味《おい》しいんだよ」

「へえ？　グリルで焼いてるのは？」

「竹田の油揚げの表面に薄くお味噌を塗ったやつ。本当は大根おろしに醬油《しょうゆ》とか味ぽんで食べるのが定番だけど、今日はメインが同じ調味料と薬味で食べる豚しゃぶサラダだから、かぶっちゃうと思って」

ちなみに厚揚げと勘違いしそうな大きさが特徴的な竹田の油揚げは「谷口屋」というレストランの有名な商品で、福井名物のひとつと言っていい。なんせここの看板メニューは「油揚げ御膳」。他の店におけるハンバーグやとんかつのように油揚げをメインのおかずにしているぐらいだから、自信のほどが窺《うかが》える。

うちのお母さんも定期的に買ってくるけれど、そういう食べ方をしたことはなかった。

「他のメニューも聞いていい？」

「あとは、普通の卵焼き。朔《さく》くんは甘いのに大根おろしと醬油、なぜか七味かけて食べるのが好きだから結局かぶるんだけどね。まあ大根多めにあるからちょうどいいかなって」

「味噌汁は？」

「今日は暑かったからメニューもさっぱり系がいいかと思って、トマトと生姜《しょうが》、白菜、長ねぎを入れた豚汁だよ。これもメインと豚肉かぶりで申し訳ないんだけど、豚しゃぶサラダだけだと物足りないって言われそうで」

「味噌汁にトマト!?」

「ほやってぇ、私も最初はそんなもん食べれんがって思ってたんやけどのぉ。一回試してみたらひっでもんに合うでハマっつんたんやって（※そうだよね、私も最初はそんなの食べられないよって思ってたんだけどさ。一回試してみたらすっごく合うからハマっちゃったんだよね）」

「うっちーがそこまで言うなら信じるでぇ、しなーっと私の多めにしといての？（※うっちーがそこまで言うなら信じるからさ、こっそり私の多めにしておいてね？）」

「だんねだんね（※いいよいいよ）」

なんて福井弁トークを交わしながら思う。

一汁三菜って、これが本当に女子高生の考えた献立か？

なんというか、もう発想から違う。

私は「これ！」と決め打ちで作ることがほとんどで、余った材料の行方なんて考えたこともない。多分、初心者あるあるだ。

レシピを忠実に再現しないとこわいから、そのためだけに汎用性《はんようせい》のない調味料とか買っちゃったりする。

だけどうっちーは、旬の野菜とか安かったお肉とか、使い切ってしまいたい食材とか今日の気分とか、あとは食べる人の好みなんかも考えてその場でメニューを組み立ててる感じ。

千歳《ちとせ》のやつ、こんな料理を食べ慣れてたのか。

できる女アピールでうっかり「カルボナーラ作ってあげるよ」とか言い出さなくて本当によかった。だってほら、知らない人から見たらちょっと難易度高そうじゃない？

でも千歳は絶対カルボナーラよりミートソースとかナポリタンとかペペロンチーノのほうが好きそうだし、うっちーなら即興の和風パスタぐらいさらっと出してきそうだ。

そう考えるとエッグベネディクトは外してたかも、と急に哀しくなってくる。

なるべく冗談めかして考えてたつもりだったのに、哀しい、という言葉を思い浮かべてしまったら本物の哀しさがやってきた。

もしかしたら、私が美味《おい》しいおいしいって食べてたあいつの手料理だって……。

いつか西野《にしの》先輩と千歳を見たときのことを思いだす。

――私の特別は相手の特別じゃないかもしれない。

あのとき、私はまだその感情に名前をつけていなかった。

だけど、いまは。

うっちーの優しい笑顔が、晩ご飯を用意する温かい音が、美味しそうな匂いが、きゅうっと胸を締めつけてくる。

だってこれは全部、私が恋をするもっとずっと前から、千歳が見て、聴いて、待ちわびながら身を委ねて、きっといつまでも幸せに想い続けている時間なのだ。

やっぱり、出て行ってもらって正解だったな。

うっちーから真剣に料理を教わる姿、七瀬悠月《ななせゆづき》のプライド的にはなるべく見られたくなかったってのがひとつ。

でも、多分これは勘づかれてる。

あいつ妙に聞き分けよかったし。

それから、いつまでもうだうだやってる陽《はる》へのアシストってのがもうひとつ。

最後のひとつは……。

玄関からエプロンを着けた彼女の姿が見えた瞬間、こういう気持ちになっちゃうことがわかっていたからだ。

夕湖《ゆうこ》やうっちーも千歳の家に出入りすることは知ってたのに。

やっぱりまた、どこかで自惚《うぬぼ》れていたんだろうな。

五月からほんの二か月ちょっと、ここでいろんなことがあった。

だから恋人じゃないけどただの女友達とも違う、互いの心に一歩踏み込むようにこの家のドアを開けるのは、単に好きな男の子の部屋というだけではない、大切な思い出をそっと置いていってるのは、私だけだって、そんなふうに。

でも、さすがにわかっちゃう。

うっちーと千歳《ちとせ》のあいだにもやっぱり特別があって、それは私なんかよりもずっと長い時間をかけて、この部屋にも、ふたりの記憶のなかにも、降り積もっているんだってこと。

……たまんないなあ、こういうの。

夕湖《ゆうこ》も、うっちーも、西野《にしの》先輩も、みんな嫌いになれたらよかった。

あいつにはふさわしくないって、意地悪に笑い飛ばせたらよかった。


本当はとっくに気づいてるんだ。

——ただ一方的に救われただけの私は、千歳に返せるものをなにひとつ持っていない。


大好きと真《ま》っ直《す》ぐに叫べる気高さも、一歩下がって支えるような優しさも、憧《あこが》れ追いかけたくなるような美しさも、背中を蹴《け》り飛ばす強さも、本当になにひとつ。

私が持っているようなものぐらい、あの人だってとっくに持っている。

だったらせめて、せめて――――。


誰よりも理解《わか》り合っていたい。

そう思える男の子《ひと》だから。

＊

頃合いを見計らって俺たちが家に戻ると、ちょうど七瀬《ななせ》と優空《ゆあ》がテーブルの準備をしているところだった。

さすがにいまさら驚きはしないけれど、相変わらず色とりどりの皿が並んでいる。

リビングの中にはこれでもかと美味《おい》しそうな匂いが満ちていて、思わずきゅるきゅるとお腹《なか》が鳴った。重なって聞こえたもうひとつの音は、隣のちびっ子からだろう。

「うっそ、めちゃくちゃ美味そう！　これ全部うっちーが!?」

ひと汗かいたおかげか、すっかりいつもの調子を取り戻した陽《はる》が言うと、優空はエプロンのひもをほどきながら照れくさそうに応じる。

「なんか地味な献立でごめんね」

「いやいやなに言ってんの!?　うちらふたりだったらカツ丼か8番食べて帰るところだった

し、ねえ悠月《ゆづき》」

「……だね」

ははは、と七瀬《ななせ》が下手くそな愛想笑いを浮かべた。

それが少しだけ引っかかったけど、この場で「どうした？」なんて聞かれたくもないだろう。

俺はチボリオーディオの電源を入れ、Bluetoothで繋《つな》いだスマホの音楽をランダム再生する。

スピーカーからは、かりゆし58の『オワリはじまり』が流れ始めた。

全員が座ったところで、優空《ゆあ》が「それじゃあ」と手を合わせる。

「「「「いただきまーす」」」」

俺はまず豚汁をずずとすする。

これは前にも作ってもらったことがある。

豚汁って汁物のなかではわりと重めなメニューだと思っていたけど、トマトの酸味と生姜《しょうが》の風味が絶妙にさわやかで、こういう暑い日にはぴったりだ。

そのまま炊き込みご飯を口に含む。

やさしい出汁《だし》の香りがいっぱいに広がり、ふっくらしたしらすと枝豆の塩っ気を引き立てている。上には刻んだ大葉がのせられていて、カリカリ梅の部分といっしょに食べるといい感じに味わいが変わるので、これだけでも無限に箸《はし》が進みそうだ。

「めちゃくちゃうまい」

素直にそう言うと、向かいに座っていた優空がほっとしたように微笑《ほほえ》む。

「本当？　お口に合うならよかった。おかわりもあるからね」

その隣では、七瀬が少し複雑そうな表情をしていた。

「いやうっちー、これ普通にお金とれるやつ。近所にあったら通うもん」

陽《はる》がそれに続く。

「この油揚げのヤバ！　完全に酒が進む」

「どこの呑兵衛だよお前は」

つっこみながら、俺は小皿に卵焼きを二切れ取り分け、大根おろしをのせて醤油《しょうゆ》をかけた。

それを見た優空が呆《あき》れたようにつぶやく。

「もう、せめてひと口はなにもかけずに食べてほしいんだけどなぁ」

「これまで何回も食べてるんだから見逃して。大丈夫、優空の卵焼きはいつ食べても変わらずに美味《おい》しいから」

右手で七味の瓶《びん》を持ち、その甲を軽く握った左手でとん、とん、と叩《たた》く。

優空がくすくす笑った。

「朔《さく》くんのそれ、何度見ても可笑《おか》しい」

「七瀬にも言われたよ」

俺の言葉に、七瀬はどこかはっとした様子で小さく首を振り、妙に明るい声を出す。

「ねー！　絶対に変だよ」

「うん、変！」

どことなく白々しいようにも思えたが、理由はわからない。

それから俺たちは、夏休みの予定なんかを話しながら、腹いっぱいになるまで優空《ゆあ》の作ってくれたご飯を堪能《たんのう》した。

＊

夕食を終えてひと息つくと、陽《はる》が「洗い物は自分がやる」と言い出した。

いつもは俺の担当だけど、なんだかやる気満々だったので素直に任せることにする。

さっそくテーブルの上にある皿を重ねてシンクに運ぼうとしていたが、優空に「陽ちゃん、そうすると上にしたお皿の裏にまで汚れがついちゃうから、なるべく一枚ずつ運んだほうが結果的に洗うとき楽だよ」と言われて恥ずかしそうにしていた。

昔、俺も同じことを指摘されたっけ、と懐かしく思いだす。

油っ気の多い料理なんかだと、確かに余計な手間が増えるんだよな。

そんなことを考えているとふと、リビングにもうひとりの姿が見当たらないことに気づいた。

俺は冷蔵庫で冷やしていたサイダーのペットボトルを二本持ってベランダに出て、

「飲むか？」

ぼんやりと川を見下ろしていた七瀬《ななせ》に片方を差し出した。

「……さんきゅ」

ぷしっと、ふたりで同時に蓋《ふた》を開ける。

いつのまにか外はすっかり夏の夜だった。

エアコンをかけていた部屋から出ただけで、じんわりと額に汗が滲《にじ》んでくる。

たぽたぽと穏やかな水音に混じって、ふるるるる、ふるるるる、と虫の声が響いていた。

ときどき、うちわでひと扇《あお》ぎしたような風が吹き、七瀬の黒髪が切なげになびく。

そのアンニュイな横顔に、なるべく軽い調子で声をかけた。

「らしくないんじゃないのか？」

七瀬はゆっくりとこちらを向き、きょとんとした表情を浮かべる。

「洗い物」

俺の言わんとしてることを察したのだろう。

慌てて部屋の中を振り返り、「あちゃ」と短くつぶやいた。

「べつに責めてるわけじゃないぞ。どのみち最初は俺がやるつもりだった」

「わかってるよ。にしても、まさかこういうことで陽に後れをとるとは」

自分がやるとさえ口に出さず、談笑しながらいつのまにか皿を運び、いつのまにか洗い終えているのがいつもの七瀬《ななせ》だ。

　食事中もどこかぼんやりしてたし、今日はどうにも様子がおかしい。

「もしなんかあるなら、聞くけど」

　俺が言うと、七瀬は夜空を見上げながら、「うん」と寂しげに口角を上げた。

「──私はもうすぐ月の都に帰らなければなりません」

「真顔でトリッキーなジョークぶち込んでくんなびっくりするわ」

「だからまだ発表されていないメゾンマルジェラの新作バッグを手に入れてきてください」

「あれ？　別れ際に手紙と不老不死の薬置いていってくれる場面では？」

「ただしどうしても難しい場合はやさしいキスでもいいものとする」

「男に無理難題ふっかけそうなところはソックリだよ悠月姫《かぐや》」

　ったく、心配して損したかな。

　がしがし頭をかいていると、七瀬がすっと近づいてきた。

　ねえ、とこちらの顔を覗《のぞ》き込む。

「私と付き合ってください、とか言ってみても？」

「……もしもそれが本気の言葉なら、本気で悩んで本気で答えを出すよ」

「へえ？　悩んで、くれるんだ？」

「んなの……当たり前だろ」

言いながら、心の奥のほうがしくしくしくと軋《きし》んだ。

その痛みを悟られないようにくぴくぴサイダーを流し込んでいると、

「今日のところは、それだけでいいや」

七瀬がやるせないほど丁寧に笑った。

「ごめんね、そんな顔させて」

「炭酸でむせたんだよ」

薄い紙で指先を切ったように、言葉を受け取った場所がじんわりと赤く滲《にじ》む。

これはきっと、優しい予行練習みたいなもの。

なぜなら目の前にいるのは、七瀬悠月《ゆづき》だ。

やっぱり似ている俺たちは、こうやって互いの心に片足だけ踏み込んだままで、ビニール袋の持ち手をひとつずつ握るように、哀しみや苦しみ、弱さや強がりなんかを少しずついっしょに抱えていくのかもしれない。

もちろんそこに、嬉しさや楽しさも降り積もっていくようにと願いながら――――。

誰よりも理解《わか》り合っていたい。

そう思える女《ひと》の子だから。

＊

数日後の夕方、俺はひとりで100満ボルトに来ていた。

ここは「ひゃっく、まん、ボルット♪」というCMでおなじみの家電量販店だ。創業は福井、他県でもチェーン展開をしているらしい。

このあいだ陽《はる》との話に出たからってわけでもないが、どうせ暇を持て余していたのでちょっとパソコンでも見てみようかと思ったのだ。

そんなわけでざっとコーナーを回ってみたけれど、全っ然わからん。

ノートパソコンだと、安いのは三万円ぐらいのものから高いのだと二十万円以上ってのもある。正直、見た目以外になにが違うのかはさっぱりだ。

こりゃ健太《けんた》にでも教えてもらわないと駄目だな。あいつそういうの詳しそうだし。

早々に諦《あきら》めてラーメンでも食おうと思ったところで、

「あれー？　さーくぅーっ!!」

聞き慣れた声が俺を呼んだ。

振り返ってみると案の定、夕湖《ゆうこ》がぶんぶんと手を振っている。

そのままうれしそうに駆け寄ってきたところで俺は言った。

「こんなとこで会うなんて珍しいな」

今日は茶色いオフショルダーのブラウスにデニムのワイドパンツというリラックスした装いだ。髪の毛はざっくりとした三つ編みにまとめられている。

「うん、お母さんと買い物に来てたんだ」

夕湖がそう言って振り向く。

視線の先を追うと、美しい女性がにこにこと微笑《ほほえ》みながらこちらに歩いてきていた。

フロントスリットが入ったオフホワイトのロングスカートにシンプルな白のブラウス、薄い水色のカーディガンをふんわり羽織っている。七瀬《ななせ》より少し長いぐらいのミディアムボブがさらさらと揺れていた。

何度も家まで送っているわりにこうして直接お目にかかるのは初めてだが、わざわざ確認するまでもなくそれが夕湖のお母さんだとわかる。

なんというか、姉妹のようにそっくりだ。

二十代と言われても信じてしまいそうなほどに若く見える。

普通は友達のお母さんなんて「友達のお母さん」にしか思えないけれど、どこか浮世離れした雰囲気をまとっていて、普通にすれ違ったらうっかり目で追ってしまいそうだ。

それにしても、と思う。

同級生の、それも女の子のお母さんにあいさつするというのはどうにも気まずい。

べつに恋人として紹介されるわけでもないのに、なんというかこう、むずむずする。

夕湖《ゆうこ》の隣に並んだお母さんが、もう一度軽く微笑《ほほえ》みを浮かべて優雅に頭を下げた。

上品な香水の匂いがほのかに漂う。

俺は思わず居住まいを正し、なるべく丁寧に頭を下げてから、

「こんにちは。夕湖さんのクラスメイトでちと」

「――ねえねえこの男の子が千歳《ちとせ》くん!?」

自己紹介をしようとしたところで思いっきり遮《さえぎ》られた。

「うれしい！　夕湖からずっと話ばっかり聞いてて、一度会ってみたかったの!!」

「え、えっと？」

「あ、私？　柊《ひいらぎ》夕湖の母で琴音《ことね》です。お琴の琴に音色の音。ちなみに夕湖のお母さんよりは琴音さんって呼んでほしい複雑な年頃～」

「あ、はい……琴音さん」

外見から想像していたのとはずいぶんかけ離れたテンションでぐいぐい距離を詰めてくるので、俺は思わず一歩後ずさる。

夕湖が恥ずかしそうに琴音さんの腕を引く。

「ちょっとお母さん、あっちで待っててってば」

「えー、急に反抗期ー？」

「もう！」

最初は驚いたけれど、冷静に考えたらこの天真爛漫《らんまん》な感じはそっくりだな、と苦笑する。

それに、身内にもちょっと似たようなのがいるから少しだけ懐かしい。

夕湖《ゆうこ》の静止なんてお構いなしといった様子で琴音《ことね》さんが続けた。

「よし、みんなでスタバ行こうよ。千歳《ちとせ》くんも夏休みにこんなとこぶらついてるぐらいだから、暇なんでしょ？」

「お母さん言い方！」

「あ、わかった。もう夕飯どきだし男の子はお腹《なか》に溜まるもののほうがいいか。じゃあ8番にしよう、8番」

「ねえ勝手に話進めないでってば!!」

口を挟む余地もないままに、俺はずるずると引きずられていった。

＊

琴音さんと夕湖は車で、俺は自分のマウンテンバイクで近くの8番に移動した。

帰りはまた100満ボルトまで送るから乗っていきなよと誘われたが、あの調子で「やっぱ海鮮気分。東尋坊行こ！」とか言われたらたまったもんじゃない。

店に入ると、先に到着していた琴音さんが「こっちこっちー」と手を振っていた。

四人がけのテーブルにふたりが向かい合わせで座っていたので、俺は夕湖の隣に腰を下ろす。

なんか、ますます彼女に親を紹介されるみたいな構図になってきたな。

かといってふたりとも反対側に座られると、それはそれで娘さんに悪さして呼び出されたみたいになりそうだけど。

「……な、なんかごめんね朔《さく》。うちのお母さんこういうとこあって」

「うん、親子だなーって思った」

「ちょっとそれどういう意味?!」

そんなやりとりを交わしていると、琴音さんがメニューを渡してくれる。

「ほら、なんでも食べてね。もちろん私の奢《おご》りだから」

「いや、そこまでしてもらう理由は……」

俺が言うと、にんまりと意味ありげな笑みが浮かぶ。

「かわいい娘のために点数稼ぎしときたいから」

なにか反応しようとするより早く、隣の夕湖が身を乗り出した。

「いや、いまめっちゃ点数下がってるし！　初対面の友達のお母さんに無理矢理ご飯連れて行かれるとか、なんならドン引きだよ?!」

「えー、夕湖と付き合ってるなら千歳くんも慣れてるでしょ」

「まだ付き合えてないから!!」

「もお、落ち着いてってば。友達付き合いの意味だよ」

「────ツッッ」

どすんと座り、むっつりとメニューを睨《にら》み始めた娘を横目に琴音《ことね》さんが続ける。

「じゃあ、迷惑かけたお詫《わ》びってことで」

「よかった、自覚はあったんですね」

「あ、その捻《ひね》くれた返し方、聞いてたイメージそのまんま！」

「……おい夕湖《ゆうこ》？」

「お母さんッ!!」

＊

なんだか遠慮していることがばからしくなったので、俺は唐麺《からめん》二玉のネギ増しと餃子《ギョーザ》を頼む。夕湖は野菜らーめんの味噌大盛り、琴音さんは麺なし野菜らーめんの醤油《しょうゆ》と炒飯《チャーハン》だ。麺なし野菜らーめんは単なるダイエットメニューかと思っていたけどそういう組み合わせもあるのか、と変なところで感心する。

注文を済ませると、夕湖がお手洗いに向かった。

さすがに初対面のお母さんとふたりきりは勘弁してほしかったが、席を立つとき、申し訳なさそうに何度もごめんの仕草をしていたので文句も言いづらい。

「ごめんね、千歳《ちとせ》くん」

まるで俺の心を見透かしたように琴音さんが口を開く。

「いいですよ、晩飯代浮きましたし」

「一人暮らししてるんだって？　やっぱりいろいろ大変？」

「いや、仕送りは充分すぎるほどにもらってるし、慣れたらけっこう気楽なもんです。もともと一家団欒《いっかだんらん》、みたいな感じでもなかったんで」

「男の子はドライだねー。夕湖だったら絶対に初日でホームシックだよ」

「とか言ってて、大学で県外に出たら帰ってこなくなったりして」

「えーそれは私が無理！　寂しい!!」

その大げさな反応に思わずぷっと吹き出してしまう。

うちの家族はわりとひとりでも平気な人間ばかりだったから、離ればなれで暮らしていてもあまり頻繁に連絡を取り合ったりしない。

だからこういう親子関係はちょっと新鮮で悪くないな、なんて思う。

「あの子はさ、私が二十歳《はたち》のときに産んだんだ」

唐突に、ぽつりと琴音さんがつぶやいた。

どう反応したものか途惑っていると、それに気づいたのか慌てて手を振る。

「いやいやべつに暗い話じゃないよ?!　普通に恋愛結婚だし。いまは知らないけど、当時は私みたいに高校出てすぐ就職ってパターンもべつに珍しくなかったからさ。そのまま十九でいまの人と結婚、次の年に夕湖《ゆうこ》が生まれたの」

なるほど、そりゃあ若くも見えるわけだ。

二十歳で産んだってことは……。

「はいはいそこ計算しなーい!!」

言われると思った。

こういうテンポまで夕湖に似ている。

俺は余計な茶々を入れずに黙って先を促した。

それでね、と琴音《ことね》さんが続ける。

「千歳《ちとせ》くんには想像しにくいかもしれないけど、二十歳なんてまだ全然子どもなわけ。成人とか言っても、頭のなか高校生とほぼ変わんない!」

どこか遠い世界の話を聞かされているような気分になっていたけど、考えてみれば、たった三年後の話だ。

自分に置き換えてみれば、琴音さんは再来年に結婚したってことになる。

それはどうにも現実味がないというか、すごいな、というぽかんとした感想しか浮かばない。

「だから夕湖のこと、最初は我が子っていうよりも年の離れた妹みたいにしか思えなかったのが正直なとこなんだ。もう可愛くてかわいくて。もちろん母親として必要な知識はいろいろ勉強したし、真《ま》っ直《す》ぐいい子に育てたいって頑張った」

「育ってますよ、間違いなく」

　俺が言うと、「ありがとね」と少し恥ずかしそうに目を伏せた。

「あの子、千歳くんに迷惑かけてない？　強引にデート誘ったりとか」

「迷惑とは思ってないけど、そっちも見事に子育ての成果は出てるみたいですね」

「すごーい！　なんでそんなにぽんぽん捻《ひね》くれた切り返しできるの?!」

「おたくの娘さんにお世話になってるもんで」

「あーいい！　もっともっと」

「いいかげんブレーキ踏んで真面目《まじめ》な話に戻しません？」

　琴音さんは少し大人びた表情で笑う。

「続けていいの？　若干自分語りというか、娘語りになるけど」

　もちろん、と俺は言った。

「二十歳はまだ子ども、って話でしたよね」

　こくり、と琴音さんが小さくうなずく。

「それって、つまりは子どもが子どもを育ててたようなもんじゃない？　だから本当はひとつだけ、ずっと不安に思っていたことがあってさ」

ちらりと、少し離れたトイレの方向に目をやる。

先に入ってる人がいたのだろう。

夕湖《ゆうこ》はまだ順番待ちをしているようだった。

「親が言うのもなんだけど、あの子って見てくれはいいじゃない？　おまけにあんな性格だから、女子特有のじめじめした感じも縁遠かったみたいで。友達とケンカしたって話は、ついぞ聞いたことがないなあ」

だから、と琴音《ことね》さんは言った。


「――私も含めて、みんながあの子を特別扱いしすぎた」


俺はゆっくりと意味を咀嚼《そしゃく》してから口を開く。

「それで人生がうまくいってるのなら、とくに問題ないんじゃ……？」

べつに夕湖はみんなに人気があるからといって傲慢《ごうまん》になったり、ましてやその立場を悪用したりする人間では絶対にない。

しかし目の前の人は小さく首を振る。

「そう思えるのは、君もまた特別な側の人間だからだよ」

「僕はわりと小さい頃から叩《たた》かれ嫌われ満身創痍《そうい》ですけど？」

「それはきっと、あの子よりも賢くて、強くて、もう少し優しかったから、かな」

「んな大げさな……」

たとえばね、と琴音さんが続ける。

「何人かで遊んでいて、あの子が『これやりたい！』っていつもの調子で言い出したとするでしょ？　そのとき、誰かがすうっと自分のやりたいことを引っ込めてるんじゃないかって……」

絶対にないとは言い切れない、と思う。

というか、間違いなくそういうことは、ある。

もちろん本人は素直に自分の気持ちを伝えてるだけで、なんの悪気もない。

だけどあれだけ華やかで魅力的な人間は、ただ真っ直《ます》ぐ生きているだけでもまわりに多かれ少なかれ影響を与えてしまう。

思えば、男女問わず分け隔てなく接するという美点ゆえに勘違いした男子が告白して玉砕、なんてのは典型例かもしれない。

「冷たいことを言うようだけど、夕湖のせいで他の子がちょっと我慢したり、ちょっと哀しくなったりするぐらいはいい。そういうことって、生きてれば普通にあるものだし」

べつに冷たいとは思わなかった。

悪意のある嫌がらせなら問題だけど、無自覚な自分の振るまいにまで配慮して誰ひとり傷つけずに過ごしなさい、なんて教育する親がいたらそっちのほうがよほど怖い。

琴音《ことね》さんは唇をしめらせるように水を少しだけ飲んだ。

「私が心配してたのは、それをあの子が自覚してしまったとき、どうなっちゃうんだろうってこと。世間知らずと言い換えられるほどに、真《ま》っ直《す》ぐ育ちすぎたから」

俺は黙ってグラスに口をつける。

でもね、と琴音さんの声が響く。

「千歳《ちとせ》くんと出会ってから、夕湖《ゆうこ》は少し変わったよ。自分だけじゃなくてみんなの、とまでは言わないけど、大切な人の気持ちぐらいは考えられるようになった」

――だからありがとう、と友達のお母さんは言った。

「本当は今日、これを伝えたかったの。強引に誘ってごめんね」

「夕湖がなにをどれだけ美化してるのか知らないけど、お礼を言われるようなことはしてないですよ」

「そう？　いろいろ聞いてるよ。優空《ゆあ》ちゃんのことも、健太《けんた》くんのことも」

「……やっぱり、なんにもしてないっすね」

俺が言うと、琴音さんがくすくすと肩を揺らす。

どうにも見慣れた笑顔に、少しだけ胸が苦しくなった。

「そう言ってくれる千歳くんがそばにいてくれると、私的には安心するんだけどなー。こうして直接話してみて、なおさらそう思った」

「いられるだけはいますよ、友達だから」

「あー意味わかっててはぐらかしてる！　夕湖に言いつけよー」

「それ琴音さんが怒られるだけでは？」

「呼び方、やっぱりお義母《かあ》さんでもいいよ？」

「そのおかあさん、漢字多いほうのやつですよね？」

言いながら顔を見合わせ、思わずふたりで吹き出す。

けたけた、けらけらと、まるでほんのひとときだけ、自分もこの人の息子になったような気分だった。

ひとしきりそうしたあとで、琴音さんがぽつりとつぶやく。

「それからもうひとつ、ごめん」

「まだなんか迷惑かける気ですか？」

俺が軽い調子で答えると、

「ううん、もうかけちゃった」

どこか自嘲《じちょう》気味な微笑《ほほえ》みが返ってきた。

「――いまの話を、千歳くんに聞かせたこと」

言葉の意味を推し測ろうとしたところで、注文していたメニューが次々と運ばれてくる。

ちょうど夕湖《ゆうこ》も早足に戻ってきたので、それ以上深く考えるのはやめておく。

「お母さん、朔《さく》に変なこと言ってない？」

「言ってない言ってない。娘はやめて私にしない？　って口説いてただけー」

「ちょっと！　そういうのホントにきついし反応に困るやつだからやめて!!」

「ひどい?!　本気っぽいトーンで言わないで！」

「もう恥ずかしいから早く食べて帰ろうよー」

「そんなこと言ってると追加で唐揚げとポテト注文しちゃうもんねー」

「絶対やめて！」

ああ、やっぱりいいな。

ラーメンの湯気が、ほっこりとふたりを包み込んでいる。

店内のざわめきさえも、ささやかな日常の一幕を彩っているようだ。

賑《にぎ》やかなかけ合いを見ながら、もう少しだけこの幸せな家族の風景に溶け込んでいたいと、
そんなふうに思った。

＊

ラーメンを食べ終えた俺と夕湖は、コンビニに寄ってからすぐ近くの公園まで歩いた。

ここは国道八号線とよく行くバッティングセンターのあいだぐらいに位置しており、学校からふたりで帰るときにはお決まりとなっている寄り道スポットだ。

住宅街の中にしてはそれなりに広いグラウンドと、鉄棒やすべり台、ブランコにシーソーといった遊具が設置された広場。後者は盛り土で一メートルぐらい高くなっていて、その境目にある短い階段が俺たちの定位置だった。

いつものように腰掛け、俺はアイスコーヒーをちるちるとすすり、夕湖はガリガリ君の包みをべりっと剝《は》がしている。

気づけばあたりは真っ暗で、日中と比べたらいくぶんか涼しい。

あたりを見渡しても俺たちの他には人っ子ひとりおらず、色あせたブランコが風に吹かれてきいきいとのんびり唄《うた》っていた。

なんだか気持ちよくなって、俺はだらんと足を伸ばす。

別れ際、琴音《ことね》さんはまだ名残《なごり》惜しそうにしていたけれど、夕湖が「朔といっしょに帰るから！」と譲らないので、渋々といった様子で手を振っていた。

「あんまり早く帰ってきちゃ駄目だよー」

なんて言ってたけど、あの人本当に年頃の娘をもつ親か？

「にしても、なんというかエネルギッシュなお母さんだったたな」

俺が言うと、夕湖《ゆうこ》がたははと笑う。

「今日はいつもより調子に乗ってたけど、家でもだいたいあんな感じだよ。だからあんまりお母さんって感じがしなくて、歳の離れたお姉ちゃんみたい」

「琴音《ことね》さんも同じこと言ってたよ」

「私がいなかったとき、なに話してたの？」

「うーん、夕湖を二十歳で産んだこととか？」

娘に聞かれたくなさそうな部分は伏せておいたほうがいいだろう。

とくに伝えても問題なさそうなところを選ぶ。

「そうそう！　あんな感じの人だから普段はわざわざ伝えたりしないけど、本当は尊敬も感謝もしてるんだ」

しゃく、しゃくとアイスをかじってから夕湖が続ける。

「だってすごくない!?　やっと高校卒業して、友達は大学でぱーっと遊んでたりするんだよ。人によっては人生でいちばん自由で楽しい時期なのにさ。もちろん結婚も出産もお母さんが自分で決めたことだけど、そういう時間を全部私のために使ってくれたんだなって」

「すごいよな、ほんとに」

先ほどの会話を思いだす。

わかる、なんて薄っぺらい言葉を口にはできないけれど、きっと夕湖には見せない裏で、俺たちには想像もつかない苦労だってあったはずだ。

それでもあんなふうに娘と笑い合える琴音さんを、心から格好いいと思う。

「お母さんね」

夕湖がどこか浮かれた声で言った。

「朔《さく》の話をすると、すっごくうれしそうなの！　それこそ窓ガラス割って健太《けんた》っちーを部屋から連れ出したこととか、スタバで健太っちーのために怒ったこととか、おんなじ話をもう何回させられたかわかんない」

「後者はいますぐ放送禁止にしていただきたい」

「えーなんで、あのときの朔すっごくカッコよかったじゃん。『自分はなにも進まず生み出さず、ただ飯食って呼吸しなが』」

「――ものまね風に再現するのやめろおおおっ！」

くそ、ぞわっとしたじゃねえか。

しかし、ほんの三か月前のことだってのに、なんだか懐かしい。

夕湖の声が聞こえたときは、本気でびっくりしたっけ。

そういえば、と俺は言った。

「ありがとな、夕湖」

「へっ？」

きょとんとした目がこちらを見る。

「いや、あんときは混乱してて、ちゃんとお礼を言えてなかったなって」

「私、最後まで見てただけだけど？」

「それも含めて、さ」

「へんな朔《さく》ー」

無理に説明はしないが、もしあのとき夕湖《ゆうこ》がいなかったら、矛を収めるタイミングを見失っていたかもしれない。

それに、最後までただ見ていてくれたことが、俺にはうれしかった。

まあ、あんな場面を目撃されたこと自体は、やっぱり失態だったと思うけど。

夕湖はとくに追求するでもなく、「それでお母さんがさ」と言った。

「そういうの聞かせてたらなんかもう軽くファンみたいになってて、だからはしゃいじゃったんだと思う。ごめんね、うるさくて」

俺はゆっくり首を横に振る。

「ぜんぜん。楽しかったし、会えてよかったよ」

「ほんと？　正直お母さんに紹介したいって気持ちはずっとあったんだけど、絶対あんな感じになるのがわかってたからさ」

「だからいつも迎えが来てるときは見送りしないでいいって言ってたのか」

てへ、と夕湖がかわいらしく舌を出した。

「ねえ朔、今度は私の家に遊びこない？　お母さんも絶対張り切ってご飯とかッ……」

唐突に言葉が途切れ、ぎくしゃくとした沈黙が流れる。


『──いつか、トクベツなときがきたらな』


春も終わりかけたある寂しげな帰り道、なにげなく口にした言葉に、すぱんと身体《からだ》か心のどこか大事な部分を切り落とされた。

きっと、うつむいてる夕湖も。

ぽた、ぽた、ぽた、とガリガリ君が溶けて、足下に泣きだしそうな染みを作っていく。

気づかなかったことにしてしまえばいい。

いつものようにジョークで誤魔化《ごまか》したっていい。

楽しみだな、と答えてしまえたらそれで元どおり。

だけど、どうしても。

こんなときに限って、俺の口は薄っぺらい言葉を紡ぎ出してはくれなかった。

「あのね？　ひとつだけお願いがあるの」

やがて夕湖《ゆうこ》がおずおずとこちらに手を伸ばし、触れる直前でぎゅっと強く握りしめてそのまま引っ込める。

どこか当《あ》て所《ど》なく彷徨《さまよ》いながら、それでも覚悟を決めたような色の宿った瞳《ひとみ》で、

「——朔《さく》には、いつだって私が大好きになった朔のまんまでいてほしいな」

やさしく微笑《ほほえ》んだ。

脈絡もない言葉の意味なんていまはわからないし、わかりたくも、ない。
それでもいずれ気づいてしまうぐらいの時間を、夕湖とは重ねてきた。
きっと、答えてしまったらもうこの場所には戻れない。
もしもあのとき、といつか胸をかきむしられる予感がある。
それでもいまだけは、と思う。
いまだけは目を逸《そ》らさずに——。

「当たり前だろ。千歳朔《ヒーロー》だからな」

精一杯、俺らしく笑ってみせた。

「うん！」

それを聞いた夕湖もくしゃっと笑う。

「あと夕湖、ズボンにアイス垂れてるぞ」
「ええッ?!　ちょっと早く言ってよ朔ー」
「ちっ、どうせなら胸元に」
「そんなこと言ってる場合じゃ、なーいッ!!」

少し大げさすぎるぐらいに、ふたりできゃっきゃとはしゃぐ。

いつまでもこういう時間が続けばいいと願うように。
いつまでもこういう時間が続かないと知っているように。

本当はもっとうまくやれたらいい。
本当はもっとずるくなれたらいい。

それでも俺たちはこうして不器用に向き合い続ける。

──誰かの気持ちに、自分の気持ちに。

二章　短夜《みじかよ》に残した打ち上げ花火

――十六歳、春。

私、柊夕湖は晴れて藤志《ふじ》高の一年生になった。

自分で言うのもあれだけど、ここに受かったのはほとんど奇跡だと思う。

中学時代の成績はせいぜい真ん中より上って感じだったし、勉強大っ嫌いだし。

だけどいつだったっけな。

お母さんがなにかの拍子に「夕湖《ゆうこ》も藤志高とか行ってくれたらねー」って冗談みたいにつぶやいたことがあって、それで中三の夏休みから必死に頑張った。

もうホントあんなの二度と無理ってぐらいに。

べつにたくさん迷惑かけたってほど駄目だめな娘だったつもりはないんだけど、若いときに私を産んでここまで育ててくれたお母さんに、ちょっとぐらい「よかった」って思えるご褒美《ほうび》があってもいいんじゃないかって。

合格発表を見たときはもう本当にうれしくて、ふたりで泣きながら抱き合ってぴょんぴょん飛び跳ねたっけ。

そんなわけでいま、私は一年五組の教室に座っている。

なんか高校ってもっとすっごくきれいだったり、見たこともない設備とかがあるのを期待してたのに、そんなに中学校と変わんない感じ。

まだ入学したばっかだから当たり前と言えば当たり前なんだけど、制服の着こなしとかもみんなおとなしい。

スカート短くしすぎたかな?

まあ大丈夫だよね、岩波《いわなみ》先生なんにも言ってこないし。

クラスメイトの名前はだいたい覚えた。

ほとんどの子と最低一回はしゃべったと思う。

やっぱり進学校ってすごいなっていうか、みんなちゃんとしてる感じ。

それでちょっと私の期待は高まってる。

なんでって、ホント恥ずかしすぎてお母さんにも言えないけど、じつは高校生活でひそかに期待してることがあって。


――心から、大切に思える親友と、好きな人を見つけたい。


うわちょっと待ってやっぱり恥ずかしすぎる!!

いまのはさすがに自分でも引くし!

高校生になってこんなこと言ってるのこわくない？

……でも、そんな当たり前が、私のずっとほしかったもの。


小さい頃からちやほやされて育ってきたんだと思う。

お母さんはああいう人だから娘にべったりって感じだし、お父さんはそれを苦笑いしながら黙って見守ってくれていた。

注意されることはよくあるけど、本気で怒鳴られたり叱《しか》られたりは多分一回もない。

まあそれぐらいは普通なのかな？

でも、私の場合は家の外でも、それこそ保育園でも、小学校でも、中学校でもずっとずっとそんなだった。

べつになにをしたわけでもないのに、みんな「夕湖《ゆうこ》ちゃんはかわいいよね」「夕湖ちゃんは性格いいよね」って褒《ほ》めてくれちゃう。

友達はたくさんいた。

というか、同じクラスになった子はみんな友達だと思ってた。

自分で言うとやな感じだけど、男の子にもすっごくモテた。

先輩も後輩も慕ってくれたし、通知表には絶対いいことしか書かれていない。

だから友達と本気でけんかしたことも、意地悪されたことも、告白を断った相手に悪い噂《うわさ》を流されたことも、先輩や後輩に陰口を叩《たた》かれたことも先生に目をつけられたことも、本当になにひとつ、ない。

——私は、そういう特別扱いにずっとずっと居心地の悪さを感じていた。

こんな話を誰かにしても理解されないいってことは、さすがにわかってる。
ううん、正確には一回だけ。
小学校のとき仲のよかった友達に相談したことがあって、それで気づいた。
『仲間はずれにされちゃったならわかるけど、クラスの人気者でなにが嫌《いや》なの？』

って、それは本当にそのとおりなんだけど。
うーん、なんだろう。
みんなが一歩距離を置いてる感じっていうのかな？
私のまわりだけ透明なガラスで覆われてるみたいな感覚。
もちろん姿は見えるし、声も届くんだけど、誰もその内側までは入ってきてくれない。

――いっつもたくさんの人に囲まれてるのに、いっつもひとりぼっち。


って、それはさすがに言い過ぎかな……？

多分そこまでシリアスな感じで悩んでたわけじゃないと、思う。

学校は普通に好きだったし、楽しかった。

ただ、ドラマとか映画で見るような「心が通じ合った相手」っていうのは、結局これまでひとりもできていない。

こっちから近づこうとしても、その分だけすすっと下がっちゃう。

たとえば学校ではみんな仲よくしてくれるのに、放課後とか休日はこっちから遊ぼうって言わないと絶対に向こうからは誘ってくれない、みたいな？


私なんてぜんぜん特別でもなんでもなくて、普通の家に生まれた普通の女の子で。

だから本当は、大切な友達に悩みを打ち明けたり、打ち明けられたり、楽しいときはいっしょに笑って、哀しいときはいっしょに泣いて、ときには怒ったり怒られたり、けんかだってしてみたいんだ。

だから本当は、自分より大切だと思える男の子を好きになって、毎日寝るときに思いだしたり、顔見るだけでドキドキしたり、他の女の子としゃべってたらぷりぷり嫉妬《しっと》して、電話するだけで有頂天になって、いつか勇気を出して告白して……。

その人の恋人にも、なってみたい。


――そういうフツウの青春が、ここで見つかるといいな。

＊

それから数日後。

ロングホームルームが始まるまでの時間、私は入学して比較的すぐ仲よくなった友達と固まって雑談していた。

いましゃべっているのは、バスケ部でとにかく身長の大きい海人《かいと》。

最初は普通に浅野《あさの》くんて呼んでたんだけど、「お願い夕湖《ゆうこ》ちゃん下の名前で呼んでくんないっ!?」ってすんごい勢いで頭を下げられたので、若干引きながらも思わず頷《うなず》いた。

ルックスは普通にいいほうなのに、ちょっと残念な感じだ。

ついでにそのとき、「じゃあ私も夕湖でいいよー」って伝えたら、今度はなぜかドン引きするぐらい喜んでなんなら泣きそうになってたしホント謎。

思わず「海人きもーい」って言っちゃった。

「それでよー、和希《かずき》のやつもう二組の女子に告られたんだって」

「あんまり広めないでよ、それ。断っちゃった話だし」

「わかってるわかってる、内輪だけだって」

和希っていうのは同じクラスの、なんなら他のクラスの女の子たちまで、みんなひそひそ見てる甘いマスクのイケメン男子。

海人が名前の件で話しかけてきたとき、さらっと「俺らも和希と夕湖で」と言われた。

こっちはすっごい自然でまったく嫌な感じがしなかったから、「ああモテるのもわかるなー」って思う。

そんなことを考えてたら、海人がこっちを向いた。

「夕湖は?!　まさか告白されてたりしないよな?」

「うーん、告白はなかったけど、LINEはいろんな男の子に聞かれたよ?」

「NOおおおおおおおおおおおおおおお!」

「もう、いちいち反応が大げさー!」

私が言うと、和希がくすくすと笑う。

「そりゃあそうでしょ。こんだけかわいくて性格もいい子に男が群がらないわけないから。というか海人《かいと》も普通にその他大勢のひとりだし」

「ひどくない?!」

海人はなんていうか、おバカだし、和希《かずき》は距離感うまく見極めてくれるから、こうやっていっしょに話してるのはけっこう好き。

少なくとも、あからさまに下心見え見えってタイプじゃないんだけど、

「――へえ? だったら俺もいまのうちに柊《ひいらぎ》の彼氏に立候補しておくかな」

この人はちょっと苦手かも。

私は「えーその言い方はなーい」と笑って誤魔化《ごまか》す。

千歳《ちとせ》くんは和希と同じぐらい噂《うわさ》になってる男の子だ。

ふたりといっしょに廊下を歩いてると、みんなすごい振り返るし。

まあ顔がいいのは私も認める。

確かに騒がれるレベルでかっこいいと思う。

だけど、和希がスマートで紳士っぽいのと比べると、なんだろ。

……チャラいナルシストの俺様系?

こうやってすぐに軽口叩《たた》いて女の子にちょっかい出してるし、ときどきすっごいキザなこと言ったりするし。

それがいいって話も聞くけど、私はもしどっちか選ぶなら絶対に和希派ー!!

運動部繋《つな》がりで海人と和希と仲いいから話す機会は多いのに、千歳くんとは唯一LINEを交換してない。

聞かれたら断らないだろうけど、べつにこっちから聞かなくてもいいかなって。

お互いの呼び方も千歳くんと柊のまま。

まあでもこんなに軽いくせして、意外とそのへんは踏み込んでこない。

なんてことを考えていると、海人がにやにやと口を開く。

「だってよ、朔《さく》。ふられたなー」

千歳くんがへって感じで口の端っこを上げる。

「じゃあ……夕湖《ゆうこ》、俺だけを見ろよ?」

「ぜんぜん誠意が感じられなーい」

「はじめて会ったときから君は特別な女の子だと感じてた?」

「はいそれ地雷で〜す!」

あーあ、と思う。

そんなにうまくはいかないよね。

思いっきり私を特別扱いして下心もガッツリ見えてる千歳くんはまず論外だけど、海人も、和希も、やっぱり……。

ちょっと遠慮してるっていうか、他の子より丁寧に接してくれてるのがわかる。

もっと雑な感じでいいのになあと、こっそり肩を落とした。

*

「お前ら席つけ〜」

しばらく話してたら、岩波《いわなみ》先生が教室に入ってきてみんな自分の席に戻る。

ぼさぼさの頭に無精《ぶしょう》髭《ひげ》、くたくたのスーツと雪駄《せった》。

先生っぽくないだらしなさだけど、大人の色気が魅力的って誰かが言ってた。

私はそれちょっと、いや全然わかんない。

ただ、進学校の先生ってすごく厳しそうな人を想像してたから、オシャレを楽しみたい自分的にこのゆるい感じはうれしい。

「あー、そろそろクラス委員長と副委員長を決めないと駄目っぽい」

ぽい、っていうのが岩波先生っぽい。

きっと他の先生に「まだ決めてないんですか？」とか言われたんだろうな。

「やることは提出物を回収して職員室まで持ってきたり、授業で使う教材が多いときは運ぶのを手伝ったり、クラスの決めごとするときに司会したりとかだな。誰かやりたいやつは？」

って言われても、誰も手を上げようとはしない。

私も自分はそういうのに向いてるタイプじゃないと思う。

うーん、クラス委員長ってちゃんと責任感ありそうな人がいいよね。

進行とかするなら頭もよくないと駄目だろうし……。

あっ、と私は閃《ひらめ》いてしまった。

なんだ、このクラスの代表にふさわしい人がいるじゃん。

「はい！」

私は元気よく手を挙げた。

「お、柊《ひいらぎ》やるか？」

岩波先生の言葉に私はぶんぶんと首を横に振って立ち上がる。

「じゃなくて推薦なんですけど、もし本人が嫌じゃなければ内田《うちだ》さんとかどうですか⁉」

おおっ！

教室のあちこちで肯定的な感じの反応が起こった。

ぱちぱちと拍手が湧《わ》く。

でしょでしょ、と自分が褒《ほ》められてるわけじゃないのにうれしくなる。

まだ二回ぐらいしか話せてないけど、なんたって内田さんは入学式で新入生代表のあいさつをしていた子！

てことはあれじゃん、入試で一番いい点とったってことだよね？

そんな人が同じクラスにいるなら、それこそ代表にふさわしいと思う。

「え、えっと……」

内田《うちだ》さんがこちらを見た。

ざっくりとしたショートカットに濃いブルーフレームのスクエア眼鏡《めがね》。

私みたいにミーハーな感じで流行とかオシャレとかに熱中しそうなタイプじゃないけど、近くで話したりすると制服も持ち物もすごく清潔感がある。

あと、あんまり他の子といっしょに話してるとこ見ないし、クラスでもなんとなく目立たないのに、じつは顔立ちがすっごく綺麗《きれい》！

私なんかを特別扱いしてる男の子はもっとちゃんと見たほうがいい！

とか考えてたら、内田さんがちょっと困ったようにうつむいてることに気づいた。

私は慌てて口を開く。

「あっ、ごめんねいきなり。新入生代表だったし、内田さんなら安心して任せられるって思ったんだけど、嫌だったら普通に断ってくれていいんだよ!?」

内田さんは顔を上げ、そのまま少し視線をきょろきょろさせたあと、にこっと笑った。

「ううん、大丈夫。もしみなさんがそれでいいのなら……」

よかった、いきなりだったから驚かせちゃっただけかな。

ほっと胸をなで下ろしたところで、

「――よくねえだろ」

聞き覚えのある男の子の声が静かに、でもはっきりと響いた。

「『えっ……？』」


私と内田さんの驚いた声が重なる。

なぜだか岩波《いわなみ》先生がひゅうと口笛を吹いた。

がたんと椅子《いす》を引いて立ち上がったのは、さっきまで軽口ばっかり叩《たた》いてて私を口説こうとしてた千歳《ちとせ》くんだ。

え、よくねえだろって言った？

私に？　内田さんに？

「あーっと、柊《ひいらぎ》さ」

二択で私だった！

千歳《ちとせ》くんがどこか困ったような笑みを浮かべて続ける。

「決まりかけてるとこ悪いんだけど。入学したばっかかでまだお互いのこともよく知らないわけだし、その状態で推薦ってのもなんかこう、変な感じしない？　個人的にはくじ引きとかのほうがすっきりするんだけど」

私には言ってる意味がよくわからなかった。

いまいい感じにクラスまとまりかけてたのに。

「どして？　確かに勝手に推薦しちゃったのはごめんなさいだけど、本人もいいって……」

ちょっと不安になって内田《うちだ》さんを見ると、やっぱりにこっと笑ってくれている。

「んーと、それはそうなんだけどさ。こういうのは収まりが悪いっていうか、ほら、ゲーム感覚でわいわい盛り上がったほうが面白くないか？」

……あれ？

やば、なんか微妙にイラっとしてきたかも。

だって結局なにがしたいの？　もしかして存在感アピール的な？

もしそうなら自分が立候補すればいいのに。

まわりを見回すと、クラスのみんなもちょっと引き気味だ。

そりゃそうだよね、このままくじになって自分が委員長になっちゃったら嫌だろうし。

私は少しだけ強めに言う。

「いま面白いとか関係なくない？　なにか不満があるならはっきり言ってよ」

「……あーもうッ!!」

千歳くんはがしがしって頭をかいて、

「あのな、柊《ひいらぎ》」

呆《あき》れたように笑う。

「もうちょっと立場っていうか、影響力みたいなの自覚したほうがいいと思うぞ」

え、ホントなんなの。

「あーもう」はこっちの台詞《せりふ》だし！

カッコつけてふわふわしたことばっか言って意味不明！

高校に入って期待してたような変化がすんなりとは訪れないこととか、やっぱり特別扱いされちゃうこととか、なによりそういうのの筆頭みたいな男の子に水を差されたことで、ついカッと口調が荒くなる。

「ちょっとそれどーゆー意味!?」

「だから、お前みたいなやつがあんま考えなしに人を巻き込むなってこと」

「お前って言わないでよ。千歳くんがなに言ってるのか全っ然わかんないし!!」

「……ばか？」

「むっかちーん。はいそのけんか買いましたー！」

ったく、とぼやいて千歳《ちとせ》くんがこちらに歩いてきた。

ちょっと怖かったけど、絶対に引かないって気持ちを込めて睨《にら》みつける。

千歳くんはまったく怯みもせず、どこまでも真《ま》っ直《す》ぐに私を見た。

あれ、意外ときれいな目してるんだな、なんて場違いに思う。

「いいか？　柊《ひいらぎ》みたいな人気者があんな提案したら、周りは迷わず賛成するんだよ。ぱちぱち拍手までされたあとで『嫌だったら断っていいよ』とか言われて、『嫌だから断ります』って返せると思うか？」

だ！　か！　ら！

思うかってなに、が、え……？

「――――ッッ」

そこまで言われてやっと、やっとわかった。

千歳くんがさっきから遠回しになにを伝えようとしてくれていたのか。

え、いま私がしたのって、みんながやりたがらないことを、最初から断れない状況作って押しつけた……だけ？

『このままくじ引きになって自分が委員長になっちゃったら嫌だろうし』


理解したら頭が真っ白になって、そのあとで真っ赤になる。

うそ、ちょっと待って最低すぎる。

拍手で脳天気にうれしくなってた自分が死ぬほど恥ずかしい。

てか、もしかして私これまでの人生で似たようなことやって……？


じゃ！　なくて！

いまは!!

ダンッ、と一歩踏み出し、

「ごめん！　勝手なこと言っちゃった！」

途惑いながら座っている内田《うちだ》さんの手を握った。

「いや、私は、べつに……」

あーもうッ!!

なんで気づかなかったの私。

こんなに目が泳いでるし、手に力が入ってるし、声だって少し震えてる。

「内田《うちだ》さんもさ」

私がなんて言葉をかけたらいいのか迷ってるうちに、千歳《ちとせ》くんが口を開く。

「今回のは完全にとばっちりだけど、嫌ならせめて嫌そうな顔ぐらいしたら？　そしたら誰かが気づけるかもしれないし、愛想笑いは癖になるぞ」

それを聞いたとたん、内田さんは千歳くんをキッと睨《にら》み、手からはすっと力が抜けて、どこまでもはっきりと言った。


「——あなたにそんなこと言われる筋合いはないと思います」

だというのに、そうさせた本人は、

「だな、わりぃ」

まるで少年みたいにくしゃっと笑う。

その瞬間お腹《なか》の下のほうに、きゅうっと痺《しび》れるような感覚が広がった。

痛くはなくて、不快ではないけど気持ち悪くて、なんかどうにもできなくてじれったい。

ていうか、私。

いま、もしかして、叱《しか》られた？

なんなら、けんかした？

――パリーンと、どこかできれいな音がした。

わけのわかんない感情がばーんて爆発。
え、「むっかちーん」てなに？
けんか買うってなに？
そんな言葉、人生で一回も使ったことなかったんですけど!?

――ぽろぽろ。

で、気づいたときにはもう泣いていた。

泣いてるって気づいたら、もう次から次へとあふれて止まらなかった。

え、なんで？

どうして私、こんな……。

自分いま哀しいの？　怒ってるの？　凹《へこ》んでるの？

や、ちょっと待って、多分これは違くてそういうやつじゃなくて！

なんてあたふたしているうちに、岩波《いわなみ》先生がにやりと笑う。

「あーらーこーらーらー♪　いーけーないんだーいけないんだー♪　せーんせーに」

「教師にそれ唄《うた》われるとは思ってなかったわ！」

千歳《ちとせ》くんがツッコミを入れてからため息をつく。

「なあ柊《ひいらぎ》、俺の言い方が悪かったかもしんないけど、そこで泣くのはずるいだろ」

また叱《しか》られた。

叱ってくれたんだって思ってもっと泣く。

「ったく、勘弁してくれよ。そのうち適当なスイーツでも奢《おご》るからさ」

なにそれ最低。

こういうめんどくさい女は、とりあえずスイーツで機嫌とっとこうって？

慰め方雑すぎって思って、もうわんわん泣く。

わんわん泣いたら、水たまりのなかに自分の気持ちが落っこちてた。

からん、て。

ああ、そうか。

——私いま、めちゃくちゃ、うれしいんだ。

海人《かいと》が真っ先にはやし立てる。

「おーい朔《さく》ー、夕湖《ゆうこ》に嫌われたなご愁傷様。抜け駆けするからだぞぉー」

「お前にだけは言われたくねえよ！」

和希《かずき》がそれにぼそっと続く。

「……五組の千歳朔《ちとせさく》はヤリチン糞野郎《くそやろう》」

「裏サイトに書き込んだのてめぇかコラちょっと来いや!!」


「ひどーい」

「千歳くんないわー」

「柊《ひいらぎ》さんを泣かせるな!」

「内田《うちだ》さん無理しなくていいからね」

「このヤリチン糞野郎!!」


「——だあああああああわかった!!!!!!!!!!!」


千歳くんはそう言って教壇に上がり、岩波《いわなみ》先生を押しのけた。

バアンッ、と黒板を叩《たた》いて叫ぶ。

「誰もが認める学年のアイドル柊夕湖《ゆうこ》!　地味系に見えて修学旅行の夜『じつは俺あいつのこと好きなんだよね』って言いだす男子がごろごろ出てきそうな内田優空《ゆあ》!　この両名を傷つけ

た責任とって俺がクラス委員長になる。文句があるならかかってこいやオラァ!!!!!!」


なにそれ、ホントばっかみたい。

ばっかみたいって思ってだばだば泣く。

だってそうでしょ。

知らんぷりしてればいいのに、あんなふうに流れ止めちゃったらクラスの子にちょっとウザがられるのわかってるのに、黙ってられなかったってことでしょ？

途中からやたら偉そうだったけど、それって言いだした私にも、本当は断りたかった内田さんにも、微妙なしこりが残りそうだから悪役になってくれたってことでしょ？


なんか、答え合わせしなくてもわかっちゃう。

私、小さい頃からいろんな人に見られ慣れてるから、見慣れてるんだ。

現にみんなこっちのこと忘れて千歳くんに文句言ってるし。

それで最後には自分が全部背負っていっちゃうとか、そんなのって。


——そんなのって、ただのヒーローじゃん。

瞬間、ガラスの欠片《かけら》が反射してるみたいに世界がきらきらって輝きはじめた。
叱《しか》ってくれた、ケンカしてくれた、私のこと雑に扱ってくれた。
ねえちょっと、なんでこんなことで、こんなにうれしくなっちゃうの。

千歳《ちとせ》くんが大声で言う。

「だあああっ、うっせえなお前ら！　ぐだぐだ言ってると副委員長に指名しちまうぞ！」

まだ悪役続けてるし、なんなら悪化してるし。
いつまでも泣いてる場合じゃなさげ。
がしがしっと、乱暴に涙を拭《ぬぐ》う。
ねえ、さっきまでの私。
ねえ、これまでの私。
ここにあったよ。

見つけた、見つけた、見つけた。

私の青春、私の――――。

ぴんと手を挙げて勢いよく立ち上がる。

「はいはいはーい！　朔が委員長やるなら私が副委員長やるー!!」

「は？　なんで？」
「大丈夫！　私、小学校のときうさぎとかメダカの世話するの得意だったし!!」
「……生き物係になってくれませんかね？」

また雑な扱いだ、にやけちゃう。
なんでって、そんなの決まってるじゃん。
こんなにもあっけなく、笑っちゃうぐらい普通に――――。

好きな男の子が、できた。

だけどおかしいよね。

これまでずっと特別扱いされることが嫌で嫌で仕方なかったくせに。

いまは逆のこと思ってる。


――私、あなたのトクベツになってみたい。

*

「――っていう感じかな」

高校二年の夏休み。

私は綾瀬《あやせ》なずなと駅前のアーケード商店街をぶらつきながら言う。

この前、朔《さく》とのデート中に会って以来、ちょくちょく連絡をとっていた。

それで夏服がほしいって話になって、今日はショッピング。

なにげにうっちー以外の女の子とふたりきりで、ってのは高校に入ってから初めてだ。

だから、なんかちょっと落ち着かない。

とくに反応がないのを見て、私は続ける。

「それで、どう思う？」

なずなが急に「なんで千歳《ちとせ》くんのこと好きになったの？」とか聞いてくるから、つい語りすぎちゃったかも。

「どうって……うざ」

「それだけっ⁉」

「あと思ってたよりキモい」

「ひどッ！」

こんな話をしたのも、そもそもは朔と亜十夢《あとむ》くんを残して飲み物を買いに行ったあのとき。

『――見てらんないから言っとくけど、あんた本当に千歳くんと付き合いたいならどうにかしないと、このままずるずるいって終わるよ？』

なんて言われたのがきっかけだ。

正直、イタいとこ突かれたと思った。

本当は自分でも気づいてたから。

「……やっぱり、こんな理由じゃダメだよね」

私はぽつりとつぶやく。

じつは最近、ずっともやもやしてたことだ。

悠月《ゆづき》はヤン高の人たちやストーカーから助けてもらって、西野《にしの》先輩のことは詳しく聞いてないけど明らかに立ち入りできないような深い繋《つな》がりがあって、もう一度野球をやるきっかけを作ったのはどう見ても陽《はる》で……。

恋愛的な意味なのかまではわからないけど、きっとみんな朔《さく》が好き。

なずなはあの日「いつまでも続かない」と言った。

ずっと目を背《そむ》けていたけど、多分そのとおりなんだ。

これまで、たとえ好きにはなってもらえなくても、朔の一番近くにいる女の子は私とうっちーだけだと思ってた。

けどいまはもう、ううん、もしかしたらもっとずっと前から、違う。

少なくとも、だけじゃない。

それ以上に私の胸がぎゅうぎゅう締めつけられるのは、みんなそれぞれに朔を好きになるトクベツな理由を持ってるってこと。

トクベツな理由っていうのはつまり、トクベツな絆。

うまく言えないけど朔とのあいだにふたりだけの物語があって、少しずつ絆を深めて、それが理由になって、ちゃんと好きに……。

それに比べて私は、ってどうしても思っちゃう。

ほとんどひと目惚《ぼ》れみたいなものだったし。

なんて、うじうじ考えていたら、なずながめんどくさそうにこっちを見た。

「なにそれどういう意味？」

「どうって、なんかピンチから救ってもらったとか、出会いが運命的だったとか、いっしょに苦難を乗り越えたとか。そういう理由がない好きって、弱いというか、薄いというか……」

「え、うそ、ちょっと本気で引くんですけど」

「真剣に悩んでるのに⁈」

はあ、とでっかいため息が聞こえてくる。

けっこうずばずば言われてるのに、どうしてなずなが嫌いじゃないのかわかった。

朔がいたおかげで海人《かいと》とか和希《かずき》も雑な感じになっていって、最近はまったくそういうこと考えなくなったけど、この子も最初っからぜんぜん私を特別扱いしないからだ。

あのさ、となずなが言った。

「好きになった理由とかどうでもよくない？　顔がいいとかオシャレとか、よく目が合うとか、普通そんなもんでしょ」

「普通じゃ、届かない気がして」

「は？　あんた普通の青春したかったんでしょ？　なら普通の恋でよくない？」

その言葉には思わずはっとする。

確かにそのとおりだ。

あれだけ望んでたことだったのに、でも……。

また不安になって下を向く。

「たとえばね、もしなずなが男の子で一年のとき同じクラスになって……」

「なに言いだした？」

「そこに朔《さく》がいなくて、代わりになずながいまみたいな感じで叱《しか》ってくれたらさ。私はそっちを好きになってた、ってことなのかな。たまたま最初にそうしてくれたのが朔だっただけで」

「とんでもない世界観に私を巻き込まないでほしいんですけど」

あーもう、となずなが続ける。

「んなこと言い始めたら、千歳《ちとせ》くんよりもっとカッコよくて男らしくて優しくて夕湖《ゆうこ》の好みにドンピシャなのに、その特別扱い？　ってやつしないような人と先に出会ってたらどうなのって話じゃん」

「そんな人いないけど？」

「いや聞けし」

びしっと、芸人さんのツッコミみたいな感じで腕を叩《たた》かれた。

「てかもうそれが答えでしょ。『自分にはこの人しかいない』って思えるなら、恋するのに他の理由とかいる？」

それに、となずながつぶやいた。

「人生の色が変わるほどの瞬間だったんでしょ。そのあんただけのトクベツ？　ってやつを大事にしなきゃいけないんじゃないの。知らないけど」

とくん、と小さく胸が跳ねた。

あのとき感じた気持ち。

それは間違いなく、自分だけのトクベツだった。

誰かと比べて色あせるものでは、絶対に、ない。

きっかけは些細《ささい》なものだったけど、あのときから毎日新しい好きを見つけて、いまではたくさんの好きが心に降り積もってる。

うん、と心のなかで頷《うなず》いた。

「ありがとね、なずな」

「いいけどなんか奢《おご》ってよー、もう喉《のど》からからから」

「かーしこまりー！」

私は大きく一歩を踏み出す。

大丈夫、朔を好きな気持ちなら誰にも負けない。


――でも、もし。

みんなが自分だけのトクベツを持っていて、自分にはこの人しかいないって思いながら、同じ相手《ひと》を好きになったら、どうすればいいんだろう。

＊

それからふたりで駅裏の複合施設AOSSA（アオッサ）の一階にあるユトリ珈琲店に入った。

本格的な感じのメニューがいろいろあるけど、あんまり外が暑かったから私はミックスジュースを、向こうはアイスカフェオレを頼む。

それぞれの注文が揃《そろ》ったところで、なずなが「そもそもさ」と切り出した。

「千歳《ちとせ》くん、夕湖《ゆうこ》の気持ち普通に知ってるんだよね？　告白したの？」

「うーんと……」

「てかあんたも目の前で好きとか言ってるじゃん。でも付き合ってないっていうし、それどういう状態？」

私は思わず目を逸《そ》らして頬《ほお》をかく。

「ごめん、それはあんまり話したくないかも」

「あそ」

なずなはあっさり引き下がり、「じゃあさ」と続ける。

「そもそもこっちが本題なんだけど、さっさと告白すれば？」

「うぅ……」

まあ、どうしたってその話にはなるよね。

告白。

考えたことがないと言ったら嘘《うそ》になるというか、なんなら毎日ぐらいの勢いで考えてる。

朔《さく》といっしょにいられるだけで充分すぎるほど幸せだけど、やっぱりいつかは告白して、付き合って、恋人になりたい。

送ってもらうんじゃなくて、手を繋《つな》いでいっしょに帰りたい。

遊び《デート》に行くんじゃなくて、ちゃんとデートがしてみたい。

正妻ポジションとかじゃなくて、大好きなあの人の、彼女って言われたい。

でも、

「自信が、ないんだもん」

私は言った。

「うっちーも、悠月《ゆづき》も、西野《にしの》先輩も陽《はる》も、朔のまわりには素敵な女の子がたくさんいる。そのなかで私を選んでもらえるっていう、自信が」

「まあ、そりゃそうだよね。あんたらのまわりレベル高すぎ」

「だから、告白してふられて、いっしょにいられなくなるぐらいなら……」

なずなが呆《あき》れたように笑う。

「まあ、ふられても友達続けてる人なんていっぱいいるけど、夕湖《ゆうこ》にはきついかもね。でもさ、ちゃんと他のパターンも考えてる？」

「他のパターン……？」

「前に言ったでしょ。あんたの知ってる人が千歳《ちとせ》くんと付き合ったら、って。そしたらいまみたいに好きって伝えることすらできなくなるよ」

「わかってるつもりだけど……」

「ぼんやりしてるみたいだから具体的に言ってあげよっか？　いま挙げた四人。誰かひとりぐらいはとっくに告白しててもおかしくないってこと。七瀬《ななせ》とかぐいぐい攻めそうだし」

「────ッッ」

当たり前すぎる事実に、がつんと心を殴られる。

なずなにこの前言われたときは、なんとなく「クラスの女の子」ぐらいの知り合いを想像してたけど、多分、無意識のうちに考えないようにしてただけ。

だって、そんなの想像しちゃったら……。

って、思ったときにはもう想像しはじめてた。

――たとえば悠月《ゆづき》が朔《さく》と付き合ったら。

ふたりが偽物の恋人を演じていたときのことを思いだす。

悠月のためだって、あんなに怖い目に遭ってるんだからって、ちゃんと頭では理解してるのに、私の胸は痛くていたくて張り裂けそうだった。

いっしょに登下校して、みんなから付き合ってると噂《うわさ》されて、図書館でテスト勉強して、手を繋《つな》いでお祭りに行って、辛《つら》いことから守ってもらって……。

だってそれは、一年生のあの日からずっと思い描いてきた憧《あこが》れの光景そのものだから。

どうせなら私が狙われてれば、なんて友達として絶対に考えちゃいけない最低なことも考えちゃって、寝る前は自分で自分が大嫌いになった。

それでも汚い心は、なかなかきれいになってくれなかった。

――たとえば西野《にしの》先輩が朔と付き合ったら。

進路相談会の日。

ずっと特別扱いされてきた私でさえ言葉を失ってしまうぐらい美しいあの先輩が、うれしそうな顔で朔《さく》に手を振っていた。

「私のことが大好きな君」って、言ってた。

一瞬、椅子《いす》の下に真っ黒な穴が空いて真っ逆さまに落ちていくような気持ちになったことをはっきり覚えている。

もしかして、私が知らされてなかっただけで、朔はとっくにあの先輩と付き合ってたんじゃないか、って。

違うとわかってからも、いきなり宙に浮くような冷たい感覚は消えなかった。

それから去年、朔が野球を辞めて落ち込んでたとき。

私が見守る以外になにひとつできなかった時期。

あの先輩に弱音を吐いていたということを知った。

私の前では、いつだって強くてかっこいいところしか見せようとはしてくれないのに。

もしもあの人が東京に進学を決めて、来年、朔が追いかけて行っちゃったら。

手の届かない場所で、いっしょに暮らしたりしたら。

西野《にしの》先輩は直接の知り合いってわけじゃなかったから、どんな人なんだろう、どんな話をしてるんだろう、どんなふうに出会ったんだろう、って嫌な想像はどんどん加速した。

なにより朔があの人を見るときの目は、きっと私が朔を見るときの目と同じだったから。

何度も何度も、唇を嚙《か》みしめて涙をこらえた。


——たとえば陽《はる》が朔と付き合ったら。


なずなから、朔が野球の練習をしているらしいと聞いたとき。

私はもう、どんな気持ちになったのかさえわからない。

ただ、「なんで?」って思ったことだけは覚えてる。

どんなことだって真正面からぶつかって解決しちゃう朔が、本当にたったひとつ、目を逸《そ》らして話そうとしなかったのが野球部のことだったから。

陽がいっしょにいるって聞いたとき、あ、私じゃなかったんだなって気づいた。

あの強くて熱い男の子に届けられる言葉を持ってるのは、同じぐらい強くて熱い女の子だったんだな、って。

グラウンドで食べたうっちーのおにぎり、ほとんど味がしなかったっけ。

試合の日、いっしょに選んだワンピースを着て叫んでる陽を見たとき、それに励まされてすごいことやってのけた朔を見たとき、私はなにやってるんだろうって思った。

これが映画だったら、画面に映ってるのはあのふたりだなって、思った。

熱くて、感動して、悔しくて、哀しくて、大好きな朔《さく》の笑顔から目を逸《そ》らした。


「わかった?」

それまで黙っていたなずなが、いつもよりちょっとだけ優しい感じに言った。

考え込んでるのを察して、待っててくれたのかもしれない。

私は重いため息を吐いてから口を開く。

「思ってたより嫌な女かも、私。大切な友達に本気で嫉妬《しっと》して……」

言い終わらないうちに、なずながぷふっと吹き出してそのままけたけた笑う。

「ねえちょっといま真面目《まじめ》な話!」

「いやそんなん笑わないの無理だから。嫌な女って、リアルで言ってる人はじめて見たし」

「もういい」

こんなの、うっちーにだって話したことないのに。

むすっとしてミックスジュースをすすってると、ようやく息を整えたなずなが口を開く。

「じゃなくて、嫉妬なんかしないほうがおかしいって話。てか、嫉妬しない恋なんて恋じゃなくない? あんたはそうやって自覚できるだけまだマシ。嫉妬したことないのーとか言い出す女は信じないから、私」

「そ、そうなの……？」

「そりゃそうでしょ。好きな男が他の女と仲よくしてたら普通にイラっとするじゃん」

「でも、友達だよ？」

「ムカつくかはさておき、私だったら見知らぬ人に負けるより友達に負けるほうが絶対に嫌。近いから想像しちゃう。体育の着替えでうわー新しい下着増えてるしー、とか」

「し、下着って……」

「べつにその子の下着のラインナップとか知らんけど、おろしたてのってわかるでしょ。生々しくてダメージ食らうやつ」

なずなの話を聞いているうちに、黒いもやもやが少し薄れていくのを感じた。

そっか、普通なのか。

けどそれって、逆に言えば……。

そのままなずなが続ける。

「で、嫉妬するのって、あんただけじゃないから」

やっぱり、そういうことになるんだよね。

「私だけを見てほしいって気持ちは、みんないっしょ。ましてやあんた千歳《ちとせ》くんの正妻とか言われてるんだし、どっかに焦ってる人いるよ」

まあどうせ責任とれないし好きにすればいいけど、と続けたなずなが、話はおしまいって感じでにっと笑った。

「――好きって言えないさよならより、好きって言えたさよならのほうがまだよくない？」

私は全部を呑《の》み込んで、おんなじように、にこっと笑った。

本当は、もっとずっと前から嫌な女なのに、なんにも知らないふりをして。

どんなさよならも、いやだよ。

ねえ、朔《さく》。

――あなたのトクベツは、誰ですか？

＊

それから数日後のお昼過ぎ、私はお母さんに車でエルパまで送ってもらった。

今日はうっちー、悠月《ゆづき》、陽《はる》といっしょに水着を買いに行こうと約束していた日だ。

服装はかなり短めのショートパンツに夏っぽい柄の入ったブラウスをイン。女の子ばっかりだから、髪の毛をコテで巻いて大人めのツインテールにしてみた。前にこのアレンジしたら朔のリアクションがなんか微妙で、こういうときじゃないとできないし。

駐車場に着いて車を降りると、なぜかお母さんも出てきた。

「あれ、ついでに買い物してくの？」

私はきょとんとして聞く。

「いや、私も夕湖《ゆうこ》の友達《ライバル》にあいさつしておこうかと」

「絶対来なくていいから！」

「えー」

子どもっぽく口を尖《とが》らせているお母さんを無視してさっさと車を離れる。

LINEのグループをチェックすると、他の三人はもう合流してるみたい。

『ミスドのあたりにいるよ』

ちょうど、うっちーからメッセージが届いたので、私は真ん中の入り口へ向かう。

自動ドアが開くと、ひんやり冷たい空気が流れてきて、思わずふうと息を吐いた。

「夕湖ー！」

中に入るとすぐ、元気いっぱいな声に呼ばれた。

そっちに目を向けると、陽《はる》がたかたかと駆け寄ってくる。

私は軽く手を上げてから口を開く。

「ごめーん、待たせちゃった？」

「いや全然。うちらもさっき合流したとこだし」

今日の陽は黒のショートパンツにアディダスの白T。黒のキャップから、いつものショートポニーテールがぴょこんと飛び出てる。スポーティーな服装だけど、丈の長いTシャツがワンピースっぽく見えてギャップにきゅんとくる感じ。

陽の後ろから歩いてきた悠月《ゆづき》も軽く手を上げる。

「やほ」

「やっほー!!」

グレーのハイウエストパンツに、アッシュブルーのブラウス。ふんわり膨らんだ袖《そで》にワンポイントでリボンがあしらわれてる。けっこうシンプルな服装だけど、スタイルのいい悠月が着ると超カッコいい。

最後にうっちーは薄い水色の縦ストライプが入ったロングワンピース。

こういう女の子らしい服が似合うのホントうらやましい！

私だと、丈短めにしないとなんかしっくりこないんだよね。

ていうかすごくない？

なずなも言ってたけど、みんなタイプ違うのにみんなかわいすぎる！

「うっちー場所LINEしてくれてありがとねー」

「ううん、よく考えたらどこに集まるか決めてなかったと思って」

それを聞いた悠月が呆《あき》れたように笑う。

「陽が早めに行くって言うから、時間近くなったら場所送ってって頼んでおいたのに……。完全に忘れてやがりましたね」

「ごめんごめん、ちょっとバット見てたら熱中しちゃって」

「まさかマイバットまで揃《そろ》える気か？」

バット……。

ふるふる、と私は首を振る。

「陽はどんなのがほしいとか考えてきた？」

私が言うと、なぜか悠月が答えた。

「胸を誤魔化《ごまか》せるやつ」

「ぶっ飛ばしちゃうぞナナ？」

「じゃあマイクロビキニで勝負する？」

「あんたには聞かないからどっか見えないとこ行ってろ？」

陽《はる》がこちらを見て、胸の前で「押忍《おす》」って感じのポーズをとる。

「今日はよろしくお願いします、師匠！」

私はふたりのやりとりにけらけら笑ってから、

「かーしこまりー！」

陽の小さな手をとった。

*

そんなわけで私たちは二階にあるショップのひとつに入った。

さすがにこの時期は、あちこちに水着がいっぱい並んでる。

これだけあったら気に入るのが見つかりそう。

まずはそれぞれが店内を自由にぶらぶらしてると、すっと誰かが隣に立った。

ライトに甘い香水がふあっと漂う。

あ、これいい匂い。

あとでどこのやつか教えてもらお。

「ねえねえ夕湖《ゆうこ》」

ナゾにひそひそと話しかけきたのは悠月《ゆづき》だ。

「はいはいなーにー？」

「ちょっと敵情視察っていうか、むしろ談合？」

「ダンゴ？　お昼食べてこなかった？」

「どうした藤志《ふじ》高生」

あれ、なんかよくわかんないけど呆《あき》れられてる。

じゃなくて、と悠月が続けた。

「かぶらないようにしない？　ってこと」

それでようやくぴんときた。

確かに、このなかで一番かぶる可能性ありそうなのは私と悠月かも。

「難しいよねー。悠月はセクシー系？　かわいい系？　トリッキーなオシャレ系？」

「うーん、そこなんだよね。まあ最後のはなしかな」

「だよねー」

最近はタンキニとかモノキニみたいにあんまり肌が見えなくて、普通の洋服っぽかったり、ひと味違う個性的な大人の女っぽいタイプもあるんだけど、絶対に朔《さく》は好きじゃないと思う。

私は目の前に並ぶ水着をチェックしながら続ける。

「ちなみに、朔はどっちがいい？　って聞いてみたらはぐらかされちゃった」

「……日和《ひよ》ったなあの男め」

「とりあえず、なるべくおっぱい見えてるやつがいいと思う！」

「完全に同意だけど悩むの空《むな》しくなってきたぞ……」

やっぱり、悠月《ゆづき》もちょっと朔《さく》の目を意識してるんだよね？

まあ、そりゃそうか。

当然、いつものメンバーで遊ぶことになるだろうし……。

「夕湖《ゆうこ》、こっち向いて」

悠月はカラフルな花柄のあしらわれたオーソドックスなビキニを手にとり、私にあてがう。

「うーん、やっぱ普通に考えたら夕湖がかわいい系、私がセクシー系か」

「それね。イメージどおりに攻めたほうがいいのか、あえてのギャップ狙いか迷いどころー」

「前にギャップ萌《も》えみたいなことは言ってたけど、一回その手使っちゃったしな……。夕湖だったらレースアップとか着てもおしゃれに決まりそうじゃない？」

今度はトップの真ん中とボトムのサイドが編み上げになっているタイプをあてがわれる。確かに胸の見える面積は多いけど……。

「えー！　こういうのこそ悠月でしょ!!」

「私だと肉食っぽくなりすぎそうなんだよなあ。浜辺で男を狩る気満々みたいな」

その言い方に思わずぷーっと吹き出した。

なんかわかる。

悠月って全身からフェロモンがほとばしってるんだよね。

わりとボーイッシュ寄りな服が多いのも、じつはそのへん調整してるのかも。

「ねーねー、悠月はどこで服買うことが多い？」

「うーん、シーズンの頭に金沢まで出ちゃうことが多いかも」

「わかる！　私も!!　福井好きだけどファッション事情は厳しめだよね〜」

「もしあれだったら、今度いっしょに行こっか？　陽《はる》はそういうのめんどくさがるし」

「行くーっ！　私いっつもお母さんに車で乗せてってもらうから好きに回れないの」

「私は基本ひとりで電車かなー」

「悠月ってひとりで電車乗れるの?!」

「どうした高校生……？」

「あれもう藤志《ふじ》高生じゃなくなってる?!」

だって市内から通学してる子って基本的に自転車移動か私みたいに送ってもらうかじゃない？　バスとか電車の乗り方わからない子、けっこういると思うけどなー。

でも、悠月と買い物行ったら絶対楽しい！

なんていうか、ファッションに対するスタンスが私と似てそう。

そんなことを考えてわくわくしていたら、悠月が「とりあえず」と言って、うっちーといっしょにいる陽を見た。

「問題児から先に片づけますか」

「かーしこまりー！」

＊

「それで、陽《はる》はなんか気になるのあった？」

悠月《ゆづき》が言いながらその手元を覗《のぞ》き込んだ。

「……これ、とか」

陽が恥ずかしそうに持っていた水着を身体《からだ》にあてがう。

私と悠月は顔を見合わせて、

「正気か？」「ぶっぶー！」

思わず同時に言った。

「夕湖《ゆうこ》まで⁉」

陽が持っていたのは、いわゆるワンピースタイプ。

名前のまんまで、スカート丈の短いキャミワンピみたいなやつ。

すっと悠月が前に出たので、私は説明を任せることにする。

多分、言いたいことはおんなじだ。

「あんたね、胸の大きさに自信がないんでしょ？」

「……うぅ、だからなるべく布多いやつがいいかと思って」

「だからってそんなの選んだら、逆に気にしてる感出ちゃうよ？　いいのか？　『ああ、がっかりボディなんだろうな』とか思われても」

「そ、それは嫌、です。てか結局また説教だし……」

「お黙り！」

「はいッ!!」

誰にそう思われたら嫌なのかは……。

って、ううん。

悠月が陽にずいずいと詰め寄りながら続ける。

「胸で勝負できないなら他のとこで戦うしかないでしょ。あんたの持ってる武器はなんだ!?」

「……は、陽ちゃんスマイル……？」

「真面目《まじめ》にやれ」

じゃなくて、と悠月が言った。

「せっかくバスケで鍛えられたウエストライン！　ヒップライン！　レッグライン！　それ全部隠しちゃってどうすんのって話」

口にした箇所をぺしぺしと叩《たた》いていく。

おお、と陽《はる》は納得したように頷《うなず》いた。

「言われてみれば、お腹《なか》まわりの肉とか悠月《ゆづき》より少ないし」

「おい口を慎《つつし》め小娘。私のほうが女性らしい体型《ライン》なだけだからな？」

「あんたいっつも無駄にカロリーとか気にしてるもんね」

「よーしわかった戦争だ表出ろウミこらぁッ！」

へえ、ふたりで話してるときって悠月もこういう感じになるんだ、意外。

でもかけ合いめっちゃ面白いけど、任せてたらこのまま進まなそうな感じ。

私は笑いを堪えながら割って入る。

「つ、ま、り！　女の子として自信をもって出せるとこはどんどん出していきましょー、ってことだよ！」

「師匠……！」

すがるようにこちらを見る陽に、私は言った。

「ちなみにトップとアンダーっていくつ？」

「えなに？　トップ？　アンダー？」

「夕湖《ゆうこ》、陽にそんなこと聞いてあげないで」

悠月の言葉に「オッケー」と返す。

「じゃあごめん、ちょっと触らせて」

「ヘッ？」

私は陽《はる》の後ろに回り、両方のバストをやさしく包みこんだ。

「ちょ、ちょっとねえ夕湖《ゆうこ》ってば!!」

「大丈夫だいじょうぶすぐ終わるー」

「くすぐったいよぉ」

ふにふにと感触を確かめてから手を離す。

できるだけさくっと済ませたつもりなんだけど、陽は「まさか裏切りモノか？」って感じでこっちを見てた。

「多分、陽って自分が思ってるほど小さくないよ？　余計なお肉が少なすぎてあれだけど、ブラ着けるときの寄せ方だけでも全然見た目違ってくるし」

「え……そうなの!?」

「悠月《ゆづき》、教えてあげなかったの？」

私が言うと、眉間《みけん》に手を当ててがっくりうつむく。

「教えたはずなんだけど、すっかり忘れてらっしゃるみたいですねえ」

まあ、こういうのって自分から興味もたないと覚えないもんだしね。

「じゃあそれはあとでもう一回教えてあげる」

「神……！」

「てか普通の三角ビキニだったら気持ち小さめのサイズ選ぶだけで谷間はよゆー。単純に谷間だけの話ならヌーブラとかパッド使えば即だし、水着はともかくがばっと胸元開いた服着るときテープとかで強引に寄せて固定してる人もいるっぽいよ？」

「そうなん⁈」

「というわけで、選び直しーっ！」

陽が「よっしゃ！」って感じで拳《こぶし》を握り、悠月は「なんで夕湖の話は素直に聞く？」ってぼやいてる。成り行き静かにを見守ってたうっちーが、「まあまあ」とみんなをなだめてた。

やばい、すっごく楽しい。

こういうの好き、大好き。

バスケ部コンビはまだ心通わせた親友、ってまで言っちゃっていいのかわかんないけど、知らないうちに私のまわりには、私を特別扱いしない友達ばっかりだ。

——大切な友達、ばっかりだ。

＊

それから何時間もかけて納得できるまで水着を選んだ。

私と悠月《ゆづき》なんて、どんだけ試着させてもらったかわからない。

陽《はる》はすっごいかわいいのが見つかったし、うっちーも意外にめっちゃ真剣だった。

それからスタバでお茶をして解散。

あんまりはしゃいで、笑って、だからちょっとだけ名残惜《なごり》しかったけど、どうせすぐにまた花火大会で会える。

外に出たらもう日が傾きはじめていた。

お母さんは帰りにまた電話しなさいって言ってたけど、車でぴゅーっと家に帰ったら楽しかった時間の余韻が消えちゃいそうな気がして、私はのんびり歩いていた。

夏の夕暮れって好き。

もくもくと大きい雲がピンクとかパープルに色づいて、影が長くなっていく。

さあそろそろかな、って感じでカエルや虫の鳴き声が聞こえ始めて、田んぼとか川の匂いが急に濃くなる。

なんでかわかんないけど、他の季節よりもちゃんと「一日の終わり」って感じ。

いまごろ、みんなもこの空を見ながら帰ってるのかな。

家に着いたら部屋でもう一回着てみて、本当にこの水着でよかったのか確かめたり。

想像すると、ちょっと愛《いと》おしくなっちゃう。

……なんて、真っ先に私がやるなー、それ。

ぼんやりあれこれ考えながら歩いていると、

「夕湖《ゆうこ》ーッ!!」

前のほうからぶんぶん手を振りながら近づいてくる自転車が見えた。

おっきい身体《からだ》と普通のママチャリが合ってなさすぎで思わず笑う。

「よお、偶然！」

ききーっと、私の前で海人《かいと》が止まった。

「やっほー、どしたのこんなとこで」

「エルパのスポーツショップとか行こうと思って。そっちは？」

「私はうっちーと悠月と陽と買い物してて、いま帰り」

「それってもしかして……」

「うん、かわいい水着買ったよ！」

「きたあああああああああああああッッッ!!!!!!」

「ちょっと海人キモーい」

私が言うと、たははと笑って荷台を指さす。

「夕湖の家このへんだよな？　どうせなら送ってくよ」

「大丈夫、今日は歩きたい気分だし」

「でも暗くなってきたから女の子ひとりじゃ危ねえだろ?」

「べつに危なくないよ、そもそも人いないもん」

「ふーん」

海人《かいと》が自転車を降りて、にっと笑う。

「じゃ、俺も歩く」

「えー余韻がだいなしー」

「なんかわからんけどひどくない⁉」

結局そのままふたりで歩き始める。

こうやって並ぶと、やっぱ身長高いなあ。

普通に頭一個分ぐらい違う。

「海人ってさ」

あんまりまじまじ見る機会もないけど、意外と精悍《せいかん》なその横顔に声をかける。

「なんでモテないの?」

「急に⁈」

ふにゃっと、いきなり情けない顔。

こういうとこ、なにげにホッとするんだよね。

朔《さく》と和希《かずき》はいっつもスカしてるから。

「だってそんなに身長高いし、顔も普通にいいし、スポーツマンだし、おバカだけど性格は明るいし……」

「ひとつ余計じゃない?!」

とか言いながら、海人はちょっと照れくさそうに頭をがしがしてる。

「冷静に考えたらむしろモテないほうがおかしくない？　告られたりとかないの？」

「あー、っと……」

ちょっと言いよどんでから、諦《あきら》めたように口を開く。

「や、普通にあるよ。女バスの先輩とか後輩とか、なぜかタメにはモテないけど」

「やっぱそうだよね!?　うれしい！」

私は謎にテンションが上がってしまう。

「へ？　なんで夕湖《ゆうこ》が？」

海人は不思議そうにこちらを見ている。

「だって、朔とか和希みたいなカッコつけばっかりモテるのは納得いかなーい！　普通に考えたら、女の子的にいちばん安心できるの海人だもん」

「そうなの!?」

「そりゃそうだよー。あのふたりって付き合ったあとも他の子に言い寄られたりとかして、いつもの感じでへらへら話してて不安になりそうだし」

もちろん、私はそんな人じゃないってわかってるから、これはあくまで朔《さく》をよく知らない他の女の子から見たら、の話。

って思ってたつもりなんだけど、言ってるうちにわりとあり得そうな気がしてきた。

少なくともあの軽口は絶対直らないと思う、うん。

「その点、海人《かいと》はもし彼女になったらすっごい真っ直《ます》ぐ大切にしてくれそう。なんなら付き合ったその日に他の女の子の連絡先消すとか」

「……やりそう！　頼まれてもないのに!!」

「ほら！　べつにやってほしいとかじゃないけど、その気持ちがうれしい！　朔とかにそんなこと言ったら真顔で説教されそうだもん。『あのな、夕湖《ゆうこ》。恋人になったからって友達と連絡とるなとか、そういうのは違うと思うぞ』みたいにさ」

朔の気取ったしゃべり方を真似《まね》して言うと、海人がぶはっと吹き出す。

「ちょ、めっちゃ似てる！　じゃあじゃあ、『俺はさ、相手が遠くどこかに離れていても、知らない誰と話していても、まるで隣で手を繋《つな》いでいるように安心していられる。そういうふたりでいたいんだ』とか！」

「やめてホント無理！　ちょー言いそうだけど海人の声で聞くと余計にやばい！」

「それ俺にもひどくない?!」

ふたりでお腹《なか》を抱えて笑ったあと、「あーあ」と背伸びした。

「本当にめんどくさいよね、朔って。私も海人みたいな人好きになればよかったかなあ」

「……」

反応がなかったのであれって隣を見ると、片手で自転車を支えながら、もう片方の手を口許《くちもと》に当てて笑いを堪えている。

「や、いろんな意味で夕湖の彼氏が務まる男なんて朔ぐらいなんじゃねーの？」

「ちょっと！　いろんな意味ってなに!?」

「……いろんなは、まあ、いろんなだ」

らしくない感じで、海人がぽつりとつぶやいた。

なんか微妙な間が生まれたので、切り替えるように「それでさ」と私は言う。

「告白されたなかに、いいなって思える子いなかったの？　だっていっつも彼女ほしーって言ってるじゃん」

「あー……」

「わかった！　じつは好きな子いるとか!?」

「いや」

海人がにっと気持ちよく笑った。

「いまは部活に集中したいってだけだぜ」

そっか、と思う。

私はあんまり詳しくないけど、めっちゃ上手《うま》いんだもんね。

バスケ以外にうつつ抜かしたくない、みたいな感じなのかも。

やっぱり海人《かいと》って一途で真《ま》っ直《す》ぐだ。

だからこそ、この男の子にちょっとだけ聞いてみたくなった。

「海人はさ」

「んー？」

「もし自分のすっごく大事な友達が、自分と同じ人を好きになったらどうする？　好きな人も、その友達のことまんざらじゃないって気づいちゃったら」

「それって……？」

「いやたとえ話ね！　最近なずなと遊んでたときそういう話になって」

さすがにわかりやすすぎたかな？

でも、海人だったらそれでも真っ直ぐ打ち返してくれそうな気がして。

隣を見ると、やっぱり眉間《みけん》にしわを寄せて深刻な顔で考えてくれてる。

「俺なら……」

やがて海人がすっきりしたようにこっちを見る。

「──大切な友達《だち》だからこそ、無理矢理ふたりに割り込んででも勝負すっかな」


にかっとしたその笑顔は、なんだかとっても眩《まぶ》しかった。

そんなふうに考えられたら、うじうじ悩んだりしないいんだろうな。

私も見習うように笑う。

「それ！　すっごい海人っぽくていいと思う！」

「……そっ、か」

隣の男の子が、へっと口角を上げて続ける。

「『もしも夕湖《ゆうこ》がその程度で自分の気持ちを引っ込めてしまうんだとすれば、それはその程度の恋だったってことなんだぜ、きっとマジに本気で』」

「ねえ微妙に海人成分まぜるの面白すぎるからホントやめて！　て、ゆーか！　私の話なんて言ってなあああああい!!」

わいわいじゃれたあとで、思いだしたように海人が言った。

「そういや夕湖、入学式のことって覚えてる？」

「へ？　入学式のなに？」

「ほら、体育館で並んでるときさ」

「んーと……」

思いだそうとしてみたけど、期待とか不安とかでいっぱいだったし、うっちーがあいさつしてたなーってこと以外はほとんど覚えてない。

「なんだっけ？」

私が素直にそう言うと、海人《かいと》は「ははッ」と短く笑った。

「いや、なんでもねーよ」

「なにそれ、気になるじゃん！」

「たいしたことじゃねえって」

「えー教えてよ！」

結局そのまま家に着くまで、ずっとはぐらかされちゃった。

あんまりしつこくするのもあれなので、送ってくれたお礼を伝えてお別れにする。

「ばいばい、夕湖《ゆうこ》」

「じゃーねー、海人」

私は遠ざかっていく背中にぶんぶんと手を振った。

「また花火大会でねー！」

その声に海人が振り返って「おうっ」と手を上げる。

でも、なんでだろ……。

沈みかけの夕陽に照らされた笑顔が、ちょっとだけ、哀しそうに見えた。

＊

そうして迎えた福井フェニックス花火の当日。

私は、自分の部屋でうっちーに浴衣《ゆかた》を着せてもらっていた。

本当は向こう《朔の家》でやってもらうつもりだったんだけど、「朔《さく》くんもそう思ってるだろうし、どうせなら会った瞬間に驚いてもらったほうがいいんじゃない？」って言ってくれて、「確かに！」って。

こんこん、と部屋のドアがノックされた。

「はいはーい」

私が返事をすると、がちゃっとお母さんが入ってくる。

「わざわざごめんねー、うっちー」

お茶とお菓子をテーブルに置きながら言う。

うっちーとお母さんはこれまでにも何度か顔を合わせたことがある。

「母として浴衣ぐらい着せてあげたいんだけど、私も夕湖もこういうのは全然だめー」

「ちょっとー、私はお母さんほどじゃないもん」

「壊れかけのロボットみたいな状態で言われても説得力ゼロなんですけど？」

確かに私はさっきから「ちょっと手を上げてくれる?」とか、「もう少し背筋伸ばして」とか、言われるがままにういーんういーんと動いていた。

うっちーがそんなやりとりを聞いてくすくす笑う。

「大丈夫ですよ、好きでやってることだし。それに私も誰かに習ったわけじゃないから、慣れてない結び方だとネットで調べたり動画見たりしながら試行錯誤って感じです」

お母さんが苦笑してため息をついた。

「まず調べたらできるってことがすごくて、それ以上にさらっと新しい結び方に挑戦しようとしてるところに格の違いを感じるんだよなー」

それはまあわかる。私も「ちょっと手こずって時間かかるかもしれないけど、やったことないのに挑戦してみていい?」って言われたときはびっくりした。

うっちーが器用に帯をあっちこっちに動かしながら言う。

「これ、マリーゴールド結びって言うんです。名前のイメージも含めて、夕湖《ゆうこ》ちゃんにぴったりだなって」

「ちょっと夕湖、この天使どこに行けば出会えるの?!」

「もうお母さん早く出てってよ!」

「やーだよ、お母さんもうっちーと話したいもーん」

「うるさいし!」

「ねえホント恥ずかしいから」

「──夕湖ちゃん動かないっ!!」

「かしこまりっ！」

あーほら怒られちゃった。

お母さんはそれを見て、「やーい」と言いながら勉強机の椅子《いす》に座る。

もう、友達の前でそういうのやめてほしい。

けど、いつもすっごく楽しそうだから、なんだかんだ本気で怒れないんだよなー。

「それにしても」

お母さんが自分で持ってきたチョコをつまんで言った。

「うっちーって料理や掃除洗濯できて、かわいくてお上品でお淑《しと》やかで、学校の男の子たちは放っておかないだろうねー」

うっちーは少し恥ずかしそうに答える。

「いや、夕湖ちゃんと違って私はそういうの全然縁がないですよ」

「うそでしょ?!　謙遜《けんそん》してるとかじゃなくて？」

「入学した頃は眼鏡《めがね》かけてたし、すっごく地味な感じで。告白どころか、昔は男の子に用事以外で話しかけられることすら、ほとんどなかったかも」

それを聞いたとき、私もすっごく驚いたのを覚えてる。

たはーっと、お母さんが大げさにため息をついた。

「男ってやつはバカだねー。私なら夕湖《ゆうこ》との二択だったら絶対うっちー！」

「いや育てた娘の責任とれし！」

まあ、でも実際のとこホントそれ。

クラスの子が「夕湖ちゃん女子力高いねー」とか言ってくれるのはうれしいんだけど、どう考えたってうっちーのためにある言葉だと思う。

でもさ、とお母さんが続けた。

「高校入って、千歳《ちとせ》くんとは仲よくなれたんだよね？　私もこのあいだやっと会えた！」

あはは、とうっちーが苦笑いを浮かべる。

「最初はむしろ大嫌いだったんですけどね。無遠慮にずけずけ踏み込まれてる気がして」

入学当初のホームルームで朔《さく》に怒ってた場面を思いだし、懐かしい気持ちになった。

こんなふうに三人で花火に向かう日がくるなんて、考えてもみなかったな。

「そうなんだ!?　それがどうして仲よくなったの？」

「ちょっとお母さんもずけずけ聞きすぎー」

その言葉に、うっちーは大丈夫だよ、と微笑《ほほえ》んだ。

「うーん、朔くんはなんていうか、目の前の人から目を逸《そ》らさないから。私が内、田、優、空、だった
ことを私よりも知ってた、みたいな。ごめんなさい、わけわかんないですよね」

ずくんと、胸の奥がうずいた。

ううん、とお母さんが、まるで私の考えを断ち切るように口を開く。

「うちの子ってさ、小さい頃から友達はたくさんいたけど、うっちーみたいに親友って感じの相手はいなかったんだ。だから、千歳くんも、うっちーも、夕湖から目を逸らさないでいてくれたんだなーって思った」

「朔くんはともかく、私はそんなに大げさなものじゃないかと……」

「そんなことないよ。できれば、成人式のときもそうやってうっちーに着付けしてもらってる夕湖が見たいなー。ずっと仲よしのまんまでいてほしい」

「さ、さすがに振り袖《そで》は」

「てかそれ、娘の前でする話じゃなーい!!　もうホント恥ずかし過ぎる！」

そうして三人でけらけら笑い合ってから、うっちーが「はい」と立ち上がった。

「終わったよ、夕湖ちゃん。どうかな？」

私は部屋の隅にある姿見の前に立つ。

この日のために買った浴衣《ゆかた》は、白地にランダムな黒い線が入ってて、紅色《べにいろ》のちょっとポップな椿がたくさん咲いている大正ロマン風。

帯は表がきれいな露草《つゆくさ》色で、裏は勿忘草《わすれなぐさ》色……って店員さんが言ってた。

露草色はやわらかい青色で、勿忘草色はそれよりは薄く、水色よりは少し濃いって感じの色。

帯の真ん中を飾る帯締め、とうっちーが教えてくれた紐《ひも》みたいなやつは水引きをイメージしたデザインだ。

うん、やっぱりかわいい。

すっごい悩んだけど、これにしてよかったな。

そうしてくるっと振り返ってみて、

「……きれい」

思わずため息が漏れる。


もちろん自分の後ろ姿に対する感想じゃなくて、

——そこには、ふたつの花が寄り添うように咲いていた。


露草《つゆくさ》色と勿忘草《わすれなぐさ》色。

帯の表と裏を使って作られた結び目が、なぜだか私にはそんなふうに映る。

似ているようで、少し違う。

だけどすっごく仲よしに手を繋《つな》いでるみたい。

平べったい鏡のなかでは、後ろから覗《のぞ》き込むうっちーが私の隣で笑っている。

……まるであの日みたいに、にこにこと。

思わず、鼻の奥がつんとする。

「どう、かな？」

どこか自信なさげに後ろから鏡を覗き込んでくるうっちーに、私はがばっと抱きついた。

「うっちー好き！　本っ当にかわいい!!」

「ちょっと夕湖《ゆうこ》ちゃん、せっかくきれいに整えたのに崩れちゃう」

「そしたらまたうっちーに直してもらうもん！」

「そ、それはちょっと違うような……」

ぎゅうっと、しがみつくように腕の力を強める。

「もう、お化粧まで落ちちゃうよ？」

その安心する声を聞きながら、いつか、と私は思う。


いつか、きっと、――――。

＊

ぴんぽんぽんぽーん！


せっかちなチャイムの音に、俺こと千歳朔は思わず苦笑する。

夕湖《ゆうこ》って押しボタン式の信号とかエレベーターのボタンとかも絶対に連打するタイプだな。

時刻は十七時半。

連絡はもらっていたけれど、約束よりきっかり三十分遅れていた。

夕湖だけならともかく、優空《ゆあ》もいっしょにいるときにはけっこう珍しい。

寝転がっていたソファから起き上がってドアを開けると、

「こんちはー、大正娘のデリバリーでーす！」


まるで夕焼け空をくりぬいてきたような紅色の椿が待っていた。

こくり、と無意識につばを飲み込む。

和風な色味やモチーフを現代風にアレンジしたその浴衣《ゆかた》は、夕湖の日本人離れした顔立ちにとてもよく似合っていた。

髪の毛は首筋がはっきり見えるアップにまとめられており、帯締めと同じ水引き風の青い耳飾りがしゃらしゃらと揺れている。

やわらかなそよ風が吹いて、いつもとは違う梅のような香りが繊細に漂う。

普段より多めに入れたチークだろうか、それともはにかむ紅潮だろうか。

白無垢《むく》みたいな両頰《ほお》にも、小さな椿が咲いている。

うずうずと反応を待つ夕湖に俺は言った。

「なんだ、その……めちゃくちゃかわいい」

本当はもっと大仰に、あるいは軽薄に言葉を紡いで誤魔化《ごまか》そうとしたのに、ぎくしゃくとした照れくささに足を滑らせて、ずいぶんと安っぽい感想を口にしてしまう。

それでも夕湖は、うれしそうにえへへと笑った。

「……やった、大成功」

そのまま隣に立っている優空とぱちぱち手を合わせる。

……って、俺は思わず口をあんぐり開けた。


「あるぇえええええええええッ!?!?!?」


そしてご近所迷惑を吹っ飛ばして思いっきり叫ぶ。

「ちょっと朔《さく》くん、声大きいよ？　とりあえず中に入れてくれないかな」

だって、だって、だって。

優空《ゆあ》が浴衣《ゆかた》を着ていなかった……。

＊

「しくしく、しくしく」

　僕は泣いていた。

「──そんなわけで、夕湖《ゆうこ》ちゃんを手伝うために早めに着替えて、余った時間で家事を片づけてたら浴衣にうっかりお料理のたれをこぼしちゃって」

「しくしく、しくしく」

「もう、ごめんてば」

「いまだけは、いまだけは計画的で家庭的な優空の性分が憎い。家のことなんかほったらかして、今日の髪型とかメイクとかアクセサリー選びで『どーしよー、もうわっからんちーん！』ってぎりぎりまで悩んでてほしかった」

「……さ、く？　それはいったい誰の真似《まね》？」

　夕湖が真夏のかき氷みたいにきんきんと冷たい視線を向けてくる。

「だって、今日は夕湖と優空の浴衣姿が見られるって心待ちにしてたのに……こんなのあんまりや。あらすじ詐欺っすわ」

「なんか健太《けんた》っちーモードまで入ってるし」

優空が困ったように笑う。

「一応、雰囲気だけでも壊さないように大ぶりな花柄のワンピース選んではみたんだけど」

「違うそういうことじゃない！　あのな、優空は今日の晩ご飯がセイコガニだって言われてた夜にカニカマ出されて『これはこれでいいじゃん』ってなるか？　ちなみにカニのときと同じ配分の酢醤油《じょうゆ》で食べるとわりかしうまい」

「えと、これなんの話だっけ？」

優空が「まったく朔《さく》くんは」と肩を落とす。

「じゃあ、今度またちゃんと浴衣着てお祭り行こう？　それでいい？」

「……絶対？」

「はいはい、絶対ぜったい」

俺と優空が頷《うなず》きあっていると、

「じゃ！　なーーーーーーーーーい!!!!!」

夕湖が叫んだ。

「ねえせっかく頑張って着飾ってきたのに私へのリアクション少なくない?!　うっちーの浴衣見られないの残念がる前に！　お祭りの約束する前に！　ちゃんと見ーてー!!」

「すまん、あまりの喪失感につい」

「ほら、この帯の結び目もうっちーがやってくれたんだよ！」

言いながら、ひらりと振り返ってみせる。

「へえ？　うまいもんだな」

「でしょでしょ！　もっと褒《ほ》めてほめて」

「うむ、さすが優空《ゆあ》だ」

「むー、それは間違いなくそうなんだけどそういうことだけじゃなくって！」

俺は優空と顔を見合わせてくすくすと笑う。

「似合ってるよ、ほんと」

夕湖《ゆうこ》が「えへへー」と表情を緩める。

それじゃあ、と優空が立ち上がった。

「ちょっと遅くなっちゃったし、さっそく朔《さく》くんの着付けもやろうか」

「おう、頼んだ」

蛸九で七瀬《ななせ》が言っていたように、一応ひとりでも着られないことはない。

ただ、動画を参考にしながら見よう見まねでそれっぽく帯を締めただけなので、優空がやってくれるというならそれに越したことはないだろう。

七瀬のときもなかなかしっくりこなくて、なんだかんだ三十分ぐらい悪戦苦闘してたしな。

俺はクローゼットから取り出した袋を渡す。

黒地に白のとんぼがあしらわれている浴衣《ゆかた》は、誕生日のときに夕湖からプレゼントしてもらったものだ。

優空が帯を確認してから口を開く。

「朔くん、浴衣の下に肌着は？」

「え、いるの？」

「本当は汗吸ってくれるから着たほうがいいんだけど、まあお好みで」

「わずらわしいからいいや」

「うん、わかった。じゃあとりえあず上脱いでくれる？」

「はいよ」

言われるがままにTシャツを半分ぐらい脱ぎかけたところで、

「ちょっとすとおおおおおおおおおおおおっぷ!!!!!!!!」

夕湖が叫んだ。

あ、またやらかした、と俺は思う。

「なに普通に脱がせようとしてるの!?　そして言われるがままに脱ごうとしてるの!?」

目を見合わせたあとで、優空が気まずそうに頬《ほお》をかく。

「ごめんごめん、慣れてたから」

「慣れてるってなに!?」

「さすがに短パンのほうは、あとから脱衣所行って脱いでもらうよ？」

「そうじゃない可能性もあるみたいに言わないで!?」

七瀬《ななせ》のときもそうだったけど、とくに夏なんかはつい風呂上がりに上半身裸で出てきてしまうことが多い。この家に来て料理を作ってくれる機会の多い優空《ゆあ》にとっては、いまさら動揺したり恥ずかしがったりするようなことでもないのだろう。

……そういえば、最初のときはめちゃくちゃ叱《しか》られたんだっけ。

事情を説明したが、夕湖《ゆうこ》はまだむくれていた。

「ふーん、日頃から裸を見せるような関係だったんだね」

「夕湖ちゃん、言い方！」

優空のつっこみに俺が続く。

「つーか、どのみち着付けしてもらうんだから、全然見ないようにっていうのも難しいだろ。嫌だったらしばらくあっち向いててくんない？」

「それはそれで釈然としなーい！」

「夕湖、冷静に考えろ。海行ったらどのみち上半身裸だ」

「……そっか!!」

ようやく納得したように、ぽんと手を叩《たた》く。

でもまあ、気持ちはわからなくもない。

海に行ったらビキニだからといって、夕湖にこの部屋でそういう格好をされたらめちゃくちゃ動揺するだろう。

そんなこんなで、俺は浴衣《ゆかた》を軽く羽織って立つ。

「よろしくお願いします」

「うん、お腹側《なかがわ》でやるから結び方見ててね。よかったら夕湖ちゃんも」

そう言うと優空は、両方の襟先をつまんで軽く自分のほうに引っ張った。

……うっ。

夕湖にあんなこと言ったあとで顔には出しにくいが、これ思ったより照れるな。

なんていうか、シャツを脱がされてるみたいな構図だ。

丸出しにしてるときはまったく気にならないのに、こうして真正面から浴衣を開いた状態で見られるのは、謎に恥ずかしい。

優空のほうはまったく気にしていないようで、下前、上前の順にさっさと閉じていく。

「朔《さく》くん、ちょっとここ持っててくれる？」

「あいよ」

言われたとおりに上前の端を手で押さえ、浴衣が開かないようにした。

すっと手を伸ばしてきた優空が、さわさわと腰の横側を撫《な》でる。

骨の位置を確認しているんだろうけど、やばいぞちょっと変な気分になってきた。

膝《ひざ》立ちになった優空《ゆあ》が、そのまま抱きつくような体勢で腰紐《ひも》を俺の後ろ側に回し、前に戻してから結ぶ。余って垂れ下がった部分の紐は、指先でそっと下腹部をなぞるようにつうつうと押し込んでいく。

ぞくっと、甘い痺《しび》れが下腹部から腰に抜け、そのまま背中を走った。

優空は帯を手にして立ち上がり、先ほどと同じように手を回してくる。

いつもはふありと香るやさしいオーガニック系のシャンプーが、あご先から鼻筋までを舐《な》めるようにぬれぬれと立ち上っていく。

太めの帯に手こずっているのか、優空がぐっと身体《からだ》を密着させてきた。

思わず下を向くと、俺の胸で押し潰《つぶ》されてむちゅりと変形した真っ白な谷間が――ッ。

「さ～く？　どこ見てるのかな？」

「ごめんなさいごめんなさいごめんなさい」

やばい、途中から夕湖《ゆうこ》がいたことを完全に忘れてた。

着付けってなんてオイシイ、じゃなかったオソロシイ。

こういう不意打ちよくない。

自分を落ち着かせるように天井を眺めていると、

「朔《さく》くん？」

首筋のあたりで優空が温度のない声を出す。

「あとでお話があります」

いまのは不可抗力だと思うんですよ、本当に誓って。

＊

そうして身支度を整えた俺たちは、三人並んで東公園に向かった。

会場となる河川敷で合流するのは面倒そうだったので、こっちを集合場所にしたのだ。

時刻は十八時半。

花火の打ち上げ開始は十九時半で、河川敷までは歩いて五分とかからない。

この時間に集合しておけば、楽々と場所を確保してからのんびり食べ物や飲み物を買い込む余裕もあるだろう。

あたりには、俺たちと同じ方角を目指している浴衣《ゆかた》の一行がちらほらと見受けられる。民家の屋上やベランダから楽しそうなはしゃぎ声がはじけ、バーベキューのような匂いも漂っていた。自宅から見る派の大人なんかは、これぐらいの時間から飲み始めて一発目が打ち上がるのを待つ、というのがお約束だ。

福井駅からも歩いて来られるような場所で開催されている花火大会だから、毎年この日になると、町中《まちじゅう》がどこか浮かれたお祭りの雰囲気に染まる。

小さい頃は、わけもなくそわそわしながら夜を待ってたっけ。

やがて東公園の隣にあるヨーロッパ軒が見えてくると、すぐに和希《かずき》、海人《かいと》、健太《けんた》の三人が目に入った。

軽く手を上げながら近づいていくと、

「うおおおおおおおおおおお！　あるぇえええッ!?!?!?」

一番でかいのが叫んだ。

「すまん、そのくだりはもう俺が済ませたから割愛させてくれ」

前半は夕湖《ゆうこ》の浴衣、後半は優空《ゆあ》の私服に対する反応だな。

「わざわざ健太とドンキまで行ってこれ買ってきたのに?!」

言われてみれば、海人は黒の、健太は藍《あい》色の甚兵衛《じんべえ》を着ていた。

「みんな浴衣で来るから仲間ハズレは寂しいって思ってよぉ、なあ健太!?」

言われたほうはなんか恥ずかしそうにもじもじしている。

「俺はべつに私服でもよかったんだけど。ガタイのいい浅野《あさの》はともかく、俺みたいなのが着ると江戸時代の貧しい農家の小僧みたいになりそうで嫌だったのに……」

あまりにも的確なたとえに思わずぶふぅっと吹き出した。

夕湖がにぱっと笑って言う。

「えー、すっごいかわいいよ健太っちー！」

「ゆ、夕湖も……豪華」

「豪華って感想なに?!」

「だから、その」

言い終わらないうちに、

「んあああああああ！　夕湖かわいいいいいいいいいいいいい」

海人がもう一度叫んだ。

「でしょでしょ？　もっと褒《ほ》めてほめて！　誰かさんの反応がイマイチだったからー」

そんな目でこっち見られても、と思っていたらグレーの浴衣をさらっと着こなしてる和希が口を開いた。

「朔《さく》が薄っぺらい褒め言葉を並べなかったなら、想像以上に夕湖がきれいで頭のなか真っ白になってたってことだよ」

「そうなの朔《さく》!?」

「実際そうなんだけどね。和希《かずき》に悟られると腹立つね」

なんてかけ合いをしながらあたりを見渡すと、東公園でもそれなりの人がレジャーシートを広げていた。

いくら夏の一大イベントとはいえ、メイン会場となる河川敷も座る場所ひとつ見つからないというほどに混み合ったりはしない。ニュースで見る東京の花見や花火大会なんかと比べたら、空《す》いてると表現したっていいぐらいだろう。

とはいえ、福井市民の感覚からいえば相当にごった返している。

すぐ近くに広々とくつろげるスポットがあるのだから、こっちでいいやという人がいてもおかしくはない。

そんなことを考えていたら、

「ヤッホーみんなー」

「ごめん、ちょっと遅れちゃった」

七瀬《ななせ》と陽《はる》がこちらに歩いてきていた。

「「「おぉー」」」


仲間うちから自然と感嘆の声が上がる。

七瀬の浴衣《ゆかた》は以前にも見たことがあったけれど、記憶にあるのとは違う柄だ。

薄い青地に水滴を垂らしたような波紋が広がり、水草のあいだを赤い金魚がすいすい泳いでいた。ともすれば幼くも見えかねないデザインを、黒の帯と金の帯締めで大人っぽい雰囲気にまとめている。

あの日、この瞬間は二度と戻らないとさみしくなったことを思いだす。

ふたりではしゃいだ金魚すくい。

赤と黒は、もしかしたら千歳《ちとせ》と朔は、いまでも仲よく寄り添っているだろうか。

七瀬がこちらを見て、どこか挑発するように甘く微笑《ほほえ》んだ。

ああやっぱりそうか、と強く実感する。

もうあの日のような驚きはなくて、あの日のように浮き足だってもいないし、あの日のように恋人でもないのに。

……あの日よりも、七瀬は美しく見えた。

「ちっとせー！」

じれったい感傷を蹴飛《けと》ばすように、陽《はる》が俺を呼んだ。

慣れないはずの下駄でかっかっかっと器用に駆け寄ってくる。

「せ♡ん♡ぱぁーい♡　陽の浴衣《ゆかた》、どうですか♡」

こちらはさわやかな白地で、夏そのものみたいに青い大輪の朝顔がこれでもかとつるを伸ばしている。ところどころ、誰かさんの笑顔みたいに眩《まぶ》しい黄色の朝顔が咲いていた。

いつもより上品にまとめられた髪の毛はかんざしで彩られており、そのふざけた態度とは裏腹にどこまでも女性らしい。

しゅわしゅわと、心のどこかがざわついて、

「きれいだよ、すごく」

思わず本音がきゅぽんと漏れた。

その反応は想定していなかったのか、

「なッ――」

陽はがばりと身体《からだ》ごと目を逸《そ》らす。

だろうな、俺もこんなこと言うとは思わなかった。

「その……ありがと」

「おう」

なんて、ぎこちない会話に七瀬《ななせ》が割って入る。

「まあ、そのぐらいの反応は見せてもらわないとね。なにせ浴衣や小物選びに着付けからヘアメイクまで、ぜーんぶ七瀬悠月《ゆづき》がプロデュースをしているもので。ちなみに遅れた原因これ」

「うん知ってた」

しおらしくしていた陽が「んん?」こちらに目を向けた。

「ちょっと待ちな旦那《だんな》、そりゃどういう意味かな?」

「あまりにもセンスがよすぎる」

「そりゃもっとどういう意味だこらぁーっ!!」

夕湖《ゆうこ》や優空《ゆあ》、男連中がそれを見てけらけら笑う。

俺たちはどこまでも華やかに賑《にぎ》やかに、高二の夏祭りをはじめた。

＊

案の定、会場となる河川敷はまだすかすかと隙間《すきま》だらけだった。

適当な場所に陣取ろうとしたところで、下に敷くものをなにも用意していなかったことに気づいたけれど、当然のように優空が昔ながらの家庭的なレジャーシートを、七瀬は洒落《しゃれ》た柄が入ったアウトドアブランドのシートを取り出した。

いろんな意味でふたりらしいな、と苦笑する。

重し代わりの荷物を残し、俺たちは連れだって屋台のほうへと向かった。

フライドポテトやたこ焼き、唐揚げにベビーカステラ、りんご飴《あめ》、綿菓子といったとりあえずの食べ物を買い込んでいく。本当は人が少ないうちに最初から最後までもつぐらいの蓄えをしておくほうが賢いんだろうけど、いくらなんでも野暮ってもんだと思う。

花火の途中で抜け出して屋台を冷やかす、なんてのが青春の醍醐味《だいごみ》だと思うから。

だから手分けしたほうが効率はいいとわかっていても、誰ひとりそんなことを言いだしたりしない。みんなで行儀よく列に並び、またみんなで次の屋台を目指す。

りんご飴をかじりながら先頭を歩いている陽《はる》は、隣の健太《けんた》が持っているたこ焼きをひとつ奪っていた。

それに続く七瀬《ななせ》と優空《ゆあ》は親しげになにか話し込んでおり、和希《かずき》は少し離れてその様子をのんびり見守っている。

俺と海人《かいと》は最後尾を、そのすぐ前を夕湖《ゆうこ》が綿菓子片手に歩いていた。

みんなの晴れやかな後ろ姿を眺めながら、なんかいいな、と思う。

わいわいやってるときは意識しないけど、たとえば健太と陽のあいだに、七瀬と優空のあいだに、それぞれの距離感やかけ合いなんかがあって、こういうふとした瞬間、当たり前のように別々の人間なんだと実感する。

冷静に見たら、俺たちの性格とか趣味嗜好《しこう》とかって、けっこうばらばらだ。

だけど誰かと誰かのあいだに共通点があったり、あるいは自分とは違う部分に興味を抱いたり、そういう細い縁が絡まり合った結果、こうして回遊魚のように夜を泳いでいる。

……なんて、祭りの日はどうにも昂揚《こうよう》と感傷が裏表だ。

そんなことを考えていたら、がばっと、海人が肩を組んできた。

「なーなー朔《さく》、ぶっちゃけ誰の浴衣《ゆかた》が一番好み？」

俺はぺんとその腕を叩《たた》いて答える。

「そういう無粋な品定めする男はもてないぞ」

「なんだよいいだろ、こういうときぐらい」

「そっちはどうなんだよ。つーか顔ちけぇ」

海人は肩を組んだままでむーんと悩んで、反対側の拳《こぶし》をぎりぎりと握りしめた。

「入学式からの推しである夕湖と即答したい、したいんだが……。悠月《ゆづき》の浴衣も意味わかんぐらいエロいし、不覚にも陽がちょっとかわいいと思ってしまった自分もいる。なんなら、全員が浴衣着てるなかでひとり私服のうっちーが逆に不憫《ふびん》で引き立つような気さえしてきた」

「うむ、異論はない」

「これわざわざひとりに絞る必要とかある⁈」

「三十秒前の自分《てめえ》に聞いてこい」

ふたりでからから笑いながら、そうだな、もしも、と思う。

本当にもしも、今宵《こよい》いちばん目を奪われた誰かを告白するなら、多分……。

前を歩いていた夕湖《ゆうこ》がひらりと振り返る。

それに合わせて、ふあふあと綿菓子がはずんだ。

「なになに、なんの話ー？」

いつもとは違う装いの、いつもどおりの笑顔に俺は言った。

「夕湖がきれいだな、って話」

隣で海人《かいと》が叫ぶ。

「それ！！！」

じゃあ、と夕湖が目尻《めじり》を下げた。

「ひゃっくてんまんてーん♪」

土の上じゃ音は聞こえないけれど。

からかっか。

けらこっこ。

それでも頭のなかには下駄が鳴る。

最後に八本のラムネ瓶《びん》を買って、俺たちはシートのあるところへ戻った。

＊

いつのまにか、あたりはすっかりと夜の入り口に差し掛かっている。

十九時を過ぎるとさすがに人も増えてきて、いつもは寂れた河川敷を色とりどりの花模様が彩っていた。

「ちょっと陽《はる》、足崩しすぎ」

「えーだってこれ、可動域狭いしストレッチ性もないいんだもん」

「浴衣《ゆかた》にスポーツウエアの機能性求めるなよ」

「陽ちゃん、横座りよりもぺたん座りのほうが着崩れないよ」

「ほんとだ！　うっちーあんがと」

「ちょっとそれ私も早く教えてほしかったー。もう正座げんかーい！」

女子チームの会話にあてどなく耳を澄ませながら、夏なんだな、と思う。

なんというか、作りものみたいに正しい十七歳の夏休みだ。

てとてん、とスマホが鳴った。

ディスプレイには明日姉《あすねえ》の名前が表示されている。

そういえば東京旅行を経て、俺たちはもう互いの電話番号やLINEを交換していた。

今度はいつ会えるだろうと待ちわびる、あの特別な時間と関係性が喪《うしな》われてしまったのは少しさみしいけれど、いつまでも「憧《あこが》れの先輩と素敵な後輩の男の子」のままでいるよりは、きっとずっといい。

俺も、あの人も、みんなも、こうやって少しずつ変わっていくんだと思う。

なんて考えながらメッセージを開くと、

「――ッ」

そこには浴衣《ゆかた》を着た明日姉《あすねえ》の写真が表示されていた。

思わずタップして画面いっぱいに拡大する。

上品な藍地《あいじ》に、触れたら消えてしまいそうなほど儚《はかな》く白い百合の文様《もんよう》。少し伸びた髪を後ろでちょこんと結んで、ターコイズブルーの髪飾りをつけている。

慣れない自撮りなんかするからだろう。

照れくさそうな目線が明後日《あさって》の方向に飛んでいて、そのちょっと抜けた感じがまたどうにも愛《いと》おしい。

やばい、いま絶対にやにやしてる。

てとてん、と続けてメッセージが届いた。

『君の浴衣姿も送って、ぜったい!!!!!!!!!!』

どうにも堪えきれなくなって、俺は自分の口許《くちもと》を手で押さえた。

なんなのこの人、かわいすぎるんですけど。
幻の女はどこに消えた？
ついつい頭のなかでつっこみを入れながら、それにしても、と思う。
こういうときにやっぱり、一年という時間の重さを実感する。
明日姉は、ここには、いない。
あの人は、来年の花火を東京で見るんだろうか。
そのとき、もしかしたら、隣には。

「へえ？」

ひょいっと、和希《かずき》が俺のスマホを取り上げた。

「んああああああああああああッ?!」

俺は思わず叫ぶ。
「こんな美女たちに囲まれてるくせに、西野《にしの》先輩の浴衣写真までちゃっかり送ってもらってるとか、罪な男だねー」

「人のスマホ勝手に見るんじゃねえよ！　お前は浮気疑ってる彼女か！」

「君の浴衣《ゆかた》姿も送って、だってさ。そっちは付き合いたての初々しいカップルかな？」

「声に出して読むなあああァッ!!　てめえいますぐ筒にぶち込んで一発目の打ち上げ花火にしてやらァ!!」

和希《かずき》の手からスマホを取り返そうとしていると、

「さーく？」

「朔《さく》くん？」

「ち、と、せ？」


冷凍庫から取り出したばっかりのあずきバーみたいに固くて冷たい声が俺の名前を呼ぶ。

そろそろとそちらを見ると、夕湖《ゆうこ》がにっこり笑って言った。

「ちょっとスマホ貸して？」

「プ、プライベートのやりとりだから」

優空《ゆあ》、七瀬《ななせ》、陽《はる》まで隣でにっこり笑ってて怖い。

「さすがにLINEのやりとりチェックしたりしないよー。西野《にしの》先輩に写真送るんでしょ？　私が撮ってあげる」

和希が腕で口許《くちもと》を必死に隠しながら夕湖にスマホを渡した。

「はい朔、笑って笑ってー」

「は、はは」

俺は口角をひくひくさせながらレンズを見る。

ぱしゃり、とシャッターを切った夕湖はスマホを優空に渡す。

「終わりじゃないのッ!?」

「朔くん、じゃあ次はお茶目な顔いってみよう」

「ねえ優空ちゃん?!」

ぱしゃり、と撮ったら次は七瀬らしい。

海人《かいと》と健太《けんた》は口をむずむずさせながら懸命に笑いを堪えている。

「千歳《ちとせ》、私と夕湖の胸で谷挟みになってたときの顔」

「いくらなんでもひどい?!」

ぱしゃり、と最後は陽だ。

「うーんとじゃあ。千歳、陽ちゃん愛してるって顔」

「それを明日姉《あすねえ》に送りつけるの怖くない?!」

ぱしゃり、と撮影を終えた瞬間、もう堪えきれないとばかりにみんながぶはっと吹き出す。

けたけた、けらけらと、祭りの喧噪《けんそう》よりなおかしましく。

まるでこの瞬間を引き延ばそうとするように、夏が終わらなければと夢見るように。

——ぴるるうと、最初の花火が上がった。

＊

しばらく花火を楽しんでから、俺は買い出しをするために屋台のほうへとやって来た。

陽《はる》と海人《かいと》のせいで、あっというまに食べ物がなくなってしまったのだ。

いつもなら決まってじゃんけんや他のゲームで担当を決める場面だが、なぜだかみんな無言でこちらに生温かい目を向けていた。

え、なに？

お前が行ってこいって？

僕そこまで悪いことしましたか？

ひとりで屋台に並んでも青春ぽくなくない？

ちなみに、四枚とも明日姉《あすねえ》に送ったらめちゃくちゃうけてた。

そんなわけで、俺はひとりでぷらぷらと祭りの夜を歩いている。

あたりはまるで、町中《まちじゅう》の元気ながきんちょの声をたらいに集めて丸ごとひっくり返したような賑《にぎ》やかさに満ちていた。

こうして会場で花火を見るのは初めてだ。

近くで聞くと、腹に響くような音の大きさに驚く。

みんなで騒ぐにはちょうどいいけど、でもまあ、やっぱり俺は少し離れた場所からしっぽり眺めるほうが好きだな、と苦笑した。

土と夏草の香りをかき消すように、美味《おい》しそうな匂いが漂っている。

花火が始まる前はどの屋台にも長い行列ができていたけれど、いまはひとりで買い回ってもさほど時間がかからない程度に落ち着いていた。

俺は焼きそばを二つ、〇〇《まるまる》焼きを三つ、フランクフルトとチョコバナナを二本ずつ買って、最初の店でもらった大きめのビニール袋になんとか詰め込んだ。

フランクフルトとチョコバナナを足してちょうど女子四人分になるけれど、誓ってさっきの意趣返しとかそういう深い意味はありません。

さて、戻ってゆっくり花火でも見よう。

そう思って振り返ると、なぜだかそこに七瀬《ななせ》が立っていた。

「やあ」

「手伝いに来てくれたんならもう終わったぞ」

「うーん、とくに手伝おうという気分にはならないな」

まあ、トイレの帰りにでも見かけて待っててくれたってところか。

俺が短くため息をついて口を開くと、

「なんだ、冷やかしかよ」

「ううん、かど誘拐《わかし》だよ」


とびきりいたずらっぽい微笑《ほほえ》みが返ってきた。

「ねえ千歳《ちとせ》、土手の上から見てみようよ」

「そんなちょっと高くなったところで大差ないと思うぞ」

「いいからいいから」

俺は言われるがままに、歩き始めた七瀬《ななせ》の背中を追う。

ほどなくたどり着いた土手の上で、適当な場所に並んで立った。

まあ確かにほんの少しだけ、下から見る花火とは雰囲気が違うかもしれない。

それで、と俺は口を開く。

「なんの話だ？」

わざわざこんなところに連れ出すぐらいだ。

きっと他の連中には聞かれたくない相談でもあるのだろう。

そうしてゆっくりこちらを見た七瀬の顔は……びっくりするほどきょとんとしてた。

「あれっ？　違うの!?　会場でヤン高の連中を見かけた、とか」

はぁーーーーーーーーっと、これでもかってぐらい長いため息が漏れる。

「あなたが私のことどう思ってるのかよおくわかったよ。あーあーやっかいごとを運んでくる女でどうもすみませんね」

珍しく、本気でむすっとしているようだった。

ふん、とそっぽを向いている。

「いやほんとごめんなさい！　でもじゃあ……なに？」

ジト目でこちらを見る七瀬が呆《あき》れたように言った。

「友達みんなと来た花火大会の最中で、女の子が男の子に抜けだそうって誘う理由なんて、ひとつしかないと思うけど？」

半歩、こちらに寄ってくる。


「ふたりで、見たかったの」

ああ、それは本当に、悪いことをした。

「長くは無理だぞ。みんなが待ってる」

「一万発の花火が打ち上がるんだよ。

そのうちの十発ぐらい、私にくれたっていいでしょう?」

怖ずおずと、七瀬《ななせ》の手が俺の手に近づいてくる。

無意識のうちに、ぴくっと指が動いた。

「繋《つな》がない、もう恋人じゃないから。だから袖《そで》だけ、貸して」

そう言って、きゅっと浴衣《ゆかた》の端っこを握る。

ぱらぱら、ぱらぱらと花がさく。

そのたび、七瀬のきれいな横顔が照らし出された。

ひとつ、ふたつ、みっつ。

なんだか泣き出しそうになって、俺は空を見る。

よっつ、いつつ、むっつ。

逆さまに傾いたハートがあっけなく消えていく。
ななつ、やっつ、ここのつ……。
あと一発だけ、もう一発だけ。
俺は、と思う。
——この感情に、名前をつけられるだろうか。

＊

「…………ッ」

＊

「おっせーよ朔《さく》ぅー！」

みんなのところに帰るなり、海人《かいと》が言った。

俺よりあとにここを離れた七瀬《ななせ》は、少しタイミングをずらして戻るらしい。

「わりぃ、屋台混んでて。いろいろ買ってきたぞ」

「心配して夕湖《ゆうこ》が見に行ったんだけど、会わなかったか？」

「いや？　けっこうな人混みだからな」

ちくっと、心に針が刺さる。

もし屋台のあたりを探しているなら、申し訳ないことをした。

呼びに行こうかと思ったところで、

「あー！　朔もう帰ってきてるし!!」

「だから言ったでしょ？　かわいい浴衣《ゆかた》女子でも見物してたんだよ」

夕湖と七瀬がふたりで帰ってきた。

「夕湖、探してくれてたんだって？　ごめんな、すれ違ったみたいで」

「ううん、いーよー。もともと朔ひとりに押しつけたのはこっちだしね」

そう言ってにぱっと笑う。

ちょうど七瀬のほうと出くわしたのか。

なんにせよ、あまり無駄足を踏ませなかったみたいでよかった。

たった一時間ほどしかない花火大会。

なんだかんだで、もう後半に差しかかっている。

「私、朔《さく》のとーなりー！」

夕湖《ゆうこ》が下駄を脱いでシートに乗ってきたので、少し尻《しり》をずらしてスペースを作った。

「なに買ってきたのー？」

「おすすめはチョコバナナとフランクフルトだな」

言いながら、買ってきた食べ物をみんなに回していく。

「えー、○○《まるまる》焼きのほうがいいなぁ」

「……絶対？」

「うん！　これ大好き！」

「くッ、女子ならチョコバナナのほうは外さないと思ったのに！」

「朔なに言ってんの？」

そんなやりとりを交わしていると、海人《かいと》が叫ぶ。

「あ、俺ひさびさにチョコバナナ食いてえっ!!」

「足羽川《あすわがわ》の彼方《かなた》までぶっ飛ばすぞ？」

「なんでッ?!」

それには答えず、○○《まるまる》焼きを割り箸《ばし》の先で半分に割る。

「ほら夕湖、大きいほういいよ」

「はい、あーん♪」

「……あの、海人が血の涙流しながらこっち見てるんスけど」

「俺のことは気にするなッ！　あーんしてあげる朔を葬りたい気持ちよりも、あーんされてる夕湖を見たい気持ちのほうがちょっとだけ強い！」

ったく、本当に。

「……お大事《それでいいんだ》にな？」

俺はもう一度ひと口サイズに割ってそれを箸で挟む。

「はいはい、あーん」

目をつむってちょこんと開けた夕湖の口許《くちもと》に運んでいくと、

「あーん！」

ぱくりと、横から出てきた陽《はる》がそれを食べた。

「〇〇《まるまる》焼き、んまーッ!!　いい感じに黄身のとこ！」

ぱちりと目を開けた夕湖が叫ぶ。

「ちょっと陽?!」

「あごめん、先に食べたかった？」

陽は俺の割り箸を奪って、欠けたほうの残り全部をひっつかんで夕湖の口許に運んだ。

「ほら夕湖、でっかいのあーん」

「そういうことじゃ！　なああああああいっ!!!!!!」

まあまあ、と優空《ゆあ》がふたりをなだめる。

やれやれ、と和希《かずき》が言った。

「健太《けんた》、どう？　こういうの」

言われたほうは目をきらっきらに輝かせている。

「ちょっとやばい！　俺いま夏休みイベント回収してるよね!?」

「うん、テンション上がってるのはよくわかったけど、とりあえず『イベント回収』はやめような？」

「だって花火、祭り、浴衣《ゆかた》の女の子だよ！　なにより友達といっしょに!!」

和希は茶化すような顔で開きかけた口を一度閉じ、なぜかしみじみ「だね」と言った。

「やっと、この面子《メンツ》でこういうの来られたな」

健太が不思議そうに問い返す。

「単に俺が増えただけじゃ……？」

ゆるゆると、和希は首を横に振った。

「そうでもないよ。悠月《ゆづき》や陽《はる》とここまで仲よくなったのは同じクラスになってからだし。それを差し置いても、軽く遊びに行くぐらいならともかく、花火大会とかに仲間がみんなで集まるって、じつはけっこう貴重なことだと思うんだよね」

ドライなこの男にしては珍しく、センチメンタルな台詞《せりふ》だった。

まだよくわかっていないような健太を見て、和希が続ける。

「そんなに難しい話じゃないけどさ。部活の遠征や家族旅行が入ってるとか、他の友達と約束しちゃったとか、あとはまあ……」

そこで一度切り、どこかしんみりとつぶやく。

「――たとえば誰かに恋人ができたりしたら、来年はこんなふうに集まれないかもね」

まるで花火のあいだを縫うようにぽんと打ち上げられた言葉は、きっとこの場にいるみんなのところまで届いたと思う。

もしかしたら健太ではなく、他の誰かに向けて話していたのかもしれない。

もしかしたら、自分自身に言い聞かせたかったのかもしれない。

やがて騒々しい沈黙を断ち切るように、海人《かいと》がへっと笑った。

「よそうぜ、いまはそういうの」

和希もふっと笑う。

「だね、もうすぐフィナーレだ」

おしまいが近づいていることを予感させるように、次から次へと花火が打ち上がる。

どんどん、どどん。

ぱらぱら、ぱらら。

夕湖《ゆうこ》、優空《ゆあ》、七瀬《ななせ》、陽《はる》、和希《かずき》、海人《かいと》、健太《けんた》。

みんなただ、ぼんやりと夜空を見上げていた。

もしも俺たちがあの花火だったなら。

こんなふうにせいいっぱい咲いて、あっけなく終わりを迎えて、それでもまた来年同じ場所で、と約束を交わせるのだろうか。

誰かの心のなかで、カラフルなビー玉になれるのだろうか。


——ぴるるうと、最後の花火が上がった。

とびきり大きな錦冠菊《にしきかむろぎく》がゆっくりと満開を迎え、やがて山吹色《やまぶきいろ》の雨となって名残惜《なごりお》しそうに降りそそぐ。

……そうして、今年の花火が終わった。

しん、と訪れた静寂のなかで、まるでエンドロールのように白い煙が、真っ暗なスクリーンの上に消えていく。

「また、来年」

誰かがそっと、線香花火みたいにつぶやいた。

三章　波の向こうの切り取り線

夏の強い陽射しをじゃぶじゃぶと浴びながら、紺碧《こんぺき》色の海が星屑《ほしくず》みたいにまたたいていた。定規を当てたような水平線が景色をきれいに半分こしており、空にはやたらと肥満ぎみの入道雲がてぷてぷ広がっている。

花火大会から数日後の午前十一時。

俺たちは大型バスで夏勉《なつべん》こと夏期勉強合宿が行われるホテルへと向かっていた。

誰かが窓を開けたのだろう。

よく冷えた車内を、生温かい潮の香りが泳いでいる。

あっちの席もこっちの席も、どこかそわそわと浮かれ気分だ。

昨日の夜うまく眠れなかったのか、すぴすぴ気持ちのよさそうな寝息も聞こえてくる。

やがてバスは東尋坊を通り過ぎると、目的地の「休養宿 越前海岸」に着いた。

日本海を一望できるこのホテルは全客室がオーシャンビューで、温泉はもちろん、広大な敷地内にはプールやキャンプサイトまである。

すぐ隣が海浜自然公園、海水浴場までは車で十分という好立地で、この季節には県内外から多くの人が訪れるらしい。

夏勉の詳細に関しては事前に小冊子が配られている。

噂《うわさ》に聞いていたとおり、ホテルに宿泊するときのごくごく一般的なマナーさえ守れば、起床や消灯、食事時間も含めて細かいルールのようなものはほとんど定められていなかった。

服装は初日の集合と最終日の解散時だけ全員が制服。滞在中はそのままで過ごしても私服に着替えてもいいらしい。

あくまで「教師に質問ができる自主勉強会」という姿勢のようだ。

結果として、三日目に近くの海水浴場までバスが往復し、夜は全員でバーベキューを行うという遊びの予定のほうが目立っていた。

ちなみに、部屋割りは基本的に生徒へと委ねられている。

特別な事情がない限りは最低二人から最大五人組まで。

当然ながら男女混合は不可だ。

というわけで、俺たちは和希《かずき》、海人《かいと》、健太《けんた》との四人組。

女子のほうも、夕湖《ゆうこ》、優空《ゆあ》、七瀬《ななせ》、陽《はる》で同室にしたらしい。

俺は代表で蔵《くら》センのところへ部屋の鍵をもらいに行く。

にしても、短パンにアロハ、ビーサンってこの人本当に勉強教える気あんのか？

蔵センがだるんと口を開く。

「いいか、千歳《ちとせ》。ランダムな交流パーティーおっぱじめるときは必ず指導者の俺に……」

「学外だからマイルドな表現にするだけの分別はあったんすね。学内も公共の場だということに気づいたらもっとえらいと思います」

「それから海でブルー・スリーウーマンをするときは砂に気をつけ……」

「その言い換えは無理あんだろいいから鍵くれ」

ったく、毎回このくだりやらないと気が済まないのか。

ようやく鍵を受け取った俺は、仲間たちのところへ向かう。

海人《かいと》は角張ったでかいビニール袋を手にぶら下げていた。多分、女バス顧問の美咲《みさき》先生のところで弁当をもらってきたのだろう。

ちなみに三日目のバーベキューを除けば、基本的に朝晩はホテルのビュッフェ。

昼食は事前に申請しておけばこうして弁当を用意してもらえる。

「すまん、蔵《くら》センのせいで手間取った。俺たちは301号室だな」

そう言うと、近くにいた夕湖《ゆうこ》が声を上げた。

「私たち309号室！」

「なんだ、じゃあ同じフロアだな」

「あとでそっちの部屋も見に行こうかなー」

「多分どっちも同じだぞ」

洋室はベッドがふたつしかないので、二人組の場合はそちらに、三人以上の場合は和室に振り分けられる。

「とりあえず」

俺は夕湖に言った。

「それぞれ部屋でメシ食って、着替えるやつは着替えてから広間に集合してみるか」

「か－しこまり－！」

＊

休養宿という名前から、正直けっこう年季が入って味の出てる宿泊施設を想像していたけれど、いざ館内に足を踏み入れてみたらめちゃくちゃ立派なホテルだった。

エレベーターで三階まで上がり、いったん夕湖たちとは別れる。

部屋に入ると、しみじみ懐かしい畳の匂いにつつまれた。

中はホテルや旅館のオーソドックスな和室といった趣《おもむき》だ。

「うおおおおおおお！」

我慢しきれないといった様子で海人が部屋の中に突撃した。

ボストンバッグをそのへんに放り出して畳に寝転がり、そのまま「にょほほおおお」とごろごろ身体《からだ》をこすりつけている。

健太《けんた》が隣で呆《あき》れたようにつぶやいた。

「……浅野《あさの》、なにしてんの？」

「野生動物のマーキングだろ、ほっとけ」

俺と和希《かずき》は隅にバッグを並べてから、小さなテーブルを挟んで向かい合わせに椅子《いす》が置かれた「あのスペース」こと部屋の奥にある広縁《ひろえん》に腰掛ける。

和希が甘ったるい声で言った。


「やれやれ、これだからお子さまは」

「まったくだ。大人のくつろぎ方というのを知らんのだな」

「ほら見てみな朔《さく》。海が、きれいだよ」

「ふん、悪くない。日々に疲れた心を洗い流してくれるようだ」


「いやあんたらもなにやってんすか！」


健太のつっこみに、それ以外の三人がぶはっと吹き出した。

俺は腹を抱えながら言う。

「なんか、ここ座ると無駄にセンチメンタルでアンニュイな気分にならないか？　俺が成人してたら無限に酒飲みながら海見て黄昏《たそが》れる」

和希がそれに続く。

「ロマンが詰まってるよね。相手が男でも女の子でもいいけど、絶対に大事な話とかするやつ」

海人《かいと》がまな板の上の鯉みたいな状態で話題に乗っかってくる。

「いいか健太、これから夕湖《ゆうこ》やうっちー、悠月《ゆづき》、陽《はる》とひとつ屋根の下で四日間を過ごすわけだ。なんなら水着もあるぞ！　お前は楽しみじゃないのか!?」

「……正直、くっそ楽しみだけど！」

「だよなあっ!!」

そんなふうに、野郎同士でがやがやとはしゃぎながら、俺も自分で思っていた以上にこの日を待ちわびていたことに気づく。

女の子うんぬん、ってのもあるけれど、こいつらと旅行するのだって初めてだ。

修学旅行を除けば、高校のうちにあと何度こんな機会があるかわからない。

だから、めいっぱい楽しもうと思う。

たとえこれっきりになったとしても、後悔しないぐらいに。

＊

さくっと弁当を食べ終え、楽な私服に着替えた俺たちは広間へと向かった。

期間中に勉強場所として利用できるのは、自分たちの部屋の他に三か所。

宴会なんかにも使われてるという大きな広間、中サイズの会議室、それから日中の指定された時間に限りレストランの空いてる席を使ってもいいそうだ。

畳敷きの広間に入ると、ロータイプの机と椅子《いす》がこれでもかというぐらい並んでいた。

最大百人まで食事できる場所らしいので、相当の広さがある。

中ではすでに勉強を始めている人や、友達と弁当を食べながら談笑しているグループなんかも見受けられた。

さすがに大騒ぎはまずいだろうが、雑談ぐらいは誰も気にしてないみたいだ。

夕湖《ゆうこ》たちの姿はまだ見当たらない。

まだ空いてるうちに座れる場所を確保しようとあたりを見回していたところで、とんとん、と後ろから肩を叩《たた》かれた。

振り返ろうとしたら、頬《ほお》にぷすっと細い指がささる。

こういう古典的ないたずらしそうなのは夕湖か陽《はる》か、と思って視線を動かすと、

「やーい、ひっかかった」

「って、明日姉《あすねえ》!?」

にんまり笑っていたのはこの人だった。

あまりの不意打ちに動揺しながら口を開く。

「うそ、参加するなんて聞いてなかったよ！」

「それは君もね、びっくりしちゃった」

言われてみれば受験生なのだから、なんら不思議なことではない。

けど、ふたりのあいだで話題にも出なかったし、まったく頭になかった。

「うおおおおおおお！」

隣にいた海人《かいと》が音量控えめに叫ぶ。

無駄なとこで器用だなおい。

「西野《にしの》先輩、俺のこと覚えてますか？　ほら進路相談会のとき」

明日姉はさらさら微笑《ほほえ》んでそれに答える。

「大学でもバスケを続けたい浅野《あさの》くんでしょ？」

「ハレルーヤーーーー!!」

海人が大げさに天を仰いで続けた。

「あの、もしよかったら俺らといっしょに勉強しませんか？」

このあいだの花火大会での一幕が頭に浮かび、おいよせ、と引き止めようとしたところで、

「んー、ごめんね。私も友達といっしょだから」

明日姉《あすねえ》が広間の一角を指さした。

そこには男女数人のグループが固まっており、なかには進路相談会に来ていた奥野《おくの》先輩の姿もあった。

「NOおおおお！」

ウィスパーな絶叫を聞きながら、心が少しだけしょぼくれる。

自分だって海人《かいと》を引き止めようとしていたくせに、断られたら断られたでがっかりするなんて、とんだお子ちゃまだ。

諦《あきら》めて和希《かずき》と健太《けんた》のほうへと向かう海人に続こうとしたところで、きゅーっとTシャツの裾《すそ》を握られる。

明日姉が耳元に口をよせてきた。

「あのさ、四日間のどこかで。ほんのちょっとでもいいから、ふたりで勉強しない？」

驚いてその顔を見ると、ぎゅっと口を結んでうつむきがちにもじもじしている。

「その、これを逃したら君とそういう機会なんてもう訪れないかなって」

言わんとしていることはわかった。

図書館やファミレスではなく、学校の空気を感じられるというか、授業の延長線上のような

空間でいっしょに勉強できるのは、たしかにこれが最初で最後だろう。

「わかった、約束する」

俺が言うと、ぱあっと満面の笑みを浮かべ、少し小走りで明日姉が戻っていった。

ちょうど入れ違いで女子チームがやってくる。

夕湖《ゆうこ》が明日姉のほうを振り返りながら口を開く。

「あれ、朔《さく》。いまのって西野《にしの》先輩？」

「だな。俺も来てるの知らなかった」

「受験生なんだもんねー。もう進路決めたのかな？」

「東京って言ってたよ」

「東京……そっか」

どこか含みのありそうな反応に表情を窺《うかが》うと、そこにはいつもどおりの明るい笑みが浮かんでいた。

「さーて、勉強するぞー！」

ぶいぶいと肩を回す夕湖を見て、気のせいだったかな、と俺もあとに続いた。

＊

そのまま二時間ほど夏休みの宿題に向き合い、いい感じに疲れたので俺は休憩に立った。

自販機で缶コーヒーを買って、ロビーの椅子《いす》に腰掛ける。

あたりを見回すと、藤《ふじ》志高がかなりの部屋を借りているせいで一般の宿泊客はさほど多くなかったが、それでも大きな旅行バッグを抱えたカップルや家族連れが幸せそうに足取りを弾ませていた。

身体《からだ》の節々が硬くなっている気がして、ぐいっと伸びをする。

さすが県内一の進学校というかなんというか、ひとたび集中し始めると広間はまるで図書館のようにしんと静まりかえった。

かりかりとシャーペンを走らせる音や、ぱらぱら参考書をめくる音、ひそひそと近くの人に相談している声以外はほとんど聞こえない。

これは確かに勉強が捗《はかど》るな、と思う。

なにより、主要教科の先生がその場にいるというメリットは大きい。

赤本を抱えて質問にいく三年生たちを何人も見かけた。

短パンにアロハでだるーんと座った蔵《くら》センの前に行列ができている光景はさすがに笑ったけど、あの人なにげに教えるのうまいんだよなと納得する。

そんなことを考えていたら、「よっ」と声をかけられた。

顔を上げてみると、そこに立っていたのはさっき見かけた奥野《おくの》先輩だ。

「あ、お疲れさまです」

俺が言うと、「ほんとになー」と苦笑いを浮かべた。

「ここ、座っても？」

「いいっすけど、他も空いてますよ？」

「まあまあ、休憩がてらの雑談にでも付き合ってよ」

進路相談でたった一回話しただけの間柄でネタがあるとも思えないけれど、そんなことは先輩だってわかっているだろう。

俺が頷《うなず》くと、小さなテーブルを挟んだ向かい側に腰かけた。

高身長にしっかり引き締まった身体、さわやかな短髪、整った目鼻立ち。こうしてあらためて見ると、やっぱりモテそうな人だよな、と思う。

奥野先輩がペットボトルの水をひと口飲んでから口を開く。

「それで、初めての夏勉はどう？」

「悪くないっすね、三年生が多い理由もわかります」

「ぶっちゃけ半分ぐらいは夏休みの思い出づくりだと思うけど」

「奥野先輩は順調なんですか、受験勉強」

「まあ、併願も含めたら全滅はないだろうって感じかな」

「この段階でそう言い切れるのはすごいっすね」

「もう三年の夏だから。受験なんてあっというまだよ」

あっというま、か。

きっとそうなんだろう。

俺が黙っていると、奥野《おくの》先輩が続ける。

「明日風《あすか》、東京に決めたんだってな」

やはりというかなんというか、その名前が出てきた。

最初からこっちが本題だったんだろう。

俺は短く答える。

「みたいですね」

「これで少なくとも、俺には四年間の猶予が生まれたってわけだ。福井の、まして同じ高校の同じクラスから東京に行く人間なんて限られてる。向こうで連絡取り合ったり、それこそふたりで酒を飲みに行ったりすることも、あるんだろうな」

「…………」

明日姉《あすねえ》に惚《ほ》れている、ということを隠すつもりもないようだった。

言葉の意味をかみ砕き、そのまま歯ぎしりしそうな焦燥感に襲われる。

すべてを理解したうえであの人の背中を押したのに、それでも。

ただ、目の前の相手に腹が立たなかったのは、声音にどこか哀しげな色が滲《にじ》んでいたからだ。

「なんて」

奥野先輩が自嘲《じちょう》気味に笑った。

「このあいだ明日風に告白して、きれいさっぱりふられたよ。ああ、このまま好きでいたところで、金輪際俺に望みなんてないんだろうなってぐらい一刀両断。あれはえぐかった」

その言い方が面白くて、俺はくすっと吹き出してしまう。

「……すいません、つい」

なあに、と奥野先輩が少しくだけた口調になる。

「こんな話にわざわざ付き合わせてるんだ。好きなだけ笑ってくれ」

「というか、そもそもなんで僕に？」

「さっき明日風と千歳《ちとせ》くんが話してるのを見たらつい、な」

まだこの人の意図が読めなかった。

こうやってふられた事実を口にしている以上、牽制《けんせい》ってわけでもないだろうし。

「千歳くんはさ、明日風としゃべるようになったの去年の九月頃なんだろ？」

「まあ、そっすね」

小学生のときのことまで説明する必要はない気がしてそう答えた。

「俺は一年のときから明日風と同じクラスで、一年のときから好きだった。つまり、一年半ぐらいのあいだは、千歳くんに出会ってない明日風といっしょにいたんだよ」

どう反応したものかわからずに黙っていると、奥野《おくの》先輩は足を投げ出してどかっと椅子《いす》の背にもたれかかる。

「あーあ、もっと早く告白しときゃよかったなーって話。そしたら、いまより少しぐらいは可能性あったかもしれないのに」

無意識のうちに、俺はぎゅっと拳《こぶし》を握りしめていた。

「千歳《ちとせ》くんは俺みたいになるなよ」

にっと、奥野先輩が笑う。

なんだか釈然としなくて、

「もう一回聞きますけど……どうしてそんな話を？」

そう言うと、少し悩むそぶりを見せたあとで「さあ？」と首を振った。

「もしかしたら、東京の大学で訳のわかんないやつに引っかかるぐらいなら、あんなふうに明日風《あすか》を笑わせられる君のほうがまだマシ、とか思ったのかもな」

邪魔した、と奥野先輩が立ち上がる。

去っていくその背中を見ながらようやく力を抜くと、手のひらにはくっきりと爪《つめ》の痕《あと》が残っていた。

他人事として笑い飛ばしてしまえたら楽なのに。

俺はいまの話に、そう遠くない未来の自分を重ねてしまう。

あっというまだよ。

その言葉が、繰り返し頭のなかに響いていた。

＊

かぽーん。

てなわけで、一日の勉強を終え、福井の食材がたんまり使われた夕飯のビュッフェを腹いっぱい堪能《たんのう》した俺たちは、のんびり温泉に浸《つ》かっている。

べつに受験生ほど追い込まれているというわけでもないので、最初から日中は真面目《まじめ》に励んで夜はのんびりしようと決めていたのだ。

どこか浮かれ気分の俺たちが広間を出るとき、明日姉《あすねえ》も奥野先輩もまだ必死に参考書を睨《にら》んでいて、その温度差がどうにもじれったかった。

かといって、じゃあ仲間たちとの時間を犠牲にしてまで勉強に打ち込めるかというと、高校二年生のいまじゃやっぱりそこまでは思えない。

きっとあと一年分の時間が流れた頃に、この夏の明日姉をもう少しだけ理解できるようになるんだろう。

それ以上考えるのはやめて、湯船のへりに頭を乗せる。

まわりに建物ひとつない露天風呂の上には、冗談みたいにきれいな夜空が広がっていた。

こうして足を伸ばし、肩までお湯に浸《つ》かりながら眺めていると、まるで自分も星々のあいだを漂っているような気分になってくる。

ここは旅先なんだと実感する瞬間は、人によってさまざまだ。

自分が暮らしている町では見られない景色を見たとき、ご当地の美味《おい》しいものを食べたとき、聞き慣れないイントネーションが耳に飛び込んできたとき……。

俺の場合は、なぜだか昔から決まって露天風呂に入ったときだった。

藤志高《ふじ》から車で一時間ほどのこんな場所でさえ、「ああ、遠くまで来たんだな」という謎の感慨がこみ上げてくる。

もしかしたら、心が無防備になってるのかもしれない。

女の子のことを考える。

夕湖《ゆうこ》も、優空《ゆあ》も、七瀬《ななせ》も、陽《はる》も、それから明日姉《あすねえ》も。

こうやって星空を見上げながら、なにかを想うのだろうか。

それとも、みんなでわいわいやっているだろうか。

大きいとか細いとか、シャンプーを忘れたから貸してほしいとか、和希《かずき》が先輩に色目を使っていたとか海人《かいと》が真面目《まじめ》に勉強してたとか健太《けんた》の私服がオシャレになってたとか……あるいは、もう少し踏み込んだ話とか。

そういうのを想像すると、少しだけ幸せになる。

おんなじ夜を共有できてる気がして。

おんなじ空に浮かんでいる気がして。

なんて考えていたら、じゃぼんと水面が波打った。

「んああああ」

「海人、もちっと静かに入れよ」

「なーに言ってんだよ。こうやって一気に浸かるのが気持ちいいんじゃねーか」

「お前、テンション上がって泳いだりすんなよ」

「一八〇越える男がそれやったらさすがに絵面やばいっしょ」

にしても、と海人が続けた。

「なんかいいよなー、こういうのって」

「おん？」

俺はそれ以上しゃべらずに先を促す。

「さっきふと思ったんだよ。自分が話したことあるやつもないやつも、男も女も、それこそ先生みたいに歳の離れた人もいっしょになって来る旅行みたいなのって、高校卒業したらもうないんだろうな」

「言われてみれば、確かに」

大学になってもサークルやゼミの旅行はあるだろうし、社会人も研修旅行みたいなのがあるのかもしれない。

だけどそれは、やっぱりちょっと違うんだと思う。

海人《かいと》が頭の上に乗せていたタオルで一度顔を拭《ふ》いてから、なにげない調子で言った。

「なあ朔《さく》、ぶっちゃけ和希《かずき》と健太《けんた》って好きな子いると思うか？」

「なんだよやぶからぼうに」

「いいじゃんいいじゃん。旅行の夜の定番だろ、こういう話題って」

まあ、それもそうか。

せっかくなので少し考えてみる。

「健太はどうだろうな。色恋沙汰が原因で引きこもってたぐらいだから、さすがにまだ好きな子ってのはいないんじゃないか？」

「なら仲間うちだったら誰が一番タイプだと思う？」

「うーん、本命が優空《ゆあ》で大穴が陽《はる》」

「あーなんかわかるかも！　うっちーはまんまだけど、陽の色気のなさが逆にほっとする、みたいな？」

「陽は色気あるけどな」

「まじッ?!」

……しまった。

普通に流せばいいのに、なんかいらっとして条件反射でかばってた。

あんまり広げられたくもないので話題を変える。

「和希に関しては全っ然わからん。俺たちの知らないところでしれっと彼女つくって別れてを繰り返してる気もするし、『そういうの面倒だから』とか言いそうな気もする」

海人が、かかっと豪快に笑った。

「あいつ、人のことは喜んでからかうくせに自分の話はしたがらないからな。一年からの付き合いだけど、いまだに腹のうち読めねぇ」

確かに、と俺も笑う。

このあいだ、花火のときに和希があんなことを言いだしたのは正直驚いた。

あいつはあいつで、いまの関係性をけっこう気に入ってるのかもしれない。

「なになに、なんの話？」

そんな話をしていたら、当の本人が湯船に入ってきた。

健太も後ろからついてきている。

和希の問いには海人が答えた。

「いやさ、和希と健太って好きな人いるのかなって」

足先でお湯の温度を確かめながら健太が口を開く。

「お、俺はまだ好きとまで言える人は……」

「いるよ」

まあ、やっぱりそうだろうな。

好きとまでは言えないけど、そこそこ気になってる相手はいるってところか。

ん……？

俺はそんなわけないと思いながら確認する。

「和希《かずき》、いまさらっとなんか言ったか？」

「だから、いるよって」

「なにが？」

「俺の好きな人の話でしょ？」

「……」

「…………」

「……………」

「「はああああああああああああああああああッッッ!?!?!?」」

思わず俺と海人《かいと》が叫んだ。

健太《けんた》は口をぱくぱくしている。

「いや、聞かれたから普通に答えただけなんだけど」

和希はしれっと微笑《ほほえ》んでいた。

俺は片手でお湯をはじいてその顔にばしゃっとかける。

「いや和希のくせに普通に答えんなよびっくりするわ！」

濡れた前髪をかき上げながら和希が言う。

「まあ、こういう夜だしね。たまにはいいかなって」

「うわーなんか気色わるっ」

「あのね」

そんなやりとりをしていると、海人がすかさずつっこむ。

「で、誰なんだよ。俺らも知ってる子か？」

「知ってるだけなら知ってるんじゃない？」

「きたあああああああああ！」

「ま、さすがに名前までは言わないけど」

「きてなかったあああああああ！」

ていうか、と和希が続けた。

「正確に言うと好きだ**っ**た子、かな？」

さすがに身体《からだ》が熱くなってきたのか、湯船を出てへりに腰かけた海人《かいと》が質問を返す。

「なんだよ、もうふられちまったのか?」

「ふられる暇もなかったよ」

「相手に彼氏がいたとか?」

いや、と和希《かずき》は短く首を振り、

「——俺はその子が他の男に惚《ほ》れるところを見て惚れたんだ」

めったに見せない表情でふあっと笑った。

……………ちょっと、待てよ。

それって、もしかして、いやまさかな。

考えているうちに、海人が続けた。

「なに言ってんのか全っ然わかんねー!」

「だろうね、俺にとってもなかなか貴重な経験だった。ようするに、恋をした瞬間に恋は終わったって話」

「つまりはこういうことか。和希はサッカーの試合を一生懸命に応援してる女の子の姿に惚れたのに、その瞬間シュートを決めた相手チームのエースにもってかれた、みたいな」

「あ、わりといい線いってるかも。冴えてんね、海人」

「でも、相手が付き合ってないならまだチャンスあんじゃねえの？」

湯船のへりに頭を乗せ、遠くの夜空を眺めながら和希が答える。

「朔《さく》と健太《けんた》には言ったけど、熱くなるのは性に合わない。こう見えて、その日は俺なりに眠れなくなるほどぐちゃぐちゃに悩んでみたんだ。でも、なにをどう考えてみたって勝ちの目はひとつもなかった。新聞配達の音が聞こえてくる頃にはもう、自分の気持ちに線を引いたよ」

そこで言葉を句切り、

「――本気で惚れても惚れてはもらえないだろうからこのへんで、ってね」

湯けむりの奥でスカした笑みをこちらに向けた。

ああ、やっぱりそういうことか。

ったく、悩んでたんなら悩んでる顔ぐらいしろっつーの。

いきなりそんなこと伝えられたら……きついんだよ、あほ。

話を締めるように、海人《かいと》がへっと笑った。

「まあ、わからなくもねえよ」

どいつもこいつも、と思う。

なんだってそんなふうに強くいられるんだ。

自分の気持ちの在《あ》り処《か》を、ちゃんと知ってるんだ。

いい加減のぼせそうだったので、俺はざばりと湯船から出る。

そうして風呂上がり、なぜか男四人で鏡の前に並んで立ち、腰に手を当ててコーヒー牛乳を一気飲みしてから部屋に戻った。

*

お風呂から出て髪を乾かし、脱衣所で簡単に化粧水だけつけた私、柊夕湖は、うっちー、悠《ゆ》月《づき》、陽《はる》といっしょに部屋まで戻ってきた。

それから入念に髪の毛と肌のケアをして、いまはお布団の上でまったりしている。

部屋にはホテルの浴衣《ゆかた》があったけど、みんな自分で持ってきたパジャマを着ていた。

私はジェラートピケのTシャツにボーダーのもこもこしたショートパンツ。同じ柄のパーカーも持ってきたけど、さすがに暑くて部屋に戻ったらすぐ脱いじゃった。

悠月もおんなじジェラートピケ。やっぱり好みが合うなあって思いながらも、向こうはサテン地のキャミソールとショートパンツが一体になったオールインワン。

ちょっとこれ、悠月が着るとセクシーが過ぎる！

谷間めちゃくちゃ見えてるし。

まあさすがに本人も自覚してるみたいで、廊下を移動するときは私とおんなじもこもこのパーカーを着ていた。

うっちーは青いサテン地に白い星柄の入ったセットアップのパジャマ。前にジェラートピケでいっしょに買った、リボンのヘアバンドをつけてる。デザインはちょっと違うけど私もつけてるから、なんかお揃《そろ》いっぽくてうれしい。

陽はチャンピオンの半袖《そで》ワンピース。

髪の毛結んでるとこしか見たことなかったけど、下ろすとぐっと女の子っぽくなるんだって驚いた。あとでヘアアレンジ教えてあげよっと。

なんて妄想を膨らませていると、

「夕湖《ゆうこ》、ボディークリームって持ってきてる？」

悠月《ゆづき》がちょっと照れくさそうに言った。

「うん、あるよー」

「ごめん、じつは忘れちゃってさ。今度なんかの形でお礼するから、夏勉のあいだ私にも使わせてもらえないかな？」

「わかるー、ボディークリーム忘れがちー」

「そうそう、メイク落としとか化粧水は絶対忘れないのに」

「もちろんいいよ、使ってー」

私はポーチから取り出したボディクリームを手渡す。

「あ、夕湖《ゆうこ》ジルスチュアートの使ってるんだ」

「うん！　かいでみて、超いい匂いだから」

悠月はふたを開けて、鼻を近づけた。

「ほんとだ。この香りすっごい好きかも」

「でしょでしょ！　悠月はどこの使ってるの？」

「私はポールアンドジョーのやつ」

「あー、めっちゃ気になってたんだよね」

「じゃあ今度貸すよ」

「ほんと!?　洋服だけじゃなくて、コスメとかもいっしょに買いに行きたいなー」

「――あのッ!!」

そんなやりとりをしていたら、陽《はる》が手を上げてこっちを見ていた。

「どったの？」

私が言うと、なぜか恥ずかしそうにもじもじしている。

「それ、私にも貸してっていうか、使い方とか教えてくれませんか？」

悠月がぷっと吹き出した。

「あんたいっつも風呂上がりはシーブリーズじゃん」

「いやそうなんだけど！　シーブリーズ愛してるけど!!　だって……」

それで私はぴんときちゃった。

「明後日《あさって》水着だからケアしときたいんだよね？」

「うぅ……そう、です。あと、これからはそういうのもちょっと覚えよっかなって」

また悠月が陽をからかう。

「ケアじゃなくて付け焼き刃では？」

「だぁー悠月うっさい！」

そのやりとりを見ていたうっちーが楽しそうにくすくす笑う。

「さすがに三人で使ったらなくなっちゃいそうだから、陽ちゃんには私の貸してあげる。お風呂上がりのケアとか、いろいろ教えてあげるね」

「うっちぃ～」

言いながら、がばっと抱きついてる。

うっちーは照れたように頬《ほお》をかいた。

「って言っても、私も夕湖《ゆうこ》ちゃんから教えてもらったことばっかりなんだけどね」

私は一年ぐらい前のことを思いだして懐かしくなる。

「えー、確かに最初はそうだったけど、うっちーは覚えるのあっというまだったし。すぐに私のアドバイスいらなくなってちょっと悲しかった」

「そ、そんなことないよぉ」

なんて話をしながら、思う。

やばい、めっちゃテンション上がる！

これぞ女子の旅行って感じ。

修学旅行や宿泊学習を除けば、なにげにお泊まり会って招待されたことがなかった。

べつに仲間はずれにされてたわけじゃなくて、後日知って「私も行きたかったー！」って言うと、「ごめんね、私たちが誘ったら迷惑かと思って……」って言われちゃう感じ。

だからこういう、どこまでもフツウの青春が、いま心から愛《いと》おしいよ。

＊

テロリン♪

陽《はる》たちのケアもひととおり終わってのんびりしていたところで、誰かのスマホが鳴った。

布団の上でうつ伏せになってた悠月《ゆづき》が画面を確認して、

「ねえねえ、水篠《みずしの》からなんか送られてきた」

ちょいちょいっと手招きするので、私とうっちーと陽もそのまわりに集まる。

送られてきたのは動画っぽい。

悠月が再生ボタンをタップすると、壁際に和希《かずき》、海人《かいと》、健太《けんた》っちーがなぜかみんな腕組みしながら立っていた。

向こう側では朔《さく》が録画のスタートボタンを押したみたい。

すぐにスマホから離れて、全身が映し出される。

パジャマはみんなスウェットとかジャージっぽいショートパンツに半袖《そで》のTシャツ。

それはそうと、

「ちょっとなにこれうける！」

私は思わず言った。

陽がそれに続く。

「え、なんでTシャツイン？　ださッ！」

そう、みんな謎にぴっちりとTシャツをパンツに入れて、小学校の運動会みたいになってた。

うっちーが必死に笑いを押し殺している。

「ちょ、ちょっとごめん。私これ駄目なやつかも」

なんか変なツボに入ったっぽい。

そうこうしているうちに、朔《さく》がペットボトルをマイク代わりにしてしゃべり始めた。

『さあさやってまいりました。最強の男を決める祭典、その名も？』

他の三人が声を揃《そろ》える。

『『『九頭竜王は誰だッ!?』』』

え、どうしたのそのネーミングセンス。九頭竜川からとった的な？

てかなにするのか全然わかんないし。

「んッッッ」

隣でうっちーがお腹《なか》を抱えてひくひくけいれんしてる。

朔の言葉が続いた。

『エントリーナンバーワン。見た目は優男だがサッカー部の頼れる司令塔。その眉目秀麗な容姿から彼はこう呼ばれている。藤志高《ふじ》の菊人形《きくにんぎょう》、みずしのおおおかずきぃッ!!』

——ぶほわっとうっちーが吹き出した。

ちなみに菊人形は福井県の武生《たけふ》で毎年イベントが開催されてるご当地名物的なやつ。

名前を呼ばれた和希《かずき》がくるっと優雅にまわってウインクした。

悠月《ゆづき》が呆《あき》れたように笑う。

「なにをやってるんだ、こいつらは」

朔がまた口を開く。

『エントリーナンバーツー。男バスのエースにして令和に降り立ったフィジカルモンスター。力こそが正義と言わんばかりのファイトスタイルは見る人をおののかせる。藤志高のボルガライス、あさあああああああああああのおおおおおかいとおッ!!』

——えっふえっふとうっちーがむせている。

ちなみにボルガライスはオムライスにとんかつを乗っけた、これまた福井のB級グルメ。

なんでご当地しばり？

海人《かいと》はゴリラみたいにどかどか自分の胸を叩《たた》いている。

陽《はる》が自分の太ももで頬杖《ほおづえ》をつきながらつぶやいた。

「あー、久々に食べたくなってきた」

朔がびしっと健太《けんた》っちーを指さす。

『エントリーナンバースリー。かつては肥満の引きこもり。いまは自慢の引き締まり。分厚い皮を脱ぎ捨てた軽量級は今回のダークホースとなるか？　藤志高の羽二重餅《はぶたえもち》、やまざあああああああああああああああああああああああきけんたッ!!』

――うっちーがばふんばふんと布団を叩《たた》いてる。

ちなみに羽二重餅《はぶたえもち》は福井の有名なお菓子。

健太《けんた》っちーは、「お、おおうっ!」って叫びながら力こぶを作るポーズしてる。

でも全然力こぶないけど。

そして、と朔《さく》は言った。

『最後にエントリーナンバーフォー。幼い頃から体力テストでは負け知らず。これまで数々の挑戦者たちをしりぞけてきた、自称日本一強く、誉れ高い男。そう、美しく生きられないのなら、死んでいるのとたいした違いはない。我こそが藤志《ふじ》高のいちほまれ、ちとせえええええええええええええさあっく!!』

――うっちーが布団にくるまって身もだえしてた。

ちなみにいちほまれはポストコシヒカリと言われている福井のお米。

そうして全員が壁のほうを向いて朔が『レディー?』と声をかける。


『『『ゴー!!』』』


その合図で、全員がいっせいに畳に手を突いて足を上げた。

私はやっとこの勝負の趣旨を理解する。

なんていうか……ただの逆立ち対決だった!?

Tシャツインしてたのは、めくれちゃうからだった!?

ちなみに並び方は向かって右から和希《かずき》、海人《かいと》、健太っちー、朔の順だ。

それぞれがほどよい距離を保っている。

三十秒ぐらい経ったところで朔が言った。

『健太、腕ぷるぷるしてるぞ』

『し、してないっす。筋トレ続けてますから』

『ふん、軟弱者め。海人だったらこのまま腕立てぐらいするぞ、なあ?』

『え、俺ッ!?』

『ちなみにこの動画あとで女子チームに送るかも』

『よっしゃ任せとけえええぇッ!』

海人はそのまま本当に腕立てを始める。

「すごッ!」

私が思わず言うと、悠月《ゆづき》が苦笑した。

「まんまと千歳《ちとせ》に乗せられてやんの」

そうこうしているうちに朔は、逆立ちしたまま器用に手をちょこちょこ動かして、カニのように健太っちーのほうへと近づいていく。

なにげにあれ辛《つら》いと思うんだけど、こっち側から見てると普通にキモい。

『な、なんすか神、危ないから来ないでくださいよ』

朔《さく》はその台詞《せりふ》に、にやりと笑った。

唇を尖《とが》らせ顔だけで横を向けると、

『――あひぃっ』

変な声を出して健太《けんた》っちーが倒れる。

『よし、まずひとり』

『耳に息吹きかけるとか汚ねえぞ神この野郎！　スポーツマンシップはどこいった⁉』

『甘いな健太。反則行為《ルール》なんて決めた覚えはないぞ』

『あんたはそれで自分を誇れるのかァァン？』

ぷっと、私は思わず吹き出した。

知ってはいたけどこのふたり、いつのまにかすっかり仲よしだ。

ドア越しの健太っちーとしゃべってたのが懐かしい。

朔は、まだけなげに腕立てをしている海人《かいと》の隣まで移動していく。

『海人、健太に合わせて壁倒立にしてたが、せっかくサッカー部、バスケ部、元野球部の中心選手が揃《そろ》ってることだ。壁なしの逆立ちに切り替えないか？』

『で、でも俺、腕立てでけっこう体力が……』

『……いま女子のあいだでひそかに逆立ち男子がブームらしいぞ』

『俺に任せとけえええええええええッ!!』

いやいやそんなん聞いたことないし。

調子に乗った海人が壁から足を離した瞬間、

『んああッ?!』

それを朔がげしっと蹴《け》った。

バランスを崩した海人はなんとか持ちこたえようとしたけど、手をぷるぷるさせながらゆっくり崩れ落ちていく。

『てめえ朔ッ!!』

『ふーっはっはっは！　体幹の鍛え方が甘いんじゃないかね浅野《あさの》くん』

『逆立ち男子ブームも嘘《うそ》かよ?!』

『逆になんでほんとだと思うの？』

なんてやりとりをしているうちに、こっそり朔に近づく影があった。

『つぶねぇ！』

ひゅっと、和希《かずき》が出した足を朔が慌てて壁から離れてよける。

なにげにすごっ！

運動部の男の子だったら普通なのかもしれないけど、本当に壁使わなくてもできるんだ。

『サッカー部の足をよけるとはなかなか』

言いながら和希《かずき》も壁を離れる。

『おいちょっと待て、てめえ余裕ありすぎじゃないか？』

『さあて、なんのことやら』

ぶっちゃけ、こっちから見てたらばればれだったんだけど、和希は朔《さく》があれこれやってるあいだ、ずっと三点倒立で休んでた。

いっつもスカしてるのに、地味にマヌケな姿でウケる。

『上等だ、けりつけてやらぁッ！』

『この場で朔にだけは負けたくないなぁ』

朔は倒立したまま、足をしゃかしゃかさせて和希に近づいていく。

「「「うわキモっ！」」」

思わず私、悠月《ゆづき》、陽《はる》の声が重なる。

――うっちーはまるで朔の真似《まね》みたいに足をばたばたさせてた。

『てなわけで』

和希がにやっと笑う。

『健太《けんた》さん、海人《かいと》さん、やっておしまい』

『……は？』

『『任せとけっ!!』』

健太っちーがにやーっと笑って朔に近づいていく。

『汚ねえぞおいっ！』

『あっれー？　負けた人が参戦しちゃいけない反則行為《ルール》なんて決めた覚えはないっすよね？』

海人がそれに続く。

『さーて、千歳《ちとせ》くんの体幹はどんなもんか確かめさせてもらうぜ』

『おいやめろ、おい——あっひゃっひゃっひゃ』

健太っちーと海人に脇腹やら足の裏やらをくすぐられた朔は、びったーんと漫画みたいにマヌケな格好で倒れてしまう。

最後にすとんと華麗に着地した和希が、にやりと笑って投げキッスを決めた。

＊

「——いったい私たちはなにを見せられたんだ？」

動画が終わると、悠月が呆《あき》れ果てた声で言った。

陽は布団にごろんと転がりながらそれに続く。

「ほんとそれ。バカだバカだとは思ってたけど、想像以上だった……」

「男子って、小学生ぐらいで精神年齢止まってるのでは？」

そこに、ようやく息を整えたうっちーが加わる。

「もう、明日ぜったい文句言う。朔《さく》くんきゅいっ」

悠月《ゆづき》がうつ伏せで頬杖《ほおづえ》を突きながらにやにやと口を開く。

「うっちーって、あんなふうに笑うことあるんだね。いっつもお淑《しと》やかだから意外」

「恥ずかしいからやめてよぉ。私、なんかたまに笑いのつぼが人とずれてることあって、一回スイッチ入ると止まらないんだよね」

「まあでも、いっつも格好つけてる千歳《ちとせ》と水篠《みずしの》の短パン小僧姿は確かに笑った。それ以上に海人《かいと》と山崎《やまざき》が謎に違和感なくてウケた」

「ちょ、ちょっと待って。思いだしたらまた波がきちゃうから」

それにしても、と悠月が言った。

「あいつら三人って仲いいよねー。山崎がいつのまにかあのノリに汚染されてるのも面白いけど、一年のときからあんな感じ？」

うっちーは口許《くちもと》を押さえて必死に笑いを堪えてるので、私が代わりに答える。

「なんかね、入学してすぐに打ち解けてたよ。それからずっとあんな感じ」

「へえ？　けんかしたこととかは？」

「今日みたいなおふざけバトルはいっつもだけど、本気でけんかしたことはないと思うなー」

「まあ、する理由もないか」

陽《はる》がにたにたしながら口を挟む。

「ねね、あっちってどんな話してんのかな？　温泉入ってるときとか、寝る前とか」

「さあ？　さっきの知能指数を見るに、どうせ私たちの胸のこととかでしょ……あっ」

「おいナナ、こっち見て『あっ』てなんだ『あっ』て。気まずそうな顔作んなコラ」

そのやりとりを聞きながら、きゅっとTシャツの裾《すそ》を握りしめた。

私はさっきからずっと。

ううん、本当はここに来るもっと前からずっとずっと——。

うっちーと、みんなと、この夜にしてみたかったことがある。

それは……ずばりガールズトーク！

なので、きっかけを作るように口を開く。

「あとあと、好きな子の話とか?!」

私が勢いよく言うと、みんなきょとんと顔を見合わせたあとで、悠月がぷっと吹き出した。

「言われてみれば、お約束だね。というかそもそも、水篠あたりは普通に彼女いそうだけど」

陽がそれに答えた。

「でもあいつ、なんか妙に悠月に絡んでくるじゃん。じつは好きだったりして」

うへっと悠月は顔をしかめる。

「いやさすがにないない。どう考えたって、本気で狙った女ならもっとスマートに口説くタイプでしょ。好きな子に嫌がらせとか、そんな小学生男子みたいなことしないって。あれは純粋にからかってるだけ」

「まー確かに、海人《かいと》ならともかく」

「だいたい私、自分のこと好きな相手ってすぐわかるから」

「それはそれで腹立つんスけど……」

そもそも、と私は言った。

「みんなって、これまでに彼氏いたことないの?」

最初に悠月《ゆづき》が答える。

「ない。私より魅力的な男の子がいなかったから」

陽《はる》が続いた。

「ないね！　私より熱い男がいなかった！」

最後はうっちー。

「ないよ。地味だったから」

「ちょっと待ってうっちー急に切ないこと言わないで?!」

みんながいっせいにけらけら笑う。

悠月がよっと身体《からだ》を起こした。

「そういう夕湖《ゆうこ》は？」

「私もなーい。みんなが特別扱いするから」

「へえ？」

冗談めかして言ったつもりだったのに、妙にまじまじと顔を見られる。

やがて悠月が優しく微笑《ほほえ》んだ。

「納得した。夕湖は特別なままでいられたんだね」

「え……？」

言葉の意味を確かめる前に、「ていうか」と話が続いてしまう。

ちょっと残念だったけど、それよりも。

「こんだけ顔のいい女が揃《そろ》ってるのに、ひとりもいないってやばくない？」

いまだ、と思った。

一番聞きたかったこと、確認したかったこと。

本当は聞きたくないけど、確認したくないけど……それでも。

私はにっこり手を上げる。

「はいはーい、じゃあみんなはいま、好きな人っているの!?　ちなみに私は朔!!」

「いまさらすぎてなんの新鮮みもないんだが？」

「完全に同意」

「えと、はは……」

悠月《ゆづき》、陽《はる》、うっちーの順でリアクションが返ってきた。

いやわかってたけど薄すぎない？　まあいいや、大事なのはそこじゃない。

「じゃあじゃあ、悠月はっ？」

私は聞いた……聞いて、しまった。

答えなんて、とっくに知ってるのに。

悠月は珍しくはっとした表情になって、それからしばらく考え込む。

「ねえ陽は？　うっちーは⁉」

立て続けに私は尋ねる。

いつもどおりの私で脳天気に笑ったまんま、言葉のナイフで切りつけるように。

「…………」

「……………」

「……」

くるとわかってた沈黙のあと、最初に陽がにかっと歯を見せた。

「私はいまんとこバスケが恋人かなッ！」

それを聞いた悠月が深く息を吸って、吐く。

完璧な美少女の顔で、

「私も……普通に好きって言える相手は、いないかな」

はにかむように首を傾けた。

うっちーはどこまでもうっちーのまま。

「私はいないよ」

あの日と同じように、やさしく微笑《ほほえ》んだ。

だから柊《ひいらぎ》夕湖《ゆうこ》が言う。

「ねえちょっとみんな枯れすぎーっ!!」

「陽に女子力指導してる場合じゃなかった」

「私はまだ恋する《戦う》準備ができてなかった」

「まあまあ……」

ああ、やっぱりだ。

悠月、陽、うっちー。


――ありがとう、ごめんね。

＊

「喉《のど》かわいたから、ちょっと自販機行ってくるね」

部屋を出た私、七瀬悠月はようやくまともに呼吸した。

かふっと大きく息を吐いてから、はっ、はっ、と浅い呼吸を繰り返す。

これは、ちょっと、しまった。

あーやばい、完全に不意打ちだ。


『私も……普通に好きって言える相手は、いないかな』


せめて嘘《うそ》だけはつかないようにと、精一杯ひねり出した言葉。

私は千歳《ちとせ》のことが「普通に好き」じゃなくて「大好き」だ。

なんなら運命の男《ひと》だと思ってる。

「普通に好きって言える」までをひとつのまとまりにするなら、あいつの前で普通に好きってては言えない。私のキャラと違いすぎるし。

だけど、こんな言葉遊びは、ぎりぎり嘘をついてないだけの卑怯《ひきょう》な逃げ文句。

千歳の家で覚えたのと似た感情がこみ上げてくる。

相手が名前も知らない女の子ならよかった。

私は七瀬悠月《ななせゆづき》よ、って胸張って言えるから。

あなたじゃあの人に釣り合わない、って挑発のひとつもしてみせる。

だけど、だけど……。

陽《はる》が千歳に惚《ほ》れたんだって悟ったときは、こんな気持ちにならなかった。

やっぱりあいつは相棒で、いつか超えたいライバルだから。

恋だって真正面から正々堂々と戦ってやるって思えたのに。

なんだよ、私だってお子ちゃまじゃん。

夕湖《ゆうこ》のどこまでも無垢《むく》な笑顔が頭から離れない。

小さい頃から特別な女の子だった私は、そのせいでまわりの嫉妬《しっと》だとか、勝手な幻想だとか幻滅だとか、そういうものを押しつけられながら上手に立ち回るすべを身につけた。

だけどあの特別な女の子は、きっと私よりも純粋で、温かくて、優しくて、だからみんなに愛されて真《ま》っ直《す》ぐ生きてきたんだ。

……それがどれだけ危ういことなのか、私には、痛いほどにわかってしまう。

こんな性格だしわざわざ本人に言ったりはしないけど、じつは二年で夕湖と友達になれてひそかに、そしてかなり嬉しかった。

昔から女バスの友達と遊ぶことが多かったから、ファッションとか美容の話はどうしても私が教える側になりがちで、あんなふうにお互いの服を選んだり、気に入ったアイテムを貸し借りしたりって、そういう女の子らしい関係はちょっとした憧《あこが》れだったんだ。

それこそふたりで買い物なんかしたら絶対に楽しい。

だけど、と思う。

私が千歳《ちとせ》に焦がれれば焦がれるほど、近づこうとすれば近づこうとするほど、「朔《さく》の正妻は私だからね！」って無邪気に言えてしまう夕湖《ゆうこ》の心を踏み荒らすことになる。

頭ではちゃんと理解してるつもりだった、そういうものだって覚悟したつもりになってた、けど……。

——もしかしたら、特別なあの子を最初に裏切って傷つけるのが、私になるのかもしれない。

ああ、そうか。

誰かに本気で恋をするって、こういうことなんだ。

＊

夏勉の二日目。

俺こと千歳朔は、朝食ビュッフェを食べ終えたあともそのままレストランに残っていた。

三日目は海とバーベキューがあるし、最終日は最終日でばたばたしそうだから、明日姉《あすねえ》といっしょに勉強するなら今日が一番いいかと思ったのだ。

チーム千歳のみんなは昨日に引き続き広間を使うみたいだ。

理由とともに別行動することを伝えたら、海人《かいと》は例によって怒り狂ってたけど、なぜだか女子陣は「了解」ぐらいのあっさりとしたリアクション。

夕湖だけがにっこり笑って「いってらっしゃい」と手を振っていた。

いつもみたいに冷ややかな目、って感じでもなかったから、それはそれでちょっと不気味というか、なんかあったのかなあいつら。

そんなことを考えていたら、いつのまにか明日姉がテーブルの前に立っていた。

「おはよう」

「その服……」

俺は思わずそうつぶやく。

明日姉が着ていたのは、首元に小さなリボンがあしらわれた半袖《そで》のワンピースだ。夏の海みたいなコバルトブルーに細かな水玉模様。あの東京旅行の日、高田馬場の古着屋で俺が買ってあげたものだった。

明日姉が身体《からだ》の前で手を組んでもじもじと言う。

「本当はね、なんとなく君と会える気がしてたの」

「もし会えなかったら？」

「着なかったよ。べつのも持ってきてるから」

その様子があんまりかわいくて、思わずにやけてしまいそうな唇をぎゅっと結ぶ。

それで、と明日姉《あすねえ》はおずおず言った。

「もしかして、君も……？」

こくりと、つばを飲み込む。

俺が着ていたのも、あの日買ってもらったレトロな柄シャツだった。

「う、うん……そう、もちろん、本当に、誓って」

目を逸《そ》らしながら答える。

「……ふうん？」

一歩、二歩、明日姉がこちらに近づいてきてじいと顔を覗《のぞ》き込んできた。

うっすらと微笑《ほほえ》んで口を開く。

「ちょっとさ、これから君の部屋まで行かない？」

「く、蔵《くら》センから不純異性交遊はいかんと釘を刺されておりまして……」

「大丈夫だいじょうぶ、予備のシャツがあるか確認するだけだから」

「――すいませんでしたぁッッッ！」

俺は額をごちんとテーブルにぶつける。

明日姉がなんだかいつもよりも甘い声を出す。

「あの日、いっしょに買った服着てデートしようって言ってたよね？　だから最初に見せるのは君がいいって思って、友達がみんな部屋を出てから着替えて、他の人に見られないように注意してここまで来たんだよ？」

「せ、正確にはそれを着た明日姉とデートしようって誘ったのであって、俺までこの服を着るとはひと言も……」

　にっこりとした笑みがこちらに向けられている。

「帰る」

「嘘《うそ》うそ俺が悪かったですごめんなさい待って！」

「つーん」

　ぷりぷりしてる明日姉をなんとかなだめすかし、お昼を食べたあとに海沿いを少し散歩しようって提案でようやく機嫌を直してくれた。

　ちなみに俺が確保しておいたのは窓側の四人席。

　ここからも海が一望できるのでかなり贅沢《ぜいたく》な自習場所だ。

　明日姉は少し迷ったそぶりを見せたあと、俺の右隣に腰かけて口を開く。

「な、なんか変な感じだね」

「俺も思った」

並んで座ることはいくらでもあったが、こうしてお互いテーブルの上に教科書やらなんかを広げていると、不思議な気分になる。

「もしも私たちが同級生だったら、こういうこともあったのかな？　席替えの前の日には君の隣になりますように、っておまじないしたり」

「それはちょっとかわいすぎて困りますねぇ……」

「あとはさ、こんなふうに」

明日姉《あすねえ》がイヤホンの片方を俺の右耳にはめた。

「お気に入りの曲を見つけたら、放課後ふたりでいっしょに聞いたりするの」

流れていたのは、耳慣れたBUMP OF CHICKENの『同じドアをくぐれたら』だ。

試しに目を閉じると、本当にふたりで放課後の教室にいるような気がした。

「……昨日、奥野《おくの》先輩と話したよ」

俺が言うと、明日姉は動揺した表情でこちらを見る。

「な、なんか聞いた？」

少し迷ったが、とくに口止めされたわけではないし、そもそも踏ん切りがついてなかったら自分から吹聴したりはしないだろう。

「明日姉にふられたって」

「それ以外は!?」

「大丈夫、どういう理由で断られたとかは言ってなかったよ。ただ、もっと早く告白しておけばよかった、とか」

「そっ、か……」

「この話、続けても大丈夫？」

正直なところ、いまの関係性はどうにも曖昧《あいまい》だと思う。

憧《あこが》れの先輩と素敵な後輩の男の子ではなくなった。

君と明日姉のままでもなければ、君と朔兄《さくにい》に戻ったわけでも、もちろんない。

お互いに異性として意識しはじめているのは都合のいい勘違いじゃないと思うけれど、ほんの数か月後に訪れるさよならを前にして、どうにも距離を測りかねていた。

確かになにかが変わったのに、表面上は変わらないやりとりを続けている。

……まあ、子どもっぽいとことかポンコツっぷりはあんまり隠さなくなったけど。

だからこれまでと同じように、たとえば悩みや日々の出来事なんかを伝えて明日姉の意見を聞く、というふたりのお約束を続けてもいいものかどうか、じつは迷っていたのだ。

くすくす、とせせらぎみたいな笑い声がこぼれた。

「うん。残された時間で私は君と、できるだけ長く、できるだけいろんな話がしたいな」

その言葉が目の奥にじわっと沁みたけど、悟られないように続ける。

「告白するタイミングって、難しいと思わない？」

言ってから、少し考えなしだったかなと後悔したが、明日姉《あすねえ》は気にしていないようだ。

「文脈からいって、好きな人に気持ちを伝えるっていう意味だよね？」

どこか途惑いがちな視線に、俺はこくりと頷《うなず》いた。

好きな人に恋人はいないという前提で、と切り出す。

「たとえば好きになったらすぐ。まあうまくいく可能性は高くないだろうけど、その分、うだうだしてるあいだに相手が恋人つくっちゃった、みたいな事態は避けられる」

「あとは、好きって伝えたから好きになってもらえたって話も聞くよね。どうしたって、意識せざるを得ないだろうから」

そりゃそうだ。

そんなの誰だって……と、頭に浮かんだポニーテールを広間に追い返して続ける。

「たとえば相手も自分のことが好きだとほとんど確信が持ててから。いちばん確実だけどそれなりに時間がかかると思うし、さっきのとは逆で出し抜かれる確率は上がるよね」

「どれだけの時間を重ねたって振り向いてもらえないこともある。そうしたら、好きって気持ちはずっと心の引き出しにしまい込んだままで風化するのを待つことになる、のかな……？」

きっと奥野《おくの》先輩は、そんなふうに端っこから少しずつさらさら消えていく好きを見ていたくなかったんじゃないかと思う。

あとは、と俺は言った。

「たとえば自分の気持ちを抑えきれなくなったとき、とか？　感情が昂《たかぶ》った勢いでつい言っちゃった、みたいな」

やべえ、これもポニーテール浮かんでくるやつだ。

ああ、よく考えたらそれより前に……。

「もうひとつ」

俺の考えを遮《さえぎ》るように明日姉は言った。

「たとえばそうせざるを得ない状況に追い込まれたとき。他の誰かが好きな人に告白しようとしていることを知った、好きな人が転校なんかでいなくなってしまう、あるいは……自分が、いなくなってしまう」

その言葉に、思わず隣を見る。

明日姉の視線は俺を素通りして海を泳いでいた。

あっというまだよ、と奥野先輩が言う。

そうでもないよ、とは誰も言ってくれなかった。

ふふ、といたずらっぽい顔で明日姉がこちらを見る。

「ねえ朔、ちょっとノート見せてくれない？」

その意図がわかったので、俺も口の端を上げて答える。

「いいよ、明日風。そんなにきれいじゃないけど」

「朔《さく》、付箋《ふせん》って持ってる?」

「あるけどちゃんと返してよ、明日風《あすか》」

いまだけは、と思う。

せめてこうして並んで勉強しているあいだぐらい、俺たちも同級生でいよう。

最初で最後の、お隣さんでいよう。

どうせすぐに、席替えのくじが回ってきてしまうんだから。
＊

ふたりきりの勉強会を終え、そのままいっしょに弁当を食べて、海岸線の遊歩道を軽く散歩してから俺たちはホテルに戻ってきた。

明日姉《あすねえ》はレストランでそのまま勉強を続けるらしく、ロビーで解散する。

広間に戻ってみんなと合流しようと歩き始めたところで、

「さーくぅーッ!!」

夕湖《ゆうこ》の声に呼び止められた。

あたりをきょろきょろ見回すと、やたら背の高い男が手招きしている。

「おーい朔、こっちこっち」

夕湖と海人《かいと》がいたのは売店のなかだった。

「どうした？　休憩中？」

俺が言うと、夕湖が答える。

「休憩もかねてだけど、お母さんにお土産買わなきゃって思って」

「ああ、琴音《ことね》さん」

ほんの短い時間だったけど、やたら印象に残る人だった。

海人が意外そうな声を出す。

「え、なに。朔ってもう夕湖のお母さんに紹介されたの!?」

「紹介されたというよりも誘拐されたが近い」

「どんな人ッ!?　美人だった!?」

「お母さんっていうより、夕湖のお姉さんみたいにそっくりだったぞ」

「うおおおおおおおおお！　夕湖、俺も紹介してくんない!?」

言われたほうは、じとっとした視線を返す。

「いくらなんでもお母さんをそういう目で見られるのは嫌すぎる。あと紹介する理由もないし」

「普通に友達としてでいいのにッ?!」

夕湖は海人を適当にあしらいながら、「そっちは」と言った。

「浮気終わってすっきりした？」

「公共の場で誤解を招く表現はやめろ」

「正妻の私を放ったらかしにして年上の女性と……」

「なあ、朝からなんか変じゃない？」

なんとなく、らしくないかけ合いが引っかかって俺は言った。

七瀬《ななせ》や陽《はる》ならともかく、夕湖《ゆうこ》はあんまりこの手の冗談を口にしない。

俺からふっかけることはあっても、その逆はほとんどなかったはずだ。

夕湖が弾かれたようにこちらを見る。

「え、なんで……？」

「どれだけいっしょにいたと思ってるんだよ。そんぐらいわかる」

なんだかんだで、もうすぐ一年半。

俺と、夕湖と、和希《かずき》と海人《かいと》。

四人で高校生活のほとんどをともに過ごしてきた。

「そっか、朔《さく》にはわかっちゃうんだ」

さらさらと、どこか儚《はかな》げに夕湖が笑う。

それを見た海人がそっと目を伏せた。

「はは、俺はいつもどおりにしか見えなかったな」

いきなり微妙な空気になったので、俺は切り替えるように口を開く。

「それで、お土産は決まったのか？」

夕湖も海人も、それでぱっと表情が戻った。

こういうのも、もう慣れっこだなと苦笑する。

「お母さんのは決まったよ！　もみわかめ！」

「な、なんつー渋い……」

ちなみに、もみわかめは東尋坊近海、つまりこのあたりの特産品だ。天然の生わかめを天日干しにして、ぱらぱらと手でもみほぐしたふりかけみたいなやつ。

ご飯にかけるとふあっと磯の香りが漂い、ほのかな塩っ気がめちゃくちゃうまい。

じゃあ、と俺は言葉を続けた。

「なにを迷ってんの？　自分用？」

夕湖がきょとんと首を傾ける。

「朔のお土産だけど？」

「えちょっと待って、お土産の概念どこいった？」

「せっかくだからなんかプレゼントしようかなって。サプライズで！」

「サプライズの概念もどこいった……？」

俺は呆《あき》れたように笑う。

夕湖と海人の隣に立つと、見ていたのはキーホルダーのコーナーだった。

福井県公式恐竜ブランドキャラクターの「ジュラチック」やカニのかぶり物をしたご当地キティちゃんなんかが並んでいる。

「悪いけど、鞄《かばん》にキーホルダーとかつけない主義だぞ」

だよねー、と夕湖《ゆうこ》が言った。

「おそろいで買いたいんだけどなぁ……」

「なにも土産店で無理して揃《そろ》えなくても」

「――ううん。いま、ここでなきゃ、駄目なの」

どこか切実な声が返ってくる。

なにか思うところでもあるらしい。

「……だったら、これなんかどうだ?」

そう言って夕湖に掲げて見せたのは、パズルのピースをかたどった革のキーホルダー。

何種類かの色があり、これならオシャレな夕湖がつけていても違和感がないだろう。

本当のパズルみたいにキーホルダー同士を合わせることもできるらしい。

夕湖は手に取ってまじまじと眺めてから、

「これにする!」

うれしそうに言った。

「私の分は朔《さく》が買ってプレゼントして! 朔の分は私が買ってプレゼントするから!」

「まあ、いいけど。海人《かいと》はどうする？」

えっぐしょい、とわざとらしいくしゃみが返ってくる。

「俺はそういうの柄じゃないからいいや。ちと便所行ってくる！」

ったく、と俺は短いため息をもらす。

こんな機会、そうそうないってのに。

「夕湖は何色がいい？」

「うーん、朔に選んでほしい！」

「じゃあ、これかな」

俺が手に取ったのは、橙《だいだい》色のピースだ。

まあ、名前のイメージからってのもあるけれど、あったかくて、明るくて、夕湖にはよく似合うと思った。

「うん！　うれしい」

「なら俺のも夕湖が選んでくれ」

「えーっと……これが朔っぽいかな！」

夕湖は新月の夜みたいな紺青色を手に取った。

試しにお互いの欠けた部分を合わせてみると、まるでもともと一枚の革からくり抜かれていたようにぴったりと重なる。

それぞれに会計を済ませて、袋を交換した。

さっそく中身を取り出した夕湖《ゆうこ》が、胸の前でぎゅっと握りしめる。

そうして大切な宝物をそっとしまうように──。

「ねえ朔《さく》?」

夕湖がきらきらと笑った。

「ずっとずっと、忘れないからね」

どうしてだろう。

それがさよならに聞こえて、素直に頷《うなず》くことができなかった。

＊

その日の夜、夕食を終えてひと休みした俺は、運動用のTシャツとショートパンツに着替えた。和希《かずき》、海人《かいと》、健太《けんた》は温泉に向かったけれど、せっかく海沿いまで来たことだし軽くそのへんを走ってこようと思ったのだ。

部屋を出ると、ちょうど夕湖たち女子チームがこちらに歩いてくるところだった。

向こうもこれから温泉らしい。

「あれ、千歳《ちとせ》なにやってんの?」

先頭を歩いていた陽《はる》が不思議そうに言った。

「軽くランニングでもしようかと思ってな。二日も運動してないとなんか気持ち悪くて」

七瀬《ななせ》が顔をしかめながら口を開く。

「うへえ、そんなに体力有り余ってるなら女バスの朝練代わってよ。今日だって、みんなが優雅にビュッフェ食べてるあいだに何本ダッシュさせられたことか」

本当にやってたんだな、それ。

道理でレストランに来るのが遅かったわけだ。

そんなことを考えていたら「ねえ千歳」と陽が言った。

「ソッコーで着替えるから、ちょっとロビーのとこで待ってて」

「おん？」

「私もいっしょに走りたい！」

呆《あき》れたように七瀬が笑う。

「正気か？」

こちらの返答も待たずに、陽はぴゅうと部屋に戻っていった。

ホテルの外に出ると、夏の夜を底から混ぜっ返したような空気が漂っていた。

瑞々《みずみず》しい草木、塩《しよ》っぱい潮風、キャンプ場のほうからは焚《た》き火《び》の香りも流れてくる。

「アップは、いらないよな？」

俺は隣を歩く陽《はる》に言った。

「まあ、この気温だしね」

正直なところ、少しほっとした。

前に東公園でいっしょにストレッチをしたことがあったけれど、いまもなにくわぬ顔で同じことができるかと聞かれたら、ちょっと自信がない。

軽く走り始めると、陽が右隣に並んだ。

「千歳《ちとせ》、もうちょいペース上げても大丈夫だよ」

「旅先でガチのトレーニングしても仕方ないだろ。話でもしながらのんびりいこうぜ」

「まあ、それもそっか」

敷地の外にでると、ぐっと海の香りが強くなった。

ざざん、ざざんと、波打ち際の音が響く。

たっ、たっ、たっと、ふたり分の足音が弾む。

ほとんど街灯のない道で、ランタン代わりの薄い三日月が笑っている。

静かでたおやかな夜だった。

ほんの少し手を伸ばしただけで、ざらざらと金平糖みたいに星をかき集められそうだ。

「……陽」

俺は隣を走る小さな肩を抱き、

「ちょっ、こんなとこでいきなり」

ひょいっと位置を入れ替えた。

「……ほえ？」

陽がまぬけな声を出す。

「けっこう暗いからな。いちおう俺が車道側走るよ」

「――ッ、うれしいけど紛らわしい！」

俺は笑って流しながらも、心のなかは少しだけ動揺していた。

うれしい、って無意識のうちに言ってるんだろうな。

男友達みたいな関係だったときの調子でいきなり肩触った俺も悪いけど、紛らわしいって違う展開を想像してたみたいに聞こえるぞ。

陽の口からそういうこと言われると、なんつーか、変なとこに刺さる。

俺は小さく首を振って話題を変えた。

「その後、チームは順調か？」

「もう絶好調！　練習試合も連戦連勝でぜんぜん勢い止まらない」

「そりゃすごい。次こそ打倒芦高《あしこう》だな」

「おうよ！」

走りながら、陽《はる》はにかっと笑って続ける。

「芦高っていえば、あの日から舞《まい》がめっちゃ連絡してきてうざい」

「舞って、東堂《とうどう》舞か？」

芦高女バス部のエース。

練習試合で見せた鮮烈なプレーは記憶に新しい。

「そうそう。暇さえあれば１ｏｎ１しようとか誘ってきて」

「県のトッププレイヤーと日常的に練習できるなんて最高だろ」

「まあ、そっちは確かにそのとおりなんだけどね……」

ちょうどそのタイミングで、漁港へと続く脇道を見つけた。

まだ走りはじめてそんなに経ってないけれど。

「せっかくだから、下りてみるか？」

「さんせー！」

緩い坂を下り始めると、突き当たりにいきなり墓場が見えてきた。

「……や、やっぱ反対」

走りながら、陽は俺のＴシャツを摑《つか》んだ。

「こんだけ暗いとけっこう雰囲気あるな」

「こういう雰囲気は求めてなかったんですけど?!」

じゃあどういう雰囲気を、なんて口にしかけてやめる。

やっぱ、どうにも調子が狂ってる。

足早に墓場を通り過ぎたところで、俺たちはペースを少しずつ落として歩きに切り替えた。

漁港の波は穏やかに凪《な》いでいる。

小型の漁船がたぷたぷと、まどろむように揺れていた。

本当は防波堤の上にでも座ったら気持ちよさそうだと思ったけれど、この暗がりで万が一にも足を滑らせたら洒落《しゃれ》にならないのでやめておく。

代わりにこぢんまりとした磯浜があったので、そこまで下りてみた。

「ねえねえ千歳《ちとせ》」

波打ち際で陽がぴょこぴょこ手招きしている。

隣にしゃがみ込むと、

「ちょいと貸りるよ」

俺の手に自分の手を重ねて、そのままちゃぷんと海につけた。

「へへ、私たちが一番乗り」

その屈託のない笑顔に、ばくん、と心臓が跳ねる。

「……」

「………」

束の間、無言で見つめ合っていた俺たちは、思いだしたようにがばっと離れた。

「や、ごめん。フライングできてラッキーって思っただけで深い意味は……」

「わ、わかってる。そういや東堂舞《とうどうまい》がなんだって？　さっきなんか言いかけてただろ」

俺は強引に話を変える。

「そ、そうそう！　バスケに関する話ならべつにいいんだけど、あいつ千歳《ちとせ》のこととかめっちゃ聞いてくるんだよね」

「俺の、こと……？」

「──ッ」

陽《はる》は思いっきり口を滑らせたという顔をしていた。

真っ赤になって顔を逸《そ》らし、「ああもうッ！」とがしがし頭をかいた。

きっ、と睨《にら》むようにこちらを見る。

「千歳、いまの私たちなんか気持ち悪くない？」

「激しく同意」

「それってやっぱ、私が言い逃げしたからだと思ってて。なんていうか、ちゃんといまのお互いの立ち位置っていうか、接し方みたいなのがわかんないから、もやもやするんだよね」

俺はぎゅっと、拳《こぶし》を握りしめて陽の目を見つめ返す。

「ぶっちゃけ、そうだと思う。俺は、陽の気持ちに返事というか、なんらかの答えを出したほうがいいのか、とか」

「――ッッッ」

陽は、どこか泣き出しそうに目を伏せて口を開く。

「あの、その、あれは勢いっていうか。あんたの試合見て、舞たちとの試合を終えて、頭も心もかっかと熱くなってるまま行動しちゃったっていうか……」

その声がどんどん弱々しく、か細くなっていく。

「だからあの日のことは気に、気に……っ」

しないでほしい、という言葉が続くのを覚悟したところで。

ザンッ、と陽が力強く一歩踏み出し、真《ま》っ直《す》ぐ俺の目を見た。

そうして力いっぱい息を吸い込み、拳《こぶし》を握りしめて、

「――気にしてほしいッッッ!!!!!!」

振り絞るように叫んだ。

「なかったことにすんの、無理ッ！　あんたには私のこと、男友達みたいに付き合える相手じゃなくて、恋愛対象の女の子としてちゃんと見てほしい!!」

ぜえ、はあと、走っていたときよりも息を切らしながら。

「けど付き合ってとか言う前につけなきゃいけないと思うけじめもあるし、私も勢いとかじゃなくて、ちゃんと心からその言葉を伝えたい」

陽《はる》はにっと笑った。

「待っててなんて言わない。けど、いつか私があんたに本気の勝負を挑んだときは、逃げずに

受けてよね?」

まったく、本当に、お前ってやつは。

「はッ、そんときゃ返り討ちにしてやるさ」

眩《まぶ》しさに目をつむってしまわないように、精一杯にっと笑い返す。

この話は終わり、と言わんばかりに陽《はる》が口を開く。

「じゃ、走りますか」

俺はぐいっと背伸びした。

「気が変わった。本気出すからついてこいよ」

「お墓んとこ抜けるまでは待って?!」

さしゅ、とやわらかい砂浜を蹴《け》って一歩踏み出す。

やっぱりこういうのが、俺たちらしいよな。

立ち止まってるわけじゃない、目を逸《そ》らしてるわけじゃない。

だけど、大切なことだから、ちゃんと大切にしたいんだ。

＊

ホテルに戻ると、部屋はまだ電気が消えていて暗かった。

三人はまだ温泉かと思ったけれど、よく見ると奥にある「あのスペース」の白熱電球だけがぽつんと灯《とも》っていて、海人《かいと》がぼんやり窓の外を眺めている。

俺はそのまま照明を点《つ》けず中に入った。

こちらに気づいた海人が「おう」と手を上げる。

今日は備えつけの浴衣《ゆかた》を着ているようだ。帯の結び方はずいぶんと大雑把《おおざっぱ》だったが、こいつぐらい身長があるとやけに様になるな、と思う。

「和希《かずき》と健太《けんた》は？」

「まだ温泉。あいつら風呂なげーんだよな、サウナとか何回も出たり入ったりして。俺はおんなじとこでじっとしてんの苦手だから先に出てきた」

「ああ、なんかわかる」

俺は言いながらランニング用のTシャツを脱ぎ、タオルとデオドラントシートで身体《からだ》を拭《ぬぐ》ってから、仕上げにシーブリーズをばしゃばしゃとはたく。

部活終わりを思いだす香りがつんと立ち上り、冷房の当たった部分がきんきん冷えた。

汗だくのTシャツよりはましだろうと、とりあえず昨日の夜パジャマ代わりにしていたTシャツを着る。

本当は温泉に直行するつもりでいたが、なんとなく、そのまま海人《かいと》の向かいに腰かけた。

窓の外に目をやると、海は黒いペンキでべた塗りしたように真っ暗だ。

俺は当《あ》て所《ど》なく口を開く。

「陽《はる》と走ってたよ。出発するときにばったり会って、いっしょに行きたいって」

海人が呆《あき》れたように口の端を上げた。

「あいつらしいというかなんというか」

そのまま肘《ひじ》掛けで頬杖《ほおづえ》をついて続ける。

「なあ朔《さく》、ちっと聞いていい？」

「聞いてよくない」

「言うと思ったぜ」

へっと笑って、しかし話をやめようとはしない。

「悠月《ゆづき》と陽と西野《にしの》先輩。ぶっちゃけなんかあんの？」

「……なんかって、なんだよ」

「そりゃあ、恋バナ的なあれだよ」

「…………」

七瀬《ななせ》、陽とのあいだで起こったことはおおまかな概要だけ、明日姉《あすねえ》に関してはほとんどなにも知らないはずだ。

最近なんか仲がいいな程度の気楽さで聞いているのかもしれないし、もしかしたらなにか思うところがあるのかもしれない。

……どちらにせよ、ただでさえ変な気を遣わせてしまっている海人に、これ以上、余計な荷物を背負わせたくはなかった。

高校に入ってからの付き合いだけど、こいつは根っからのいいやつだ。

誰に対しても真《ま》っ直《す》ぐ正直で、どこまでも仲間想い。

他人の哀しみや苦しみを聞けば、まるで自分事のように哀しみ、苦しんで、なんとか力になってやろうとする。

まあ、後先考えなさすぎるのが玉に瑕《きず》というか、あんまり野放しにもできないけど。

そういえば健太《けんた》の身の上話を聞いたとき、真っ先に怒ってたのは海人だった。

図書館でヤン高の連中に絡まれていたとき、真っ先に駆けつけてくれたのは海人だった。

ひとりで帰ると店を出た七瀬のこと、真っ先に追いかけたのは海人だった。

バッティングセンター終わりの8番で明日姉の話が出たとき、誰かさんのために熱くなってたのも、やっぱり海人だったっけ。

ヒーローってのはこういうやつのためにある言葉だよな、と思う。

だから、俺が自分で向き合うべきことを、海人《かいと》に伝えるわけにはいかない。

それこそおんなじように悩んで、哀しんで、苦しくなってくれるだろうから。

なんだか可笑《おか》しくなって、くすっと笑う。

「ないよ、まだなんにも」

海人がなにひとつ疑っていないように、にかっと笑う。

「だよな！　なんか安心したわ！」

「なにがだよ」

「そりゃまあ……」

少し言いよどんでから、からっと続ける。

「いや、やっぱやめとく」

なあ朔《さく》、と急に真面目《まじめ》くさって海人が言った。

「ひとつだけ、約束してくんねえかな？　言えた義理じゃないけど、いつかあいつの想いみたいなのと、正面から向き合ってほしいんだよ。適当に流したり逃げたりしないでさ」

「やけに詩的なことを言うんだな」

「だってそういうスペースじゃん、ここ」

俺たちは顔を見合わせぷっと吹き出す。

「そりゃそうだ」と俺は言った。

「わかったよ、男の約束だ。そんときゃお前にも報告する」

陽《はる》の言葉を借りるなら、どのみち避けては通れないけじめだ。

海人《かいと》がにっと笑う。

「言っとくけど、相談されてもアドバイスとかできねえからな？」

「むしろなぜそれを期待されてると思っちゃった？」

野郎ふたりで、けたけたと肩を揺らす。

約束するよ、と思う。

それが、どこまでも優しいお前にできる、俺なりの誠実さだから。

＊

そうして迎えた三日目の昼過ぎ。

俺たちはホテルからバスで十分ほどの場所にある、三国サンセットビーチへと来ていた。

シーズン真っ盛りということもあって、平日だというのにけっこうな数の人たちで賑《にぎ》わっている。カラフルなポップアップテントが立ち並び、それ以上にカラフルな水着のお姉さんたちがあたりを行き交っていた。

俺たち男子組は最初から海パンの上にTシャツを着ていただけなので、バスの中でさっさと

脱ぎ捨て裸足《はだし》で砂浜に飛び出し、

「「「あっぢぃッ?!」」」

すぐに戻ってきて各々がサンダルを履く。

部活が忙しかったせいで、海水浴なんて何年ぶりかわからない。

夏の砂浜の熱さを完全に忘れてた。

それは和希《かずき》も海人も同じだったようで、健太《けんた》にいたってはどう考えても毎年海に来るってタイプじゃないだろう。

空はまるでブルーハワイのシロップみたいに澄み渡り、削りたてのかき氷を並べたような入道雲がふあふあと浮かんでいた。陽射しはぎらぎらと強く、海の家のいか焼きよろしくこんがりと肌を炙《あぶ》ってくる。

俺たちは事前に申請していたレンタルのビーチパラソルとポップアップテントを適当な場所に設置した。前者の下にレジャーシートを敷き、後者の中に自分たちの荷物を放《ほう》り込む。

そうして夏休みとか旅行とか、なにより女子チームの水着に膨らむ期待とか、そういうのをどうにも抑えきれずに波打ち際まで走り、

「「「ヤッホー！」」」

俺、海人、健太が叫んだ。

「いやそれ山だから」

和希《かずき》が呆《あき》れたようにつっこむ。

「「海のバカヤロー!!」」

「そういう問題でもなくてさ」

ぶはっとみんなでいっせいに吹き出す。

目の前に広がる日本海は目の覚めるようなコバルトブルーやエメラルドグリーン、とはお世辞にも言えないだろう。

透明度はさほど高くないし、青は碧がかって少し重たい。

それでも、これが小さい頃から見慣れている俺たちの夏色だった。

隣に立っている健太《けんた》に声をかける。

「なんかお前、本当にちょっと筋肉ついてきたな」

ダイエットに成功したときは単にひょろいという印象だったが、ほんの少しだけ身体《からだ》が大きくなったというか、厚みが出てきたように感じた。

健太はへへん、と胸を張る。

「最近はけっこう自重トレとか調べて挑戦してるんす。最初はくっそ嫌だったし苦痛でしかなかったけど、なんかだんだん癖になってきて」

「へえ？　そりゃあいい。ただ、やりすぎには注意しろよ」

「故障とかってことですか？」

「いや、端的にむきむきマッチョの健太は見たくない」

「変わるために努力しろっつったのあんただろ」

とりあえず叫んですっきりした俺たちは、いったんパラソルの下に戻った。

ここで待ってないと、夕湖《ゆうこ》たちは場所がわからないだろうし。

それにしても、と思う。

「そわそわします」

「「──いやわかる」」

俺の言葉に、珍しく和希も含めた他の三人が声を揃《そろ》えた。

どれだけ普段は格好つけてたって、しょせんはブラ紐《ひも》ひとつでわくわくむらむらしちゃう健全な男子高校生。

同級生の、それもとびきりの美少女が集まっている仲間の水着姿をこれから拝めるってときに平常心でいろだなんて、どだい無理な話だ。

「なあみんな、冷静に考えてみろよ」

遠くを見ながら、自分でも謎に乾いた声を出す。

「なんで下着は駄目で水着はいいんだろうな。布面積同じだぜ？　パンツ見たら怒られるのに水着はがん見できるのおかしくない？」

「それえええええええッ！」

叫んだ海人《かいと》がこっちを向く。

「え、どうしよう怖くなってきた。見たらほんとに立てなくなるかも、いや立つかも」

「うーむ、下品だと馬鹿にしたいところだが俺も笑えない」

だってそうでしょ？

下着姿の夕湖《ゆうこ》や七瀬《ななせ》が目の前に立ってたら興奮するよね？

うんする、ゼッタイ。

それが水着だったらはいオールグリーン平常心ってなる？

ならんくない？

ふっと、和希《かずき》が余裕の笑みを浮かべた。

「まだまだ坊やだね」

いらっとして俺は口を開く。

「なんだよ、お前はさらさら興味なしってか？」

スカした男は唇のあたりで、ちっちと人差し指を左右に振る。

「サッカーのファールカップ着けてきた」

「その手があった?!」

まあ冗談だけど、と和希が笑う。

この男も、なんだかんだで落ち着かないのだろう。

温泉で聞いた打ち明け話が頭をよぎり、気を紛らわせるために健太《けんた》を見る。

「寿限無《じゅげむ》寿限無五劫《ごこう》の擦《す》り切れ海砂利《かいじゃり》水魚《すいぎょ》の水行末《すいぎょうまつ》……」

うん、ありがとう少し冷静になったわ。

そんなことを考えていると、

「さーくっ」


後ろからぽんと肩を叩《たた》かれた。

思わずごくり、と生つばを飲み込み、野郎たちと目を合わせる。

何度か深呼吸をして、意を決したようにゆっくり振り向くと。

――ツッツ。


そこにはふたり《夕湖と七瀬》の女神が立っていた。


夕湖が着ているのは明るい黄色のポップな花がいっぱいにちりばめられたビキニ。

ブラの中央とショーツの横側が紐《ひも》で編み上げみたいになっていて、谷間どころか谷底まで丸見えだった。

なんというか、夕湖《ゆうこ》の体型は本当に「男子の理想を具現化した」というチープな表現がしっくりくる。出るとこが出て、引っ込むところが引っ込んでいるのはもちろんだけど、加えてその上から「女の子」というやわらかなベールを一枚かぶせたようだ。

指先で肌に触れたらきっと、とろけるようにとぷんと沈み込むんだろう。

ブラと胸の境目やショーツの編み上げ部分はむゆりとわずかに押し潰《つぶ》されており、それがまた想像をかき立てる。

それにしても半球型のEカップの破壊力がえぐい。

大きいことは知っていたし、ぶっちゃけ胸チラぐらいは見たこともあるが、こうして水着姿になると直視できないのに目が離せないという謎の引力を振りまいている。

「目があああああああああああああああッッッ!!」

隣でひとり、どっかの回路が焼き切れたみたいだ。

「ねえ朔《さく》、どう？　どう!?」

「ちょ、ちょっと慣れるまでそれ以上こっち来ないで」

「えーなにその感想！　朔に喜んでほしくてすっごい悩んだんだよ」

「違うの。めちゃくちゃ似合ってるんだけど、高校生男子には刺激が強いの」

「それって、ドキドキしてるってこと？」

「ドキドキっていうか、ズガガガガって鼓動早くなってて死にそうなんだけど」

「えへへー、じゃあいいよ」

夕湖がにんまり微笑《ほほえ》むと、ついっと七瀬《ななせ》が前に出て、

「そのまま心臓止まったらごめんね？」

両手を頭の後ろあたりに回し、グラビアのようなポーズをとる。

しっかりそれを見せつけたあとで、半分振り返って背中をさらした。

「——————ごふぁッッッッ」

あかん、どっかの血管切れたかもしれん。

七瀬の水着は柄のないネイビーのブラに、鮮やかな青いハイビスカスがあしらわれたショーツ。意外とブラがシンプルだなってお思いでしょ？　ところがどっこい七瀬悠月《ゆづき》は違うんです！　いったい誰に向けてしゃべってるんだ俺？

ブラの中央あたりから幅広の紐《ひも》が二本伸びており、それをクロスさせるように背中側へと回し、低い位置でリボン結びにしている。

つまりはブラそのものやブラ紐の下に二本目の紐が通っているというだけなのだが、これが言葉にできないぐらい蠱惑的《こわくてき》だ。

あえてもうひとつの紐で身体《からだ》を少し隠すことによって、上下ふたつのネイビーに挟まれた肌の艶《なま》めかしさがありありと強調されていた。

めりはりのある体型という点では夕湖と同じだが、受ける印象はずいぶん異なる。

こちらは全身が瑞々《みずみず》しく、滑らかでしなやか。頭の先から足の先までが、まるで水の流れをなぞったように美しいS字を描いており、どこか神秘的ですらある。

凛と張ったお椀《わん》型のDカップには、触れたら弾かれてしまいそうな気品が漂っていた。だというのに、両腕を上げたときに見える腋《わき》は、バスケで適度に鍛えられた筋肉とやわらかな肌がきゅぷっとかわいらしいえくぼを作っている。

さすがにそんなとこを注視されてるとは思わないだろうな、なんて考えると、完璧に演じている七瀬悠月《ななせゆづき》の秘密を覗《のぞ》いているような気になり、ぞくぞくと這《は》い上がってくる背徳感でどうにかなってしまいそうだ。

珍しく、和希《かずき》が必死に目を逸《そ》らしていた。

七瀬は挑発的にうっとり微笑《ほほえ》んでちろりと唇を舐《な》める。

「味見、してみる?」

「お願いだからこれ以上の刺激を与えないでもらっていいですか?」

「それで、感想は?」

「存在が十八禁」

「あのね……。ま、ちゃんと反応シタならもくろみどおりか」

「ねえ言い方ッ!?」

冗談にならねえんだよ、いまは。

「……色不異空《しきふいくう》、空不異色《くうふいしき》、色即是空《しきそくぜくう》、空即是色《くうそくぜしき》」

よしいいぞ健太《けんた》、その調子で頼む。

とにもかくにも、これで危険物《エロすぎる》ふたりは乗り切った。

陽《はる》も優空《ゆあ》もかわいいけど、こと水着姿のインパクトにおいてこのコンビを上回ることはないだろう。

そんなことを考えていると、

「あ、陽〜。なにそんなとこで止まってるの？」

夕湖《ゆうこ》がぴょんぴょん飛び跳ねながらぶんぶか手を振った。

これだから天然コワイ。

俺の顔もいっしょにぴょんぴょん上下しちゃうだろ。

まあそれはさておき、陽はどんなの着てきたんだろうな。

余裕かまして振り返ってみると。

「────────げふおぉッッッッ!?!?!?」

その水着は、まさかのオフショルダーだった。

え？　え？

こう言っちゃなんだけど、陽は前のふたりと比べたらそんなに胸の大きいほうじゃない。

だからてっきり、そのへんをカバーできるタイプをチョイスすると思っていたのだ。

冷静に観察すると、いやできないんだけど、確かにそういうデザインではある。

青に近い透明感のある紫が基調のブラとショーツには、カーテンみたいに波打つフリルがぐるりとあしらわれていて、胸元に少しボリューム感を出していた。

けれど些細《ささい》なことなんかどうでもよくなるほど、首筋から胸にかけての健康的な肌に目が惹《ひ》きつけられてしまう。

ブラというのは、肩紐《ひも》がなくなっただけでこうまで裸に近くなるものなのか。

本人には絶対に言えないけど、もし胸の大きい夕湖《ゆうこ》や七瀬《ななせ》が同じものを着ていたらそんなに動揺しないんだろう。

だけど陽《はる》は、ふとした拍子でずれてしまうんじゃないかという危うさ儚《はかな》さがあって、普段の強さ逞《たくま》しさと裏腹にどこまでも無防備だ。

そんな状態で開放的なビーチを歩いているのだから、いますぐ手を引いて誰の目にも触れない場所まで連れ去りたくなってしまう。

「あの、千歳《ちとせ》、そんな見ないで」

もじもじと俺の名前を呼ぶ姿に、また胸の奥がきぃんと鳴る。

よくよく見ると首筋や腕にはうっすらと日焼けのあとがあり、白い肌が普段は見られない部分なんだと嫌が応にも意識させられてしまう。

夕湖や七瀬よりもさらに絞られたお腹《なか》には腹筋の線が浮かび、形のいい小ぶりなへそが飾りものみたいにちょんと添えられていた。

陽がもう一度口を開く。

「な、なんかあるなら言ってよ。茶化してもいいから」

「……か、かわいいぞ、陽」

「……あ、あんがと、旦那《だんな》」

「おう」

それ以上なにか言葉をつけ足すより早く、夕湖と七瀬が叫ぶ。

「「ちょっと！」」

さきに夕湖が口を開いた。

「私のときと反応がぜんぜんちがーう！　その本気っぽいリアクションがほしかった!!」

七瀬が大げさに拳《こぶし》を握りしめる。

「やはりギャップか、ギャップが正解だったのか」

そんなこと言われましても。

まあ、普段との違いが大きければ大きいほど、こっちの感情の振り幅もつられて大きくなるってのは間違いないと思う。

夕湖は私服でもけっこう肌を見せてたりするし、七瀬は普段から色気を振りまいてる。後者は家に泊めたときもいろいろあったしな。

陽《はる》だってショートパンツを履いてることは多いが、あんまり女の子っぽい服は着ないから、その差かもしれない。

ふと、頭のなかをなにかがかすめた。

……普段との、ギャップ？

「ごめんみんな、いちばん最後になっちゃった」

そういって小走りに駆け寄ってきたのは、最後に残った優空《ゆあ》だった。

「────────けぽぉ」

えんじ色にレトロな花柄の水着は、腰にパレオを巻いているせいで他の三人に比べたら露出は控えめだ。

でもよく考えてみよう。

優空は制服をそこまで着崩さないし、私服でも胸元の開いた服や丈の短いショートパンツ、スカートなんかはほとんど見たことがない。

学校では冬のあいだ黒タイツを履いてることが多いから、夏服で生脚になってるのを見ただけでもこっちはかなり挙動不審になってしまうぐらいだ。

それこそ太ももをじっくり拝む機会なんてめったにない。

ついこのあいだなんて、谷間をちょっと見ただけでめちゃくちゃ怒られたのに。

その優空がブラ！　ブラが優空！

体型はちょうど夕湖《ゆうこ》と七瀬《ななせ》の中間ぐらいだろうか。

適度にめりはりがあり、ほどよい張りと女の子らしい丸み。

いつか言っていた話は嘘《うそ》じゃなかったのだろう。

一歩踏み出すたびにほんのりと腹筋の端っこが浮かび上がり、七瀬よりもやわらかそうな釣り鐘型のDカップがぷゆぷゆとたわむ。

ともすれば他三人の特徴を薄めて混ぜ合わせた印象になりかねない。

けれど、夕湖や七瀬がまるで芸能人の写真集を見ているような気分になるのに対して、その地に足がついた普通よりちょっと上っぽさは、逆にクラスのかわいい女の子の水着姿なんだという生々しい実感をすりすりとなで回してくる。

「朔《さく》くん、ちょっといい？」

とくに感想を求めてくるでもなく、優空が隣に座った。

荷物をポップアップテントに入れようとしているのだろう。

そのまま上半身を捻《ひね》って後ろを向くと、

——はらり。

焦《じ》らすようにゆっくりと、パレオがめくれた。

ぷっくりと白い太ももがあらわになり、開いた両脚の奥に隠されていた部分が目に入る。

そのつけ根についていた砂がぱらぱらと落ちて、

「――――ツッツッツ」

思わずがばっと目を背《そむ》ける。

へそのあたりに甘いしびれが走った。

荷物を片づけ終わった優空《ゆあ》が、両手をついたまま不思議そうにこちらを覗《のぞ》き込んでくる。

今度は腕のあいだでむにゅうと変形した胸が視界を埋めた。

「どうしたの、朔《さく》くん？」

「優空ちゃん、ちょっときゅいっとしてくれません？」

「本当にどうしたの？　……でもなんとなく察したからきゅいっ」

まわりを見回すと、海人《かいと》も、健太《けんた》も、それから和希《かずき》も、一様にうつむきがちで瞑想《めいそう》にふけっているようだ。

そんな俺たちをどこか満足げに一瞥《いちべつ》して、女の子たちは海のほうへと消えていった。

＊

すぐに夕湖《ゆうこ》たちのところへ合流するにはまだ動揺がおさまっていなかったので、俺は海岸線をぷらぷらしていた。

とくに示し合わせてはいないけれど、和希たちもきっと似たような感じだと思う。

俺たちは午前中を勉強に当てて、昼メシのあとにひと休みしてからホテルを出たので、なんだかんだで時刻はもう十四時をまわっていた。

さしゅ、さしゅ、と砂浜に話しかける。

乾いたところを歩くとさらさらサンダルのなかへ遊びに来て、波打ち際を歩くとぱらぱら海に帰っていく。


よう、今年の夏はどうだ？

まああってとこだね。そっちはどうだい？

悪くないよ。こんなに夏休みらしい夏休みは、小学校以来かもな。


仲間の顔を頭に浮かべながら、そういえば、と思う。

海ってなにして遊べばいいんだろうな。

ビーチバレー、バナナボート、シュノーケリング……？

どれも道具の用意がないし、なんとなく形式ばってる感じだ。

小さい頃はどんなだったっけ、と考えてみる。

……ああそうだ、砂浜にお城をこしらえたり、穴を掘ってそこから海までの路《みち》を作って水を引き込んでみる、なんてのは定番だった。

ゴーグルをつけて足のつかないところにもぐり、底にタッチできるか試してみたり、沈んでいるものを戦利品みたいに拾ってみたり。

それこそ、水際に寝そべって寄せては返す波を全身に感じているだけで、いつまでも飽きなかったな。


なんて、たわいのない感慨にふけっていると、

「やっと見つけた、君！」


ショートカットの美しい人がぱたぱたと走ってきた。

目の前まで来るのを待ってから俺はくすっと口を開く。

「なんか最近さ、明日姉《あすねえ》に偶然出会えたときの感動薄れてきたね」

「ひどい?! いまのお姉さんちょっと傷ついた！」

「冗談だよ、てっきり海には来ないのかと思ってた」

明日姉はターコイズブルーのラッシュガードを着ていた。

丈が長めで、ショーツまでをすっぽりと覆っている。

普段だったらその下にすらりと伸びる薄氷のように透き通った脚にどぎまぎしていたところだけど、いかんせん先に受けた刺激が強すぎた。

身も蓋《ふた》もないけど、脚はこのあいだのデートでわりと堪能《たんのう》したたし。

明日姉が苦笑する。

「本当はそのつもりだったんだけどね、君がホテル出てくとこ見えたから」

「……から？」

俺が言うと、ラッシュガードの裾《すそ》を握ってうつむく。

「柊《ひいらぎ》さんとか、内田《うちだ》さんとか、七瀬《ななせ》さんとか、青海《あおみ》さんと海に行くんだなって……思ったら、止まらなかった。友達が行こうって言いだしたときのために、一応用意はしてて。だから今回のは偶然じゃないんだ」

「もしかしてひとりで来たの？」

こくり、と明日姉が頷《うなず》く。

「お互いが高校生でいるうちに、いっしょに海、見たかったの」

あーもう、と俺は頭をかいた。

ようやく落ち着いてきたってのに。

自分で自分を誤魔化《ごまか》すようにへらっと軽口を叩《たた》く。

「思い出をつくるなら、水着の明日姉《あすねえ》がよかったなー」

――じっ。


へらへら紡いだ俺の言葉をすとんと切るように、明日姉はジッパーを下ろした。

ラッシュガードを剝《は》ぎとって、

「――だから！　最初は君に、見せたいのっ!!」


らしくない大声をあげる。

ぎゅっと唇を結んでこちらを見つめる明日姉は、まるで真夏のビーチに迷い込んだ雪の妖精みたいだった。

おろしたてのように白い肌、シンプルな白いブラに白のショーツ。

ショーツはスカートのついているタイプだったが、下半分は透け感のあるレース素材で脚のつけ根までがはっきりと見える。

七瀬《ななせ》や優空《ゆあ》より小ぶりで、陽《はる》よりは大きな胸の谷間に、夜空の一番星みたいなほくろがひとつ、浮かんでいた。

どこか中性的な雰囲気を身にまとう明日姉《あすねえ》にも、二の腕や胸、ウエストやお尻《しり》なんかにはやっぱり女の子らしい丸みがあって、東京の夜がありありと脳裏に浮かび上がってくる。

もしもあのとき、と思わずにはいられない。

たとえば俺が、この人を抱きしめていたのだとしたら。

もしもいつか、と思わずにはいられない。

たとえば他の誰かが、この肌に触れるのだとしたら。

……なんて、な。

思わず伸ばしかけた手を、ぎゅっと握りしめて言う。

「とても、きれいだよ」

明日姉が照れくさそうにこちらの表情を窺《うかが》う。

「いつもみたいに気障《きざ》ったらしい比喩《ひゆ》はなし？」

「言葉が出てこなかったんだ」

「じゃあ」

とびきりの笑みがにっと浮かんだ。

「——来てよかったっ」

そんな顔を見せてくれることがうれしくて、いぢらしくてかわいくて、哀しくて切なくて、胸が張り裂けてしまいそうだ。

行かないで、って子どもみたいに泣きつけたらいいのに。

待ってて、って真《ま》っ直《す》ぐ伝えられたらいいのに。

いまの俺にそんな資格はないから、都合よくあの頃に戻ったふりをして——。

ふたりでぱしゃぱしゃと波打ち際を蹴《け》った。

＊

明日姉は本当にこのためだけに抜け出してきたみたいで、次のバスですぐホテルに戻ると言っていた。

更衣室がある海の家まで見送って、みんなのところまで戻ろうと歩いていたら、優空《ゆあ》がきょろきょろとあたりを見回しながら歩いている。

なぜだか小さな女の子と手を繋《つな》いでいた。

向こうもこちらに気づいたようだったので、俺は駆け足で近寄り口を開く。

「優空、どうした?」

「それが、迷子になっちゃったみたいで」

なんとなく予感はしてたが、やっぱりそうか。

おかっぱ頭の女の子は、ぐずぐずと涙ぐんでずびずびと鼻をすすりながら、ぎゅっと優空の手を握りしめている。

　ぱっと見では四歳か五歳ぐらいだろうか。

　優空《ゆあ》が困ったような声を出す。

「交番とかに連れてってあげたほうがいいのかな？」

「最終的にはそれしかないんだろうけど、バス乗ってるときには見かけなかったぞ。徒歩圏内にあるかわからない」

　俺は女の子の前にしゃがみ込んでにっこりと微笑《ほほえ》む。

「こんにちは、お名前なんていうの？」

「――びえええええんっ」

　そのまま話しかけたら、思いっきり泣いて優空の後ろに隠れてしまった。

「どうしよう優空ちゃん！　女の子なのに千歳《ちとせ》くんスマイルが通用しないなんて⁉」

「ああ、子どもって大人の嘘《うそ》を見抜くって言うし」

「それどういう意味ッ⁈」

　なんて、じゃれてる場合でもないな。

　俺は女の子に向かって言う。

「ねえねえ、らくださんって知ってる？」

「……しってりゅ」

泣いてるせいなのか発音がまだ未熟なのか、語尾がちょっと覚束《おぼつか》ないけれど、会話はできるみたいだ。

何歳ぐらいから普通にしゃべれるのかって、よくわからないんだよな。

「じゃあちょっと見ててね」

なにかやろうとしていることを察したのか、優空もしゃがんで両手を女の子の肩に添える。

俺は右腕を水平にぴんと伸ばす。

それを左手で指さしながら口を開く。

「これが砂漠です。わかる？」

ふるふる、と女の子が首を横に振った。

「らくださんの住んでる場所で、ここよりもたーくさん砂があるところ」

こくこく、と女の子が頷《うなず》いた。

「じゃあ、そのお姉ちゃんといっしょに『らくださーん』て呼んでくれる？」

俺がそう言うと、優空は女の子の顔を覗《のぞ》き込んだ。

「お姉ちゃんが『せーの』って言うから、いっしょに呼んでみようか？」

「……うん！」

「せーの」

「「らくださーん！」」

らくだの頭に見立てた拳《こぶし》が外側を向くように上腕を立て、ぐっと力を込める。

「ひひーん！」

ぼこっと力こぶを作ったままの状態で、拳を右に左に振り回す。

「すごーい！」

女の子がぱちぱちと手を叩《たた》いた。

うまく気を紛らわせられたみたいで、いつのまにか涙は止まっている。

「触ってみる？」

「さわりたい！」

優空《ゆあ》に肩を支えられたままの女の子が近づいてきて、力こぶをつんとつついた。

「かたい！」

「ひひーん！」

鳴き声を上げながら拳を動かすと、きゃっきゃ楽しそうにはしゃぐ。

「それおうまさんのこえじゃないの？」

「……お兄ちゃん、らくださんの鳴き声知らないんだ」

「おとななのに？」

「ねー」

「へんなのー！」

そう言って女の子がけらけら笑った。

俺も優空と目を見合わせてくすっと微笑《ほほえ》む。

あらためて、先ほどと同じ質問をした。

「お名前なんていうの？」

「ちぃ！」

「ちぃちゃん。かわいい名前だね。お母さんと来たの？」

「お父さんも！」

「じゃあ、いつからお父さんとお母さんいなくなっちゃったのかな？　ちょっとだけ前？　それともいっぱい前？」

ちいちゃんは人差し指を頰《ほお》に当てて、うーんと考える。

「ちょっと！　ちぃがねー、かいがらさがしてたらねー、いなくなっちゃった」

ということは、少なくとも車でどこかを探してたり、交番に向かったりって可能性は少ないはずだ。

この海水浴場はその気になれば端から端まで歩ける程度の広さしかないし、休日ほどごった返してるわけでもない。

探していればそのうち見つかるだろう。

優空が立ち上がって口を開く。

「じゃあ、やっぱりこのまま歩いて探そうか。朔《さく》くん、巻き込んで申し訳ないんだけど、付き合ってもらってもいいかな？」

「もちろん」

「ちぃちゃん、お父さんかお母さん見つけたら教えてくれる？」

「うん！」

ちぃちゃんが優空《ゆあ》の手を握り、反対の手を俺に差し出してくる。

その小さな手をとりながら言った。

「なにか好きなお歌はある？」

「うーん……きらきらぼし」

「じゃあ、お兄ちゃんたちといっしょに大きな声で唄《うた》おっか？」

「うん！」

不思議そうな顔で優空がこちらを見る。

俺はへっと笑ってそれに答えた。

「こっちが見つけるよりあっちに見つけてもらうほうが早いだろ？」

「……ああ、なるほど！」

ただ三人でやみくもにあちこち歩いて回るより、ちいちゃんの両親の目にとまる可能性は高くなるはずだ。

「優空も唄うんだぞ」

「そ、それはちょっとなぁ……」

「いいからいいから、せーのっ」

「「「きーらーきーらーひーかーるー♪　よーぞーらーのーほーしーよー♪」」」

俺も、優空も、ちぃちゃんも大声を張り上げる。

まるでお星さままで届かせようとしてるみたいに。

ふと、ちいちゃんとおねえちゃんはけっこんしてるの？」

「おにいちゃんとおねえちゃんはけっこんしてるの？」

「「してません！」」

「えーおにあいなのに」

まったく、こんな小さい子がどこでそんな言葉覚えてくるんだか。

ただまあ、俺、ちいちゃん、優空。

三人並んで手を繋《つな》いでる光景は、確かに家族っぽいよなと思う。

ちらりと、優空の顔を窺《うかが》ってみる。

向こうもおんなじようにこっちを見ていて、ふたりで困ったように笑った。

＊

案の定、五分ほど歩いたところで、ちぃちゃんの両親が駆け寄ってきた。

優空《ゆあ》が事情を説明すると、こちらが恐縮するほど何度も頭を下げてから、親子三人でなかよく手を繋《つな》いで去っていく。

別れ際、ちぃちゃんからきれいな貝殻をひとつずつもらった。

優空がそれを眺めながら口を開く。

「よかったね、見つかって」

「だな」

「朔《さく》くんがいてくれたおかげで助かったよ」

「なんもしてないだろ」

俺がそう答えると、

「あなたって、いっつもそんなふうに言うんだね」

優空がくすくすと笑う。

ふとこぼれた懐かしい響きに、なんだかくすぐったい気持ちになる。

「まあ、らくだの発想は我ながらやるなと思った」

「それだけじゃないよ。私ひとりだったら、手を繋いでずっとうろうろしてた」

「細かいことはいいじゃん。優空が手を繋いであげたから俺も気づけたんだし」

「どうだろう。進行方向だったし、朔くんだったらどのみち気づいてたんじゃないかな」

そんな大げさな、と思う。

「なあ優空」

「はい」

「水着似合ってる」

「どうしていまさら？」

「優空にだけ言ってなかったなって思って」

「ありがとう。そういうとこ、朔くんらしい」

「照れたりしてもいいんだぞ」

「だって、誰にでもそういうことするの知ってるし」

「まさかこのタイミングで非難されるとは思わなかった……」

「いい意味で、だよ」

ほんとかよ、と俺は苦笑する。

「ちぃちゃんたち、幸せそうだったな」

「うん、幸せそうだったね」

やがて仲間たちの姿を見つけて、話はそこでおしまいになった。

＊

ポップアップテントまで戻ると、俺と優空《ゆあ》を除く全員が揃《そろ》っていた。

夕湖《ゆうこ》、七瀬《ななせ》、陽《はる》……少し慣れてきたとはいえ、こうして水着姿が並んでいるとやっぱりまだ直視するのは照れくさい。

夕湖が待ちかねていたと言わんばかりに口を開く。

「おかえりー。ふたりとも待ってたのにおっそーい！」

それには優空が答える。

「ごめんね、ちょっとお母さんたちとはぐれちゃった女の子がいて。たまたま通りかかった朔《さく》くんといっしょに探してたの」

「えー!?　それで見つかったの？」

「うん、無事に」

夕湖がほっとしたように言う。

「そっかあ、さすがうっちーと朔。私だったら一緒にあわあわしちゃいそう」

「まあ、私も充分あわあわしてたんだけどね」

ふたりでくすくすと笑い合ってから、それで、と優空が続けた。

「待ってたって？」

「そうそう！」

ぽんと手を叩《たた》いて、夕湖がポップアップテントに上半身を突っ込む。

ぷりっとお尻《しり》が突き出されて反射的に目を逸《そ》らすと、おんなじ反応をしていた海人《かいと》と目が合って微妙に気まずい。

「じゃじゃーん！」

そう言って夕湖が取り出してきたのは、まんまるに大きなスイカだった。

「「おおー」」

思わず優空と声が重なる。

「どうしたんだ、それ」

俺が聞くと、夕湖がほいっとスイカを渡してきた。

ずしっとけっこうな重みがある。

「なんかね、蔵《くら》センがふらーっと置いてってくれたの。『スイカ割りもしないで海を語るな』って、ついでに木刀と手ぬぐいも」

「へえ？　そりゃ珍しく気が利くな」

まあ、あのおっさんのことだ。夕湖たちの水着を見物しに来るために適当な理由がほしかった、ってことも充分に考えられるけどな。

よく見るとスイカにはマジックで値段が書かれていたから、そのへんで調達したものかもしれない。

夕湖《ゆうこ》がぐいっと両手を上げて叫ぶ。

「てことで、スイカ割りしよー!!」

「「「「「さんせー!!」」」」」

俺たちはみんなで声を揃《そろ》えた。


人気のないところを選んで、ビニールシートの上にスイカを置く。

俺は木刀と手ぬぐいを掲げながら言った。

「じゃあ、誰からいく?」

すると、

「はいはいはーい!」

夕湖が真っ先に手を上げた。

「私、やったことなくて憧《あこが》れてたの!　いい?」

まわりを見回すと、みんなどこか呆《あき》れたような笑みを浮かべている。

「よし、じゃあこっち来て」

スイカから十メートルほど離れた場所で手招きすると、夕湖がぱたぱた走り寄ってきた。

「目隠しするから、ちょっと後ろ向いてくれるか？」

「おけりーん」

ぴょんっと振り返った背中を見て、思わずうっと息を呑《の》む。

当たり前だけど、ブラの紐《ひも》以外は首筋から腰までたおやかな柔肌が惜しげもなくさらされていた。何粒かの汗が、どこか挑発的につつうと滑る。

またズガガガガ心臓鳴らしても仕方ないので、あんまり意識しないように注意しながら手ぬぐいを夕湖の目許に当てた。

そのまま両端を頭の後ろにもってきて少し強めに縛る。

「夕湖、痛くないか？」

「だいじょーぶ！」

「見えてもない？」

「なんにも見えなーい！　朔《さく》どこー？」

恐るおそるといった様子で夕湖が再びこちらを向いた。

「──ッ」

俺は思わず自分の口許《くちもと》を腕で隠す。

目の前にいるのは、水着姿で目隠しされて不安げに手を伸ばしてくる美女。

なんというか、とてつもなくいけないことをしている気分だ。

背徳感やばい。

「おーい朔《さく》ー、夕湖《ゆうこ》が目隠ししてるからってガン見すんなよー」

海人《かいと》が冷やかしの声を上げる。

「この距離でんなことしたら命に関わるわ！」

言いながら、俺は夕湖の手をとり木刀を握らせた。

それを見た和希《かずき》が言う。

「あれやってからにしようよ。ぐるぐるバット」

「おお、いいな」

夕湖は目隠しされたままできょとんと首を傾ける。

「朔、ぐるぐるバットってなーに？」

「両手で木刀の柄を握って剣先を砂浜に突いてくれるか？」

「こう？」

「そうそう。そしたら柄の頭に自分の額をつける」

「えっと、こういうこと？」

こつんと、正しい姿勢がとれているのを見て俺は続けた。

「オッケー。じゃあこれからよーいどんで十秒数えるから、そのままの姿勢でまわりをぐるぐる回ってくれ」

「時計の針みたいな感じ?」

「いえす、どっち回りでもいいぞ」

そうこうしているうちに、他の連中も集まってきた。

俺はみんなと目を合わせてから口を開く。

「いくぞ、よーい――」

「「「「どんっ!!」」」」

いーち、にーい。

カウントとともに、夕湖がお尻《しり》を突き出した姿勢でよたよたと回り始める。

これまたエロい絵面になったらどうしようかと思っていたが、慣れない動きだからだろう。

思ったよりもコミカルによたよたした感じでちょっと安心する。

足を動かしたままで夕湖が叫ぶ。

「ねえこれつらくない?!」

さーん、しーい。

わかる、実際やってみると意外とダメージ食らうんだよな。

七瀬《なせ》がいたずらっぽく言う。

「夕湖、もっと優雅な足取りで」

「無茶言わないでぇー」

ごーお、ろーく。

陽《はる》はいったいどこから仕入れてきたのか、安っぽい水鉄砲を夕湖《ゆうこ》に向けた。

狙いを定めて、ぴゅっぴゅっと引き金を引く。

「ひゃっ、なにいまの⁉」

しーち、はーち。

にっこりと、優空《ゆあ》が微笑《ほほえ》んだ。

「ほら夕湖ちゃんラストスパート」

「なにげにうっちーがいちばん鬼‼」

きゅーう、じゅーーーーーーーーう。

ようやく止まった夕湖は、木刀を杖代わりにふらふらとしている。

「ちょっとやばい！　世界が揺れてる！」

最初に俺が声を上げた。

「よーし夕湖、そのまま真《ま》っ直《す》ぐ」

正しくスイカのある方向を指示する。

それを聞いていた海人《かいと》が続いた。

「夕湖、騙《だま》されんなよ。右だ右」

「え、真っ直ぐ？　右？　どっち」

和希《かずき》もにやっと笑う。

「じゃなくて、後ろだよ。朔《さく》と海人と俺、誰を信じる？」

「和希まで!?」

俺たちは三人で示し合わせたように優空の顔を見た。

なにを期待されているのか悟ったのだろう。

まったく、とため息をついてから声を張り上げる。

「夕湖ちゃん、スイカは左だよーっ！」

「かーしこまりー！」

悩むそぶりすら見せず、優空を信じると即決したようだ。

そうして右に左に千鳥足で進んでいき、

――ばっしゃーん。


波打ち際で盛大にずっこけた。

必死に笑いを押し殺していた俺たちは、堪えきれなくなってぶはっと吹き出す。

優空が慌てて駆け寄っていって手ぬぐいをはずした。

「大丈夫？　夕湖ちゃん」

砂まみれになった夕湖《ゆうこ》はわなわなと肩を震わせて、

「うっちーに！　言われたくなーい！！！」

うがーっと叫んだ。

優空《ゆあ》は後ろめたそうに目を逸《そ》らして答える。

「ご、ごめん。みんなの圧に逆らえなくて」

「ひどい！　信じてたのに!?」

「でもほら、こういうほうがいい思い出に……」

「むー、そんなんで誤魔化《ごまか》されないし！　うっちーも道連れーっ!!」

がばっと夕湖が抱きつき、じゃぶんと倒れ込む。

ちょうどそこに小さな波がきて、転がるふたりをざぶざぶ乗り越えていった。

やがて身体《からだ》を起こしたふたりが向き合い、お互いのありさまを見てけらけら笑う。

「もう夕湖ちゃん！」

「先に裏切ったのうっちーだもんねー」

「髪の毛乾かせるとこあるかなあ？」

「海の家にコインシャワーあったから大丈夫だよ」

「そっか、じゃあ……」

優空が意味ありげに言って、

「えいっ！」

手のひらですくった水を夕湖《ゆうこ》にかける。

「ねえじつはちょっと怒ってる?!　なんか理不尽じゃない?!」

きゃっきゃとはしゃぐふたりを見ながら、

「「「──尊い」」」

男四人が声を揃《そろ》えた。

七瀬《ななせ》と陽《はる》が呆《あき》れたような顔でこっちを見ている。

じゃあ、と和希《かずき》が言った。

「次は朔《さく》の番かな？」

「あれ見たあとでやると思うか？」

七瀬がそれに乗っかってくる。

「そりゃあ、正妻さんの失敗を取り返すのは夫さんの役目なんじゃない？」

くっくと笑っているのは陽だ。

「そんな警戒しなくても大丈夫だって。夕湖はともかく、木刀振り回すあんた相手に嘘《うそ》の指示出すのは危なすぎる。てか普通にスイカ食べたいし」

まあ、それもそうだよな。

「わぁーった、やるよ」

俺が言うと、海水を滴《したた》らせながら戻ってきた夕湖が木刀を差し出してくる。

「私の敵《かたき》とってね、朔」

「ふん、我が秘剣・つばめ返しで一刀のもとに切り伏せてくれるわ」

「それ二回切ってない？」

びしょ濡れになった手ぬぐいを絞りながらつっこむのは優空《ゆあ》だ。

「はい朔くん、ちょっとしゃがんでね」

言われたとおり中腰になると、背後から手ぬぐいで目を覆われる。

いまちょっと頭を倒したら……いやなんでもないです。

ぎゅっぎゅっぎゅと、優空はなんだか必要以上に固く結んでいるようだ。

水分を含んだ手ぬぐいはぴったりと顔に張りつき、わずかな隙間《すきま》もない。

海人《かいと》の声が聞こえる。

「朔は十秒ぐらいいじゃピンピンしてそうだから三十秒な」

「いくらなんでも多くない!?」

俺の抗議も空しく、スタートのかけ声が響く。

「いくぜ、よーい――」

「「「「どんっ!!」」」」

ちくしょう、やりゃあいいんだろ。

「おらああああああぁッ！」

俺は叫びながら砂浜を蹴《け》った。

いーち、にーい……。

夕湖《ゆうこ》の倍ぐらいのペースでぐるぐる回る。

小さい頃から野球部では定番の遊びだったからな、このぐらい慣れたもんだ。


……と、思っていた時期が僕にもありました。


なんとか二十秒ぐらいまでは持ちこたえたが、それを超えたあたりからはもう自分が右足を出しているのか左足を出しているのかもわからなくなってくる。

みんながわいわい賑《にぎ》やかな声を上げてるのに、耳のなかをシェイクされてるみたいでなにひとつ理解できねえ。

にーじゅきゅ、さーんじゅーーーーーーーーーーう。

かろうじてそれだけ聞こえて、俺は足を止める。

いやうそ、全然止まらんかったわ。

正直ぐるぐるバットなめてた。

身体《からだ》が水飴《みずあめ》みたいにうみょうみょしてて、なんとか踏ん張ろうとする暇もなく、どすんと尻《しり》もちをつく。

ぐわんぐわんと頭が揺れていた。

目隠しされてるから、左右どころか天地も曖昧《あいまい》だ。

いかん、千歳朔《ちとせさく》たるもの、いつまでも醜態をさらしているわけには……。

なんて、思っていると。

がばっと、太く筋肉質な腕が俺の両脇に突っ込まれた。

続いて細いわりに引き締まった腕が両膝《ひざ》のあたりを抱える。

なんか最後にひょろい手が尻に添えられた。

「ちょっ、なんだよおい」

俺の言葉には誰も答えず、代わりによいしょと身体を持ち上げられた。

「つざけんなこら海人《かいと》、和希《かずき》、健太《けんた》！」

嫌な予感がして暴れようとしたけれど、どうにもへろへろと力が入らない。

えっさほいさとどこかに運ばれているようだ。

くぷくぷ、くすくす、くつくつ、くっく。

夕湖、優空《ゆあ》、七瀬《ななせ》、陽《はる》の笑い声がこぼれている。

やがてばふんと、押し入れから取り出したおんぼろせんべい布団みたいに投げ捨てられた。

背中に触れた砂は、真夏のビーチとは思えないほどひんやりと心地いい。

なにか言おうとするよりも早く、

――ざしゅ、ざしゅ、ざっしゅ。

おそらく砂だろうと思われるなにかが身体《からだ》の上に降り積もっていき、

――ぺんぺん、ぱちぱち、ぎゅむぎゅむ。


上から押し固められていく。

おい最後の誰だ陽《はる》だろコンチクショウ踏むんじゃねえよ。

すっかり身動きがとれなくなったところで手ぬぐいを外される。

眩《まぶ》しい太陽に少しずつ慣れるようにうっすら目を開くと、

「背中痛くない？　朔《さく》くん」

優しい言葉とともに、たゆたう釣り鐘型のDカップがいっぱいおっぱい飛び込んできた。

ああ、俺いま夕湖《ゆうこ》の気持ちわかるわ。やけに念入りな縛り方だったわけだ。

「――この裏切り者ぉッ!!」

「ご、ごめん。みんなの圧に逆らえなくて。さっき水篠《みずしの》くんから耳打ちされちゃったから」

「どっかで聞いた言い訳！　ちぃちゃんのお父さんお母さんいっしょに探したのに?!」

「えーと、朔くんもらくださんの気持ちになってみたいかなって……」

「ねえ優空《ゆあ》ちゃんなに言ってんの?!　らくださんは砂漠に埋まってるわけじゃないよ?!」

俺は頭だけ出して生き埋めの状態になっていた。

それにしても、と続ける。

「てめえ和希《かずき》、最初っから狙ってやがったな」

ぐるぐるバット提案したのも、二人目に俺を指名したのもこのためか。

和希はひざに手を突きながらうさんくさい笑みで見下ろしてくる。

「帰ってくるの遅いから、みんなでとびきり大きい穴掘っておいたよ」

「ああ、道理で砂がひんやりしてると思ったわ」

直接日光にさらされてない部分だったからか。

そろそろと、優空の隣にしゃがみ込む影が視界の端に入る。

「夕湖ぉ……」

自分から一番手に名乗りを上げたぐらいだ。

多分、和希たちからはなにも聞かされていなかったのだろう。

ゆっくりと夕湖が口を開く。

「どっきり大成功ーっ!!」

「あれ普通に共犯だった⁈」

「えへへー」

じゃあ、と俺が尋ねる。

「なんで最初に立候補したんだ？」

「へ？　普通に私もスイカ割りしたかったからだけど？」

「……ばか？」

「ちょっと！」

そのやりとりを聞いていた健太《けんた》が言う。

「それ、俺らも焦ったんすよ。『なんで⁉』って。まあ、結果として神を油断させられたからよかったけど」

海人《かいと》が続く。

「そうそう。だから慌てて嘘《うそ》の方向伝えたんだよな」

なるほど、単なるおふざけじゃなくて、地味にそういう理由もあったのか。

さて、と七瀬《ななせ》も顔の隣にしゃがみ込んでにやにや笑う。

「千歳《ちとせ》は何カップがお好み？」

「うう……せめて七瀬のをモデルにしてください」

「へえ、そういうのが好きなの？」

「ええまあ」

もうどうにでもなれと思いながら言った。

七瀬とは逆側に陽《はる》が座る。

なにげに右を向いても左を向いても上を向いてもラッキーサマースプラッシュな光景だけど、ここまでくると一周まわってコワイ。

陽がにんまりと言う。

「せ♡ん♡ぱぁーい♡　陽をモデルにしてもいいんですよ♡」

「絵面が弱い」

「よーし、胸のてっぺんに貝殻乗っけて足下人魚にしてから写真撮ってばらまいちゃうゾ♡」

「ごめんて！」

ぺたぺた、ざらざら、どすどす、もぎゅもぎゅ。

……僕もうお嫁に行けない。

＊

そうしてみんなでスイカを食べ、ひとしきり遊んだあと、俺はポップアップテントでごろんと寝転がって休憩していた。

いつのまにか、空にはもう夕暮れの気配が漂い始めている。

どう考えてみたって、海人《かいと》、陽《はる》との遠泳対決は調子に乗りすぎた。

実際には遠泳っていうほどの距離でもないんだろうけど、海で泳ぐのはプールと比べものにならないぐらい体力を消耗する。

しかもあいつら負けず嫌いだから、最後の最後までデッドヒートを繰り広げてしまった。

というか、最初に陽が俺の足を摑《つか》んできてからはただの泥仕合。

引っ張ったり、引っ張られたり、羽交い締めみたいに抱きつかれたり……さすがに抱きつき返しはしなかったけど。

そのあいだ、夕湖《ゆうこ》と優空《ゆあ》はふたり仲よく砂のお城を作っていて、七瀬《ななせ》と和希《かずき》は浜辺に並んで優雅におしゃれっぽいドリンクを飲んでおり、健太《けんた》は次の犠牲者となってそのへんに埋められていた。

ちなみに最後の浅瀬に入ったところで俺が海人と陽をすっ転ばせて勝利をもぎ取ったので、敗者ふたりはいま海の家までかき氷を買いに行ってる。

くたくたの解放感が全身を包み込んでいた。

あんまりにも満たされた時間がどこか非現実的で、ふわふわと夢見心地だ。

間違いなくいま、ここにいるのに、どこか真っ白なスクリーンの前に並べられた椅子《いす》に座っているような感覚。

——俺たちはピーター・パンじゃない。

大人になったらもうここには戻ってこられないんじゃないかって、この夏への扉は見つけられないんじゃないかって、ほとんど確信に近い予感がある。

五年後、十年後にここから見る海は、きっと、いま見ている海とは違う。

そんなことを考えていたら、

「私も入ーれてっ！」

夕湖が隣に転がり込んできた。

「——ッ」

そちらに目をやり、思わず息を呑《の》む。

ごろんと横になった夕湖の全身にはとろとろと海水の粒が滴《したた》り、艶《つや》やかな毛先がやわらかそうな肌に張り付いている。

そうして覗《のぞ》く胸元は、夏祭りですくった金魚の袋を境内の片隅に置き忘れたように、くにゅりとたゆんでいた。

「ねえ朔《さく》？」

俺はできるだけいつもどおりに答える。

「どした？」

「……写真、撮りたい」

言いながら、スマホを操作していた。

「まあ、いいけど」

「じゃあ、仰向《あおむ》けになって？」

言われるがままにテントの天井を見る。

じり、じり、と夕湖《ゆうこ》が近づいてきて肩が触れた。

インカメラにしたスマホがぱしゃぱしゃりと鳴る。

「外にも出ていい？　眠い？」

「いや、べつにいいけどなんだってそんなに……」

身体《からだ》を起こしながら答えた。

「朔《さく》と過ごした今年の夏を、いーっぱい残しておきたいんだ。なるべくたくさん。見ただけですぐ今日に戻れるぐらいに」

「大げさだよ。また来年もみんなで夏勉に参加すればいい」

ううん、と夕湖が首を横に振る。

「――今日の朔がいいの。今日の朔には、今日じゃなきゃもう会えないから」

それは珍しく意味深な言葉だった。

まあ、素直に受け取ればそれはそうだろう。

今日の夕湖にだって、今日じゃなきゃ会えない。

来年の今日が来ても、それは今日の今日とは違う。

考えてみれば、さっきまで俺も似たようなことを考えていたと気づいて苦笑する。

そんなふうに夕湖も少しだけ、センチメンタルになっているのかもしれない。

テントを出た俺たちは、本当にたくさんの写真を撮った。

パラソルの下で、波打ち際で、浅瀬で、海の家で。

埋められたまんま忘れられていた健太《けんた》と三人で、砂のお城をバックに優空《ゆあ》と三人で、かき氷を持った陽《はる》と海人《かいと》と四人で、並んでスカしてる七瀬《ななせ》と和希《かずき》と四人で。

まるで本当にこの夏休みをまるごと残しておこうとしているみたいに。

みんなで撮ろうよ、と夕湖が言った。

それいいね、とみんなが笑う。

優空が近くを歩いていた女性に撮影を頼み、七瀬はあわててスマホのインカメを起動して、陽が残っていたかき氷をいっきに食べてがんがんとこめかみを叩《たた》く。

海人と和希が肩を組み、その隣に健太も加わった。

遠く沈みかけている夕陽が、誰かの引いた切り取り線みたいな水平線から夜に向かって空を染め上げている。

薄紅《うすべに》色に、牡丹《ぼたん》色に、菫《すみれ》色に、瑠璃《るり》色や群青《ぐんじょう》色に、あの日の花火のように。

夕湖からスマホを受け取ったお姉さんが「いきまーす」と俺たちにレンズを向けた。

「はい、チーズ」

「「「いえーい!!」」」

ぱしゃりと、高校二年生の夏休みが切り取られて、色あせないように保存されていく。

――だけどいつか遠い夏。

この瞬間をどうしようもなく懐かしく振り返るとき、思い出のなかの俺たちは写真よりも、もっとずっとカラフルに色づいているような気がした。

*

着替えを済ませ、バスに揺られてホテルに戻ると、時刻は十九時半。

俺たちは荷物を部屋に置いてから、敷地内のキャンプ場へと移動した。

そこではすでにバーベキューの準備が始まっている。

いくつものテーブルや椅子《いす》、コンロが立ち並び、あちこちに吊《つる》されたランタンが煌々《こうこう》とあたりを照らしていた。

俺たちに気づいた蔵《くら》センが叫ぶ。

「おーい、お前らはそこのテーブルとコンロ使えー。食材は美咲《みさき》先生のところ、炭とかライターは俺のところ。火は自分たちで熾《おこ》せよ」

必要なものを受け取り、指定されたテーブルに着くと、紙皿や割り箸《ばし》、焼き肉のたれなんかが用意されていた。食材の肉や魚介、野菜はすでにカットされていて、あとは焼くだけのお手軽バーベキュー。米はおむすびだ。

味気ないと言えば味気ないけれど、あくまで勉強合宿の息抜きなのだから、飯ごう炊さんにカレー作りってわけにもいかないんだろう。

「ねえねえ朔《さく》、火熾しできるの？」

コンロの前に立っていた俺のところに夕湖《ゆうこ》がやってくる。

「文化焚きつけ《着火剤》まであるからな。まあ普通にやれば大丈夫だろ」

俺は網をはずしたコンロの真ん中に文化焚きつけを四本ほど並べ、そのまわりに炭を立てかけていく。

それを見ていた夕湖が不思議そうに口を開いた。

「炭は着火剤の上に直接置いたほうがいっぱい火当たりそうじゃない？」

「なんか空気の通り道を作ったほうがいいらしいぞ。俺も聞きかじりだけど」

言いながら、チャッカマンで文化焚きつけに火をつける。

「すごいすごーい！」

「いや、火つけただけだから」

夕湖《ゆうこ》の大げさな反応に苦笑しながら、火ばさみを使って上にどんどん炭を重ねる。

すぐに、ぱち、ぱち、と乾いた音が聞こえてきた。

あとはこのまましばらく放っておけばいいはずだ、多分。

「みんな、飲み物もらってきたよ」

そうこうしていると、お茶とサイダーのペットボトルを抱えた優空《ゆあ》が戻ってきた。

人数分の紙コップを並べ、みんなに希望を聞きながら飲み物をそそいでいく。

全員に行き渡ったことを確認してから、俺は「それじゃ」と言った。

「最後の夜に」

「「「「「「かんぱーい!!」」」」」」

ぺこぺことみんなでコップを合わせる。

サイダーをぐびぐびと一気に飲み干した。

半日も海で遊んでいたからか、なんだか身体《からだ》中が塩《しょ》っぱくなってるような気がする。

水分はけっこうとってたのに、それでも喉《のど》がからからだ。

優空がくすくすと笑ってペットボトルを掲げる。

「おかわり注ごうか？」

「お願いします」

しゅわしゅわと紙コップが満たされていく。

「つるつるいっぱいにしてね」

「はいはい」

ちなみに「つるつるいっぱい」は、福井弁で表面張力が発生するぐらいぎりぎりまで注いで、という意味だ。普通はなみなみいっぱいとか、ぎりぎりいっぱいと言うらしいが、それだとまだ何ミリか余裕がありそうな気がする。コップのふちから飲み物が盛り上がって見えるぐらいまで注ぐのは、やっぱりつるつるいっぱいだ。

ちなみに炭酸でやるのはかなり難しい。

「ねーねー朔《さく》！　炭いい感じかも」

サイダーをこぼさないようにすすっていたら、夕湖が俺を呼んだ。

コンロのほうに戻ると、積み上げていた炭が少し崩れていた。

火の当たっていた側は全体的に白く、ところどころが赤くちりちりゆらめいている。

俺は炭を火ばさみで均等に広げた。

それにしても、こういうのってなんか男心がくすぐられるよな、と思う。

焚《た》き火《び》台と薪《まき》もあるみたいだから、あとで挑戦してみよう。

網をセットすると、トングを持って意気揚々と待ち構えていた優空《ゆあ》が言った。

「じゃあ、タンから順に焼いてくね」

俺はそれを聞いてぷっと吹き出す。

絶対に優空は焼き肉とか鍋で奉行になるタイプだと思ってた。

夕湖《ゆうこ》と陽《はる》は食べるの専門で、七瀬《ななせ》は頃合いを見計らって交代を申し出るタイプ。

こういうのって、普段の性格見てるとなんとなく予想できるから不思議なものだ。

じう、となんとも美味《うま》そうな音が響く。

優空が次々に肉を焼きながら言った。

「テーブルの上にネギ塩作っておいたから、みんなタンを食べるときとか味変とかに使ってね」

それを聞いた七瀬が驚いたように口を開く。

「え、いつのまに？」

「美咲《みさき》先生のところに包丁と簡単な調味料が置いてあったから、それ借りたの。って言っても、刻んだネギに塩、ごま油、レモン汁、鶏ガラスープのもとを入れてまぜただけだよ」

「私さ、わりと昔からこういう場では『悠月《ゆづき》ちゃん気が利くねー』って言われるほうだったんだけど、ここまでやることないの初めて」

「大げさだよぉ。はい朔《さく》くんお皿」

言われるがままに差し出すと、いい感じに焼けたタンをのせてくれた。

悠月ちゃん、夕湖ちゃん、陽ちゃん、水篠《みずしの》くん、浅野《あさの》くん、山崎《やまざき》くん。

これは本当に手伝う隙《すき》もないな。

「大人しく座ってるか、七瀬」

「ですね」

俺たちはアウトドア用の椅子《いす》を並べて腰かけた。

せっかくだから、優空の作ってくれたネギ塩をタンの上にのせる。

七瀬もそれに倣う。

「「いただきまーす」」

ぱくり、と口に含んで咀嚼《そしゃく》すると、いい感じに表面がかりっと焼けたタンにネギやレモン、ごま油の風味が合わさって、

「「んまー」」

思わずふたりで口を揃《そろ》えた。

「なんで肉って炭焼きにするとこんなに美味いんだろうな」

「この外で食べる感じがまたいいんだよねー」

そういや、と俺は言った。

「今日は珍しく和希《かずき》といっしょだったな」

七瀬《ななせ》が口の端をいたずらっぽく吊《つ》り上げる。

「あれ？　千歳《ちとせ》もしかして、妬《や》いてる？」

うっ、と思わず言葉に詰まった。

考えなしに聞いてしまったけど、気になっていなかったと言えば嘘《うそ》になるかもしれない。

それは単純な嫉妬《しっと》とは、少し違うと思うけれど。

なんて、と七瀬が続ける。

「そんなわけないか。ほら、私たちってガチで遠泳対決したり、楽しく砂のお城作るってキャラでもないでしょう？　余りもの同士がひっついただけ」

「ふたりだと、どんな話するんだ？」

純粋な興味本位で聞いてみる。

正直、ぜんぜん想像がつかなかった。

「なにげに私も水篠《みずしの》とあんなに長い時間話したの初めてだな。まあでも、普通だったよ。みんなのこととか、勉強のこと、部活のこと。あとは、その後大丈夫か、みたいな」

その後ってのは、例のヤン高やストーカーの一件だろう。

和希《かずき》には嫌な役回りを任せてしまった。

「水篠って年中無休でスカしてるのかと思ったけど、サッカーの話だとすっごい熱く語るし、少年みたいな顔で笑うんだね。ちょっと意外でかわいかったな」

ふふっと、七瀬が無邪気に表情を緩める。

まるで気になる男の子の話をする女の子みたいに。

その横顔を見た俺は、あれ、となにかが引っかかった。

もやりと一瞬、心が曇る。

ちょっと待て、なんだいまの。

もしかして嫌だな、とか、思ったのか……？

単純な、嫉妬。

そう理解したとたん、唐突に言いようのない自己嫌悪がこみ上げてきた。

昨日は温泉で和希の話を聞いて「気づかなくて悪かった」なんて思ってたくせに、知ったら知ったでこうなるのかよ。

それはちょっと、あんまりだろ。

多分、心のどこかで自惚《うぬぼ》れていたんだと思う。

七瀬悠月《ゆづき》の、七瀬悠月を演じていない笑顔を引き出せる男は、あんなに特別な出来事を共有して、互いの心に一歩踏み込んだ自分だけ、だなんて。

だからか？　と俺は自分の心に問いかける。

だからお前は、和希にも、海人《かいと》にも――――。

「千歳……？」

「わりぃ、ちょっとトイレ」

俺は反射的に立ち上がる。

冗談じゃねえぞ、なんだよそれクソだっせえ。

じく、じく、じくと、鈍い痛みが響いていた。

＊

トイレでばしゃばしゃと顔を洗うと、ようやく人心地ついた。

薄々感づいてはいたけれど、やっぱり、向き合うべきときがきているんだと思う。

だけど少なくとも、楽しい時間のあいだに片手間で考えるようなことじゃない。

俺は先ほどまでの感情に鍵をかけて短パンのぽっけにしまった。

この旅行が終わったら、明日になったら、家に帰ったら、また取り出してゆっくり確かめてみればいい。

長い夏休みは、まだ半分以上残っているんだから。

みんなのところに戻ると、七瀬《ななせ》がどこか不安げな顔で話しかけてきた。

「ねえ千歳《ちとせ》、私なんか……」

俺はその言葉を遮《さえぎ》るように口をひらく。

「その、なんだ。隣に座ってたらあの水着姿を思いだしてだな」

七瀬は呆気にとられたような顔をしたあと、短く息を吐いて挑発的に微笑《ほほえ》む。

どうにも冴えない誤魔化《ごまか》し方だったけど、そういうことにしてくれたのだろう。

多分、そういうことにしてくれるだろうと思って口にした言葉だった。

「へえ？　千歳が釣られてバット振っちゃうぐらいのいいボールだった？」

俺も挑発し返すように口の端を上げる。

「まあ、置きにきた球ではあったけど。ちなみに置きにきたってのは、ピッチャーが球速や変化を抑えて無難にストライクとりにきたって意味な」

「ちょっと！　それどういう意味？」

「七瀬、かわいい系で攻めるかセクシー系で攻めるか迷った結果、あいだとったろ」

「……まさかのバレてた?!」

「ちなみに夕湖《ゆうこ》も」

「見透かされてる?!」

「七瀬はブラにシンプルなネイビーを選びつつも遊びのあるデザインでセンスのよさをアピール。露出を増やすのではなくあえて隠すことによって上品な色気を演出し、パンツの柄と背中のリボン結びでかわいさ成分を補ってたな。さすがにオールブラックでゴールドのパーツとか使ったいかにもなセクシー系は避けたか」

「ねえちょっと待って?!」

「夕湖《ゆうこ》は明るく元気な柄と色でかわいさを押し出しつつ、編み上げのデザインで以下略」

「私たちの数時間に及ぶ苦悩の結果を解説しないでぇ……」

ぶはっと、俺たちは互いに吹き出した。

お腹《なか》を抱えて、けらけら笑う。

「けど、いいコースにストライクだったぞ」

大丈夫、いまはこれで元どおりだ。

「朔《さく》くん、悠月《ゆづき》ちゃん、取りに来てー」

「はーい」

優空《ゆあ》の声に俺たちは仲よく返事して、コンロのほうへと向かう。

夕湖、陽《はる》、和希《かずき》、海人《かいと》、健太《けんた》。

次から次へと肉や魚介、野菜が配られている。

「自分も食べてるか?」

俺が言うと、

「私は大丈夫。あとでゆっくり食べるから」

優空が笑った。

「ったく……」

相変わらずだなと苦笑する。

うちでご飯を作ってくれるときも、「作りたてが美味《おい》しいから」って次々テーブルに運んでくれるくせに、自分は延々とキッチンに立っている。

そういう性分なんだろうけど、こっちはこっちで食べてるだけじゃ居心地が悪い。

俺はいい感じに焼けてるタンにネギ塩をのっけて半分に折りたたむ。

「ほいタン塩」

優空の口許《くちもと》に運ぶと、ひな鳥みたいにぱくんと食べた。

次はカルビを焼き肉のたれにつける。

「ほいカルビ」

また優空がぱくんと食べてから言う。

「お野菜も」

「ピーマンでいいか？」

「もうちょっとひと口で食べやすいやつがいいかな」

「じゃあニンジンならいける？」

「うん！」

言われるがままニンジンに塩をふっていると。

「「いやいやいや」」

何人かの声が響いた。

先陣を切るように夕湖《ゆうこ》が口を開く。

「だからなにその正妻感?!　私が入る余地ないし！」

陽《はる》がそれに続く。

「あーんて、私がどんだけ……」

七瀬《ななせ》は、

「……はぁ」

なにも言わなかった。

他の男三人も、にやにやとこちらを見ている。

いや、食ってるだけのやつらにそんな顔される覚えはないぞ。

和希《かずき》が近寄ってきて言う。

「ねえ朔《さく》、俺にもあーん」

「うるせえ椎茸《しいたけ》ぶつけんぞ」

「朔くん、水篠《みずしの》くん、食べ物で遊ばない！」

「「はいッ!!」」

そんなふうに、俺たちはわいわいとはしゃぎ続けた。

＊

あるていど腹も膨れたところでキャンプ場をぶらぶらしていると、焚《た》き火《び》台を囲むようにぐるりと並べられた椅子《いす》のところで、意外なふたりが目についた。

「おう千歳《ちとせ》、お前も座ってけ」

そう言って手招きしている蔵《くら》センの隣にいるのは明日姉《あすねえ》だ。

こちらはどこか気まずげに小さく手を振っている。

俺が明日姉の隣に腰かけると、発泡酒のロング缶をぐびぐび飲んでから蔵センが口を開く。

「っかー、夏にあえての焚き火！　そこにビール！　たまらん！」

「仮にも生徒の前でいいんすか」

「毎年恒例さ。今日は美咲《みさき》先生でさえ飲んでるんだぞ」

「そう言われると『じゃあいいのか』って思っちゃうのが人望の差だな」

それで、と蔵センが言った。

「お前らどこまでいったんだ？」

「「蔵セン!!」」

思わず明日姉と声が揃《そろ》う。

いまのご時世、訴えられるぞほんとに。

お構いなしといった様子で蔵《くら》センが続けた。

「なんだよ、まさか高校生の男女がお泊まりまでしといて進展なしってか？」

「おっさん、そのへんにしとかないと東尋坊に捨てて帰るからな？」

「ニッシーも心配してたんだぞ」

それには明日姉《あすねえ》が反応した。

「ちょっと！　お父さんとなに話したの？」

「言っておくけど、どっちかっていうと俺が絡まれてたんだからな。『なあ蔵、あのふたり結婚とかするのかなー？』ってべろべろに酔っ払いながら」

「……恥ずかしすぎる」

それ、俺もめちゃくちゃ気まずいじゃねえか。

「だから言っといてやった。『東京に出たら田舎に残してきた男のことなんてさっさと忘れちまうんじゃねーか？　そのうち標準語の彼氏連れて帰省してくるよ』って」

ばちっと、薪《まき》がはぜる。

蔵センがにやにや笑いながらこっちを見ていた。

挑発に乗るのも癪《しゃく》なので黙っていると、明日姉が凛《りん》とした声で言う。

「――忘れないよ。生まれ育った町も、君のことも」

へっと蔵センが笑った。

「あーやだやだ、これだから青春中毒のガキどもは。それから、親ばか教師もな」

明日姉がきょとんとした顔になる。

「ニッシーが言ってたよ。『うちの明日風《あすか》はその程度の気持ちで駆け落ちする女じゃない。千《ち》歳《とせ》くんも、無鉄砲だがいまどきなかなか気骨《きこつ》のある男だ』」

「「──ッッッ」」

なんというか、このあいだ琴音《ことね》さんと話していたときにも思ったけれど、親ってこういうものなんだろうか。

たとえば、本当にたとえばだけど、俺が明日姉と付き合うことになったら、西野さん《明日姉のお父さん》はいっしょに喜んだり、離ればなれで疎遠になったら哀しんだりするんだろうか。

まあ、喜びと哀しみが逆ってことも充分に考えられるけど。

西野《にしの》さんや琴音さんは直接話したことがある分、明日姉や夕湖《ゆうこ》といっしょにいるところを見て素敵な家族だなって思ってしまった分、できるだけみんなで笑っていてほしい、なんてお節介にも思ってしまう。

もしかしたら心のどっかでは家族の温かさ、みたいなのに憧《あこが》れてるのかもしれない。

蔵センがしゅぼっとラッキーストライクに火を点《つ》ける。

「……ただまあ、なんにでも折《お》ってもんがある。それだけは覚えておいたほうがいいぞ。折り目をつけられるのは、自分たちだけじゃないからな」

「「折……？」」

思わずふたりで聞き返す。

しかし、答えが返ってくるよりも早く、

「あー、朔《さく》が蔵《くら》センとビール飲んでるー」

夕湖《ゆうこ》が俺の名前を呼んだ。

見ると、チーム千歳《ちとせ》のみんながこっちに歩いて来るところだった。

くっくと笑って蔵センが言う。

「よう、お前らも飲むか？」

「そもそも俺は飲んでねぇよ」

ばらばらとみんなが座る。

どうやら、三人での話はここまでのようだ。

隣に来た夕湖がこちらを見た。

「てゆーかここ暑ーい」

「この季節に火の前だからな」

「なんでわざわざこんなとこで話してるの？」

ぷしゅっと、新しいビールのプルトップを開けた蔵センがそれに答えた。

「ふん、それが男の浪漫《ロマン》だからだ」

「「「いやわかる」」」

男四人がいっせいに同調する。

でも、と七瀬《ななせ》が言った。

「焚《た》き火《び》ってなんかいいよね。見てると落ち着く」

優空《ゆあ》がそれに続く。

「私、この匂い好きだな。あとでお洋服にすごい残ってそうだけど」

陽《はる》が意気揚々と火ばさみを持った。

「ねえ蔵セン、薪《まき》足してもいい？」

「おう、景気よくやれ」

「がってんだい！」

明日姉《あすねえ》が唐突に立ち上がって、焚き火台に近づいていく。

「青海《あおみ》さん、あとで私にもやらせてもらっていいかな？」

「もちろん！　西野《にしの》先輩もこういうの好きなんですか？」

「うん！　こ、う、い、う、の、ずっと憧《あこが》れだった」

「よーし旦那《だんな》、じゃんじゃん薪持ってきて」

俺もへっと笑って立ち上がる。

「オーケー、夕湖も手伝ってくれるか？」

「かーしこまりー！」

ぱち、ぱちぱち、と薪《まき》がはぜる。

ひら、ひらひら、と火の粉《たび》が舞う。

めらめら燃え上がる焚き火が、俺たちの影をけらけら楽しそうに揺らしていた。

＊

そうしてキャンプの片付けを終えたあと、私、柊夕湖はホテルに戻ろうとしている朔《さく》の肩を叩《たた》いた。

「ねーねー、ちょっとだけふたりでお話ししない？」

くるっと振り向いた顔が、ちょっとだけきょとんとしてる。

「べつにいいけど……どうせなら海でも見に行くか？　たしかすぐ近くに展望スポットみたいなのがあった」

「うん！」

ホテルの敷地を出て、並んで歩く。

一年のとき、副委員長に立候補したあの日から、もう何回ぐらいこうやって横顔を盗み見てきたかな。

隣を向くと、目線の先はちょうど朔の唇ぐらい。

いつもはキザに端っこだけ上げるのに、ときどき子どもみたいにくしゃって笑う。

私はどっちの朔も好き。

前に押しかけ女房って言われたことを思いだす。

最初はホントそんな感じだった。

LINEを聞かれたら断らないだろうけど、べつにこっちから聞かなくてもいいかな、とか思ってたくせに秒で自分から聞いたし。

優しいから頼んだら嫌って言えないの知ってて「家まで送ってー」とか、いま考えたらちょっと、いや普通に迷惑だっただろうな。

それでも、ぶーぶー言いながら送ってくれる朔が好き。

しばらく歩いていると、三角形の小さな屋根が見えてきた。

近づいてみたら、屋根の下以外にもたくさんのベンチが並んでる。

朔がこっちを向いて言った。

「どうする？」

「せっかくだから、屋根のないとこがいい。なるべく海に近いやつ！」

「だな」

朔がくすって笑って歩き出す。

そうやって笑ってくれるたびに、いっつも私の胸はときめく。

ベンチに座ると、手をついて空を見た。

街灯とかぜんぜんなくて真っ暗なんだけど、その分びっくりするぐらい星がきれい。

でも、月はもう消えちゃう直前みたいに薄いのがちょっと残念。

ざざーん、ざざーんって、海の音が聞こえる。

自分の洋服には、やっぱり焚《た》き火《び》の匂いが残ってた。

……あーあ。

この旅行が終わったら、明日になったら、家に帰ったら、いろんなものをまとめて全部洗濯しなきゃ。

「それで」

朔《さく》が海を眺めながら言う。

「話って、なに？」

一瞬その意味がわかんなくて、わかってからくすくすと笑った。

「ごめんごめん、話ってそういう意味の話じゃなくて。最後に、朔とただこうやってお話ししたかったの」

「ああ、なんだ。そういうことか」

朔がぐいーっと背伸びした。

Ｔシャツがずり上がって、お腹《なか》が見える。

私はとっさに目を逸《そ》らして、いまさらだなってこっそり口許を緩めた。

ねえ朔？

この先、伝える機会はないかもしれないけど。

本当は今日、ずーっとドキドキしてたんだよ？

かわいい水着を見せびらかすつもりだったのに、上半身裸の朔を見たら頭まっしろ。

だって腹筋とか超割れてるし、腕もりもりだし背中もこもこだし。

テントの中で隣に寝そべって写真撮ったとき、心臓の音、聞こえてなかったかな。

恥ずかし過ぎて、自分でもまだ見返せてないや。

そっちも私の水着におんなじぐらいドキドキしてくれてないと不公平！

って思うけど、さすがにそれは望みすぎかな？

朔がのんびり話を続ける。

「あっというまだったな。明日にはもうおしまいか」

「だよねー。全然ものたりなーい！」

本当に本当にものたりない。

この四日間のうちに、話したいことも、いっしょにやりたいことも、もっとたくさんあったはずなんだけど。

「くそ、ビュッフェ全種類コンプリートしようと思ってたのに」

「なにそれ無駄な努力すぎー」

「ついつい好きなのばっかとってきちゃうんだよな」

「『朔《さく》くん、ちゃんとお野菜も食べないとだめだよ?』ってうっちーに言われるやつ」

「もう言われてるんだよなぁ……」

ぷぷっと、ふたりで笑う。

「ありがとな、夕湖《ゆうこ》」

唐突に朔が言った。

「ほえ?」

お礼を言われる心当たりがなさすぎて、思わず変なリアクションになる。

「いや、夏勉に誘ってくれてさ。本当は参加するつもりなかったんだよ。夕湖から電話もらったときも、最初は断ろうと思ってた」

「そうなの⁈」

てっきり、どうしようかまだ迷ってるぐらいのノリかなって。

「じゃあ、私とうっちーの水着が見たかった?」

とか、ちょっとからかってみる。

朔がへっと笑った。

「かもな。とっても美味《おい》しかったです、ごちそうさまでした」

「でしょでしょー！」

そっか、そっか、そうなんだ！

いつもの冗談だってわかってるけど、やっぱりうれしい。

水着を褒《ほ》められたことがじゃなくて、いやそれはそれですっごくうれしいんだけど、なんでも自分で決めてずんずん進んで行っちゃう朔に、私もちょっとぐらいは影響与えられてるんだなって、わかったことが。

私が誘ったから、来てくれたんだなってことが。

朔は話を続ける。

「もし俺だけ不参加でみんなから写真が送られてきてたら、絶対に後悔してたよ。いっしょに過ごせてすげえ楽しかった」

そんな台詞《せりふ》、去年の夏からは考えられないよ。

あの頃はいっつも歯を食いしばって、苦しそうで、痛そうで、でも私にはなんにも話してくれなくて。

この四か月で、朔はすっごく変わった。

もしかしたら野球を辞める前の朔が帰ってきたって言うほうが近いのかもしれないけど、やっぱりそれだけじゃない。

二年生になって、季節が進むたびに、まわりを覆ってたガラスがぱりん、ぱりん、ってちょっとずつ割れていった感じ。

私の壁は朔《さく》が一発でたたき割ってくれたけど、きっと朔のまわりを囲んでいたのはもっとずっと分厚かったから。

仲よくなってすぐの頃、この人はなんでこんなに悪ぶってるんだろうって思ってた。

和希《かずき》にも、海人《かいと》にも、私にも、どうして線を引いちゃうんだろうって思ってた。

そんなに遠いところにいたら、手が届かないよ？

そんなに遠いところにいたら、声も届かないよ？

なんて、朔の考える難しいことは正直いまでもわからないんだけど、とりあえず普通のいい人には見られたくないっぽい。

まあ、確かに私も最初の最初は引っかかってたけどさ。


——そんなの、ちょっと見てればすぐわかるのに。


だから委員長決めの一件がなくたって、きっと私は朔を好きになってた。

だって、次の日も、その次の日も、そのまた次の日も。

うっちーのときだってそう。

健太《けんた》っちーのときも、悠月《ゆづき》のときも、きっと西野《にしの》先輩のときも、陽《はる》のときも。

いつ、どんな瞬間にだって、やっぱり朔は私のヒーローだったから。

早いとか遅いとかの誤差ぐらいはあるかもだけど、こんなに好きにならずにすんだ未来は、どう考えてもなかったんじゃないかなって思う。

「夕湖《ゆうこ》……？」

気づいたらこっちを覗《のぞ》き込まれてた。

やば、マヌケな顔してなかったかな。

もしくはデレデレ顔？

そんなのを最後の思い出にされたらとっても困る。

いつか大人になった朔が、「夕湖あんとき口開けてたなー」とか、「なんかにやにやしてたなー」とか振り返ったら最悪だ。

どうせなら、あなたにはちゃんとかわいい私を残しておいてほしい。

「ごめんごめーん、ちょっと昔を思いだしてて」

「まあ、わかるよ。旅行の終わりって、なんかセンチメンタルになるもんな」

そうだよね。

終わりは、哀しい。

さよならなんて、したくない。

私は無邪気に明るい声を出す。

「それでそれで？　もっと私に言っておくことは？」

「お礼は伝えただろ」

「えー、まだ足りなーい！　もっと褒《ほ》めてほーめーてー」

「わりと普段から褒めてないか？」

「それ以上に雑な扱いが多いのー！」

本当は、そういうのが一番うれしかったりするんだけど。

朔《さく》は困ったように頭をがしがしってかいて、それから。

「夕湖《ゆうこ》はさ、いっつも俺に知らない景色を見せてくれるんだな」

くしゃっと、私の大好きな笑みを浮かべた。


……ああ、本当は。


ずっとこのままでいいな。

ずっとこのままがいいな。

だけど、朔をこんなふうに笑わせたのは私じゃないから。
ガラスを割ったのは、私じゃないから。
ううん、それだけじゃない。
私はいつのまにか……違う、その言い方はずるくて。
い、い、い、あの日から、ずっと、ずっと――――――――――。
だから、向き合わなきゃいけないんだ。

――誰かの気持ちに、自分の気持ちに。

四章　夕暮れの湖

夏勉の最終日。

とくだん語るべき出来事もないままに、俺たちは朝から晩まできっちり勉強に追い込みをかけて、四日間の合宿が幕を閉じた。

いつまでも続くような気がしていたけれど、終わるときは意外とあっさりしている。

まるで夏休みそのものみたいだ、と思う。

時刻は十七時をまわったところ。制服に着替えてホテルを後にし、いまは解散場所の藤志《ふじ》高校へと向かう大型バスに揺られている。

隣に座っているのは夕湖《ゆうこ》だ。

最初は海人《かいと》だったけど、「代ーわって！」とほとんど強制的に席を奪われていた。

もしかすると、昨日は最後の夜ということもあって、みんなと遅くまではしゃいでいたのかもしれない。

夕湖はバスが走り出すと早々に目を閉じ、やがて俺の肩にもたれかかってきた。

ホテルに置いてあったのとは違うシャンプーの香りがくすぐったかったけれど、起こすのも可哀想なのでそっとしておく。

その手は俺の太ももの上に置かれていた。

なにか夢でも見ているのか、さっきからぎゅっとスラックスを握って、また離してを繰り返している。指先がときどき、ぴくりと動いた。

まわりを見回すと、他の連中もくうくうと気持ちよさそうに眠っている。

俺はぼんやりと、過ぎ去っていく景色を眺めていた。

夏休みに入ってからの日々が、きらきらと海に反射して浮かび上がってくる。

明日姉《あすねえ》とデートをしたり、優空《ゆあ》といつものように買い出しをしたり、そこに七瀬《ななせ》と陽《はる》が遊びに来たり、琴音《ことね》さんと8番を食べたり、みんなで花火に行ったり、もちろんこの四日間も。

なんだ、と思う。

少年少女じゃなくなっても、ちゃんと宝の地図は持っている。

端っこから塗りつぶしていこう。

夕湖と、優空と、七瀬と、陽と、和希《かずき》と、海人と、健太《けんた》と、それから明日姉と。

——明日からもまたこの仲間たちと、みんなで。

だんだんと、俺のまぶたも重くなってきた。

うつらうつらと舟を漕《こ》ぎ始め、こつんと夕湖に重なる。

まだ耳に残る波音に包まれて、ふわふわした砂浜の感触に足をとられながら歩くまどろみの端っこで、誰かにそっと手を握られたような気がした。

その手はかすかに震えていたような、気がした。

*

「……く、さーくッ！」

肩を揺すられて目を覚ますと、夕湖《ゆうこ》が呆《あき》れたように笑っていた。

ああ、なんかほっとするな、と寝ぼけた頭で思う。

「もう、さっきからずっと呼んでるのに。朔《さく》ぜーんぜん起きないんだもん」

「んあ、ごめん。どうした？」

「どうしたじゃなくて、着いたよ、学校」

言われて窓の外を見ると、見慣れた校舎が目に入った。

すでに多くの生徒がバスを降りて、運転手さんから荷物を受け取っている。

「朔、よっぽど疲れてたんだね」

「かもな。なんか、夢を見てた気がする」

「どんな夢？」

「夕湖たちと海で遊んでる続き？　あんまり楽しかったからかな」

俺が言うと、ほんの一瞬、夕湖がきゅっと唇を結んだ。

それから何事もなかったかのように口を開く。

「はいはーい、いつまでも水着のこと考えてないで降りるよ！」

「りょーかい」

バスを降りると、もう帰り支度を済ませた他のみんなが待っていた。

俺と夕湖も荷物を受け取る。

少し離れたところにいた蔵《くら》センが大声を出した。

「十九時までは学校空いてるから、もし教室とかに用があるならそれまでに済ませとけよー。以上、解散。四日間お疲れさん」

「「「ありがとうございましたー」」」

あちこちから声が上がる。

さて、と俺は背伸びをしながら言った。

「俺たちも帰りますか」

「あっ！」

そう叫んだのは夕湖だ。

「ごめーん。私ちょっと教室に用事あるんだけど、そのあとひとりで帰るのも寂しいから、もしよかったらみんなも付き合ってくれない？」

俺たちは目を合わせてふっと笑う。

「いいよ、そんぐらい」

全員がこくこくと頷《うなず》いた。

「ホント!?　ありがとう！」

きっと、みんな名残《なごり》惜しいのだろう。

あとちょっと、もう少しだけ。

この楽しかった四日間の余韻に、浸っていたいんだと思う。

どうせまだ夏休み中に何度だって顔合わせるだろうに、それでも。

たかたかと昇降口に向かういくつもの足音が、うれしそうに弾んでいた。

＊

そうして教室に入ると、なんだか懐かしい匂いに包まれた。

古ぼけた床や机、端っこに終業式の日付と日直の名前が書かれたまんまの黒板、少し埃《ほこり》っぽくなっているロッカー。

ほんの二週間ほど来てなかっただけなのに、漂う空気はどこかよそよそしく他人行儀だ。

それぞれが似たような気持ちを抱いているのか、自分の席に座るでもなく、そわそわと落ち着かない様子で佇《たたず》んでいる。

「なんかさ」

最初に口を開いたのは夕湖《ゆうこ》だ。

「夏休みの教室って、知ってるのに知らない場所みたいじゃない？　ここ私の席なのに」

どこか楽しそうに言いながら、荷物をぽんと自分の机に置く。

なんとなくの気まずさが消え、みんなもそれに倣った。

夕湖の言葉には七瀬《ななせ》が応える。

「確かに。卒業した学校に遊びに来てる的な？」

「そうそう！　てゆーかさ、なにげに悠月《ゆづき》と陽《はる》は同じクラスになってからまだ四か月だよ。早くない?!　いや遅くない?!　あれ、この場合どっちが正しいの？」

くすくすと黒髪が揺れた。

「ようするに、もっと長い時間を過ごしたような気がする、ってこと？」

「それ！」

机に腰かけていた陽がくつくつと笑う。

「言われてみれば、昔からずっとこの面子《メンツ》でつるんでた感じがする」

夕湖がうれしそうに言葉を返す。

「陽も!?」

「なんだろね、四か月が濃かったからかな」

「わかる！　ちょー濃かった！」

ふわりと、七瀬《ななせ》は穏やかな表情を浮かべる。

「ま、私も同感」

黙って見ていた優空《ゆあ》が相づちを打つ。

「この四日間もたくさんおしゃべりしたしね」

ねー、と女の子四人が意味ありげに顔を見合わせていた。

なんだか、夏勉を経てさらに距離が縮まったように見える。

それで、と七瀬が言った。

「けっきょく、夕湖《ゆうこ》の用事ってなんだったの？」

「あ、そうそう！　最後は、みんなと過ごした場所がよかったんだー」

夕湖がいつもの調子でとん、とん、と教壇に上がる。

「はいはいみんな注目ぉーっく、見て見てー！」

びしっと右手を上げて、

「──私、いまから朔《さく》に告白しまーっす!!」

あっけらかんと言った。

俺は思わずぷっと吹き出し、腰かけてた机からひょいと立ち上がる。

いつもみたいに軽口でつっこもうと、教壇に向かって一歩踏み出した。

ふと、足下を見る。

上履き、けっこうくたびれてきてるな。

せっかくだから持って帰ってきれいに洗うか。

にしても、また夕湖がよくわからないこと、を……？

しん、と教室が静まりかえっている。

あれ、なんだよここ笑う場面だろ。

七瀬が「いまさらどうした？」とか言って、陽《はる》が「え、マジでそんだけ⁉　私めっちゃ腹へってたのに、帰り8番奢《おご》ってよねー」なんて呆《あき》れて、優空が「まあまあ。とりあえず聞いてあげようよ」で締める。

これまで何度も繰り返してきたお馴染《なじ》みのやりとりだ。

だからもうちょっと、賑《にぎ》やかにいこうぜ。

こんな、まるで……。

俺は確かめるようにゆっくりと、そして逃げ出すように怖ず怖ずと、顔を上げた。

――ッ。

そうしてひと目で、理解してしまう。

両手を前に組んでスカートをぎゅっと握り、唇の両端をほんの少し上げながらやさしく微笑《ほほえ》んで、真《ま》っ直《す》ぐ俺のことを見つめる瞳《ひとみ》は。

どこまでも、真剣だった。

ああ、本当に、告白なのか。

っ……なん、で。

思わず、そんな言葉が頭をよぎる。

いつかこういう瞬間が訪れるのかもしれないとは思っていた。

あの日から、心のどっかでは覚悟していた。

けど、どうして……いま、ここでなんだよ。

みんなで冗談みたいに楽しい思い出を抱えながら夏休みを折り返して、来年もまた同じ場所で花火をって、来年もまたみんなで海にって、その、みんなの、前で。

『──今日の朔《さく》がいいの。今日の朔には、今日じゃなきゃもう会えないから』

そういう、意味だったのか。
覚悟を、決めてたのか。
わかんないよ。
ねえ、夕湖《ゆうこ》。

「ねえ、朔？」

まるで俺の心に応えるように、どこまでもやさしい声が響く。

「一年のとき、委員長決めをしたホームルームのこと、覚えてる？」

けっして止まってはくれない時間に、夕湖に。
俺はぎりぎりと拳《こぶし》を握りしめ、みしみしと唇を嚙《か》みしめながら、かろうじて口を開く。

「……夕湖《ゆうこ》が、わんわん泣いてたっけ」


最初は、ずいぶん脳天気な子だなって思ってた。

誰がどう見たってお姫さまみたいなのに、まるで私は普通の女の子ですって言わんばかりに、それも作為なしに振る舞ってて、ちょっと危なっかしいなって。

本当はお近づきになるつもりもなかった。

運動部繋《つな》がりで気の合った和希《かずき》、海人《かいと》と仲がよかったから絡まざるを得なかったけど、例によって俺は軽薄な俺様野郎として振る舞っていたし。

そのときは、向こうも普通にこっちを敬遠してた。

ホームルームで泣かせちゃったときは、あーこれ完璧に嫌われたって思ったのに。

なぜかその日からころっと態度が変わったんだっけ。

夕湖が優しい微笑《ほほえ》みを崩さずにこくりと頷《うなず》く。


「じゃあ、朔《さく》が私になんて言ってくれたかは、覚えてる？」

「え…………？」

なんて言ってくれたか？

べつに謙遜《けんそん》してるわけでもなんでもなく、特別なことを言った記憶なんてない。

ただ優空《ゆあ》を含めた三人でやりとりを交わしたあと、いきなり泣き出したことだけが強く印象に残っている。

俺の反応を見た夕湖の笑みが、哀しげに曇った。

それを見て、きゅうっと胸が締めつけられる。

夕湖に、こんな顔をさせたくはないのに。

「そっか、そうだよねぇ。でも……」

すうっと息を吸い込み、もう一度ふありと笑みを浮かべて、

「――あのとき、私は朔に恋をしたの」

もう後戻りのできない言葉を口にした。

――ツッツ。

気持ちを伝えられたことは数え切れないほどある。

だけど、こんなふうにきっかけを聞いたのは初めてだ。

そんなに、早くから、だったのか。

入学してほんの数日、仲よくなりはじめたきっかけが、そのまま恋のきっかけだったのか。

まるで…………。

頭のなかをぐちゃぐちゃにかき回されて、息が浅くなる。

昔から近づいてくるのは、勝手に幻想を抱いて、勝手に幻滅して離れていく女の子ばかり。

べつにそれでいいと、そういうものだと思ってた。

だからまた始まったって。

今度は何週間で手のひら返すんだろうって。

なのに夕湖《ゆうこ》は、俺がどれだけ雑に扱ってみたって、しょうもない軽口ばかり叩《たた》いてたって、ちゃらちゃらして信用ならない男ぶってみたって。

……何度、それを繰り返してみたって。


『朔《さく》がいるんだから最終的には絶対解決するでしょ』

『朔はどんなことがあったって最後の最後まで見捨てたりしないよ』

『本当の優しさって、本人にだけは見えないようになってるんだよ』
『私のヒーローだもん』

なんの迷いもなく言いきってみせる。
それが温かくて、うれしくて、くすぐったくて、だけど本当はずっと怖かったんだ。

……どうして。

どうして好かれているんだろう。
どうして信じてくれるんだろう。
どうしてヒーロー扱いするんだろう。
どうしてそんなに美化するんだろう。

いま、なおさらにその想いは強くなる。
だって、

——俺はなにひとつしていない、まるでひと目惚れの恋なのに。

静かに、思い出をなぞるように、夕湖《ゆうこ》が続けた。

「あれからずっと朔《さく》のことを見てきた。
隣にいることを、許してくれたから。
尻尾振ってすり寄る私を、面倒そうに撫《な》でてくれたから。
名前を呼ぶだけでうれしかった。
名前を呼ばれたらもっとうれしくなった。
褒《ほ》められたら幸せだった。
叱《しか》られたらもっと幸せになった。
朔のことを考えながら眠って、朝起きたら一番に朔の笑顔を思い浮かべた。
手が触れたらドキドキして、近くで匂いをかいだらクラクラしちゃう」

そんなの、そんなのは——。
俺だっておんなじに決まってるだろ。
毎朝、教室で夕湖を見るとなんだかほっとした。

どれだけの他人に嫌われたって、その笑顔だけは消えない気がしたから。

寄り道して、公園で話す時間が好きだった。

そこには、なんの打算もなかったから。

ショッピングの試着でいちいち感想を聞かれるのも、本当は嫌いじゃなかった。

もっといろんな夕湖を、見せてほしいと思ってたから。

見透かしたようにかかってくる電話で、ときどき訪れる寂しい夜を何度もやりすごせた。

ありがとう、って思ってた。


しんしんと、夕湖の声が響く。


「本当はね、こんなんでいいのかって、ちょっと不安だったの。

だけど、自分の気持ちと向き合ってみたら、答えなんて最初から持ってた。

あの日芽生えた気持ちは、どんどんどんどん膨れ上がって、いつのまにか両手じゃ抱えきれないぐらい大きな花束になったから……。

やっぱり、胸張って言えるんだ」


お願いだ、頼むから。

待って、待ってよ夕湖《ゆうこ》。
俺も、ちゃんと向き合おうって決めたんだ。
この旅行が終わったら、家に帰ったら、夏休みはまだ残ってるって。
置いていかないでくれ。
先にひとりで答えを出さないでくれ。
もう少し、あとほんの少しだけ――。

ああ、どうしてそんなふうに。
なにがあっても揺るがないって、無邪気に真《ま》っ直《す》ぐな瞳《ひとみ》を、

「ねえ、私の恋はなにひとつ間違ってなかったよ」

俺に、向けてくれるんだ。

だからね、と夕湖が言った。
大きく息を吸って、吐く。

夕湖の声が好きだった。

めいっぱい膨らませたジェット風船みたいにぴーっと明るく賑《にぎ》やかで、軽やかで、カラフルで、スキップするように上がったり下がったりころころと調子を変える。

いつもいつだって、夕湖のおはよーが朝の始まりだった。

朔《さく》ーって遠くから呼ばれるたびに、やれやれって呆《あき》れながらも口許《くちもと》を緩めてた。

野球を辞めてへこんでたときも、毎日毎日、元気をお裾《すそ》分《わ》けしてもらってるみたいだった。

だけど嫌だよ聞きたくない。

頼むから、お願いだから、いまだけは、それ以上——。

そうしてまるで最後の花火みたいに、あの大きな錦冠菊《にしきかむろぎく》みたいに、

「朔のことが好き、大好きです。

私を、あなたのトクベツにしてください」

満面の笑みを咲かせた。

窓から射し込む夕陽が、黒板にきれいな三角形を描いている。

なにかを言いかけた陽《はる》が唇を噛《か》みしめ下を向き、必死に堪《こら》えるように拳《こぶし》を握りしめている。

「待っ――――」

聞いた、聞いてしまった。

夕湖《ゆうこ》の気持ちを、言葉を、受けとってしまった。

……答えを、出さなきゃいけない。

ズグンッと、鈍い痛みが胸の真ん中を貫く。

ぎりぎりぎりぎりと、心臓を鷲摑《わしづか》みにされているようでうまく呼吸ができない。

ネクタイを引きちぎるように緩める。

心が、切り裂かれるように痛くて、まとわりつくように切なくて、哀しくて、苦しくて、恐くて怖くて、どうにかなってしまいそうだ。

『そう言ってくれる千歳《ちとせ》くんがそばにいてくれると、私的には安心するんだけどなー』

『いられるだけはいますよ』

夕湖は、このことを琴音《ことね》さんに相談したんだろうか。

それを聞いたあの人は、笑って夕湖の背中を押したんだろうか。

俺の返答次第で、琴音さんは大切に育ててきた娘を想って、安易に送り出した自分を悔やんで、哀しみに暮れるんだろうか。

自分も溶け込んでいたいとまで思った幸せな風景を、奪うのは俺か？

仲間たちの顔を見る。

『ふたりで、見たかったの』

七瀬《ななせ》は唇をぎゅっと固く結びながら目を背《そむ》けていた。

『──気にしてほしいッッッ!!!!!!』

陽は不安でいまにも泣き出しそうな顔をこちらに向けている。

『じゃあ、今度またちゃんと浴衣《ゆかた》着てお祭り行こう？』

優空《ゆあ》はただ静かに、俺と夕湖を見守っていた。

『──来てよかったっ』

ここにはいない、明日姉《あすねえ》の笑顔が浮かぶ。

『──たとえば誰かに恋人ができたりしたら、来年はこんなふうに集まれないかもね』

和希《かずき》は感情のない瞳《ひとみ》で窓の外を眺め、

『まあ、わからなくもねえよ』

海人《かいと》はどこか期待に満ちた表情でへっと笑っている。

そうして途惑う健太《けんた》の顔を見て、ふと思いだす。

──背負える荷物には、重量制限がある。出会う人みんなを背中に乗せていたら、いつの日か一番最初に乗っけた大切なものが転がり落ちてしまうかもしれない。

わかっていた、気づいてた、そんなことはとっくに。

これは全部、自分自身が招いたことだ。

ばくん、ばくんと、鼓動の音が喧《やかま》しい。

いっそ止まってしまえばいいのに。

何度も口を開きかけて、また嚙《か》みしめる。

がくがく震えてすぐにでもドアのほうへと駆け出しそうな足をこの場に引き止めようと、ブレザーの裾《すそ》を千切れんばかりに握りしめた。

嫌だ、嫌だ、嫌だ。

はいともいいえとも答えたくない。

すべてが変わってしまう、すべてが終わってしまう。

来年の花火も、合宿も、この夏休みもこれから先の日々も真っ白に――。

『あのね？　ひとつだけお願いがあるの』

夕湖《ゆうこ》が言った。

『――朔《さく》には、いつだって私が大好きになった朔のまんまでいてほしいな』

りん、とすべての音が聞こえなくなる。

いつかの夕湖の声だけが、頭のなかをぐるぐると巡っていた。

ああ、本当に。
いつだって、そんなふうに俺の背中を押すんだな。
なにが正解かはわからない。
どんな千歳朔《ヒーロー》として見られていたのかなんて、知るよしもない。
ただ、いっしょに過ごしてきた日々のように。
きっと、これが夕湖《ゆうこ》の好きになってくれた俺で在るようにと信じて。
正直に、伝えよう。
嘘偽《うそ》りなく、自分の気持《こころ》ちを。
俺は真《ま》っ直《す》ぐに夕湖を見つめ返した。

どこまでも純粋に澄んでいて、誰とでも分け隔てなく向き合うまなざしが、好き。
楽しそうに新しいアレンジを見せびらかしてくる長い髪が、好き。
いっつも丁寧に手入れされたきれいな爪《つめ》が、好き。
くるくると変わる声が、表情が、好き。
元気をふりまく笑顔が、好き。
大きいおっぱいも、大好き。

だから俺は、そういう想いを全部乗っけて――――、

「わりぃ、夕湖の気持ちには応えられない。
俺の心のなかには、他の女の子がいる」

精一杯、ありったけで、くしゃっと笑ってみせた。

だって、目の前にいるのは。

いつまでもこのままでいられたらいい。
そう願っていた、友達《ひと》だから。

短い沈黙のあとに、夕湖がにぱっと笑う。
「だよねー！」
頭の後ろに手を当てて、たははと明るい声で続ける。

「覚悟はしてたけど駄目かー。朔《さく》は勢いに流されて誰かを選んだりしないもんね。そろそろ本当の正妻になりたかったのに。あーあ、明日からまた好きになれる男の子探さなくっちゃ」

なんでもない顔で自分の荷物を持ち、前方のドアに向かって歩き始める。

「残念無念、まったあっしたー♪」

まるで、ふんふんと鼻唄《うた》を歌うように。

るんるんと、買い物に出かけるように。

やがてドアの前に差し掛かったところで、その足がぴたりと止まる。

どすっと、ボストンバッグが床を叩《たた》いた。

小さな肩が小刻みに震え、両方の拳《こぶし》は固く握りしめられている。


「……でも、やっぱり」

そうして振り返った夕湖《ゆうこ》は、

「朔じゃなきゃ、やだなぁ」

口許《くちもと》だけで必死に笑おうとしながら、ぐちゃぐちゃに顔を歪《ゆが》ませ泣いていた。

——ゴヅンッ。


まず鈍い音が頭に響き、気づいたら俺は机をなぎ倒しながら床に転がっていた。

目の前にぱらぱらと消しかすが散らばっていて、倒れた椅子《いす》の脚には埃《ほこり》の塊がついている。

何秒か遅れて、左の頰《ほお》が真っ赤に焼けた。

「てめぇ、朔《さく》ッ!!」

その叫び声で、ああそうか、ごめんな、と思う。

横倒しになっていた俺の肩を摑《つか》んで無理矢理仰向《あおむ》けにし、そこにまたがった海人《かいと》が胸ぐらを摑み上げてきた。

「なんだよそれなんなんだよ。ずっとお前のそばにいたのは夕湖《ゆうこ》だろ！」

あったかい言葉の雨が痛くて、目の前の親友から目を逸《そ》らす。

「こっち見ろよてめぇッ！」

ガゴンと背中を床に打ち付けられた。

「海人ッ」

七瀬《ななせ》と陽《はる》が叫ぶ。

「るっせぇよッ!!」

目にうっすらと涙を浮かべながら、海人がすがるようにもう一度こちらを見た。

「朔、あれだろ？　いつもの軽口ってやつだろ？　俺も反射的にかっとなって悪かった。でもさ、いくらなんでも滑ってるぜ、いまのはよぉ」

その震える声に、俺は黙って首を横に振る。

「なあ、嘘《うそ》だよな？　嘘って言ってくれよ。なんでだよ、お前が夕湖を幸せにしてやんなくてどうすんだよ。ほら、いつもみたいに『ったく、脳みそまで筋肉ついてるやつには俺のジョークが伝わらない』ってさ、言えよ。続きがあるんだろ？　お前のことだからちゃんとハッピーエンド用意してんだろ？　そしたら俺も、『ひどくないっ?!』ってリアクションすっからさ。殴ったこと、何度でも謝るから。８番で好きなもん頼んでいいからさぁ……」

「……わるい、海人」

「っざけんなよおおおおおおおッ!!」

身体《からだ》を引き起こされ、もう一度ダンッと床に打ちつけられる。

「おい、男の約束ってのはそんなに薄っぺらいのかよ。言ったよな？　頼んだよな？　さっきのへらへらした返事がその答えか!?　俺とお前は親友《だち》じゃねえのかよッッッ!!」

「……わるい」

「適当に謝っててんじゃねえッ!!」

海人の絶叫が胸の奥を切り裂く。

「せめて考えろよ、家に帰って眠れなくなるぐらい悩めよ。お前にとっての夕湖《ゆうこ》は十秒で突き放せるような存在だったってのかよ。あっさり他の女を選べんのかよ、なぁッ!!」

ぎりぎりと俺のシャツを締め上げながら、

「俺は、てめぇだから、朔《さく》だからッ！　任せられるって思ったんだよ。仕方ねえって思ったんだよ。絶対に幸せにしてくれるからって信じたんだよ。夕湖に一番の幸せをあげられるのは俺じゃねえって――ッ」

もう一度振り上げられた拳《こぶし》に黙って目を閉じようとしたところで、それを和希《かずき》が摑《つか》んだ。

「離せッ、こいつは、こいつはぁっ！　夕湖の気持ちを知りながら、まんざらでもない態度とりながら、その傍らでこそこそ他の女にも」

「――やめてえええええッ!!」

海人《かいと》の言葉を遮《さえぎ》ったのは、夕湖の、叫び声だった。

腕で強引に涙を拭《ぬぐ》い、

「……海人、それは違うよ。

好きな人にしか優しくしちゃいけないなら、友達なんてできないじゃん。

私も、うっちーも、悠月《ゆづき》も陽《はる》も、朔のその優しさに救われたんだよ？

断られちゃったのは、私が朔に好かれるだけの女の子になれなかったって話じゃん。

少なくとも、優しくしてくれた朔が悪いなんて私は思わない」


どこまでも、どこまでもやさしく微笑《ほほえ》んだ。

――ツッツ。


俺と海人が、ほとんど同時に息を呑《の》む。

それを見ていた和希が、摑んでいた手を離す。

「ま、そういうこと」

いつものスカした顔で俺を見下ろしながら、

「だからって朔をかばおうって気にもなれないけどね。いずれこうなることぐらい、最初から
わかりきってたことでしょ」

乾いた声で言った。

どさっと、放心したように海人《かいと》が俺の身体《からだ》から下りる。

俺は、ブレザーを払いながら立ち上がり、転がっていた自分のバッグを拾った。

夕湖《ゆうこ》とは反対のドアに向かって歩き出す。

誰ひとり、動こうとも、口を開こうともしない。

そうしてドアをくぐる前に振り返り、

「ばいばいみんな、また二学期にな」

にっと、笑ってみせた。

*

——早く、家に、帰ろう。

学校を飛び出し、大通りから外れた公園でしばらく放心しながらうずくまっていた俺は、ようやく水道で顔を洗い、ぐちゃぐちゃに乱れた制服を整え、自分のものとは信じられないほど重い身体を引きずるように歩きはじめる。

海人に殴られた頰《ほお》は鏡で見たら真っ赤に染まっていて、唇の端からは血が垂れていた。

ずぐんずぐん、ずぐんずぐんと、心臓の鼓動に合わせるように鈍い痛みが続く。

お前のせいだ、お前のせいだ、と繰り返し耳元でささやかれているようだ。

そんなこと、言われなくてもわかってる。

右、左、右、左。

ただただ、機械的に足を出す。

これが悪い夢ならいい。

現実ではバスの中で夕湖が俺の肩を揺さぶっていて、目が覚めたら旅の締めにみんなで8番。

四日間の疲れがいっきに押し寄せてきて、もう腹ぺこだ。

ホテルの上等なビュッフェも少しばかり食傷気味。

今日は唐麺二玉のネギ増しに餃子《ギョーザ》のダブル、なんなら炒飯《チャーハン》もいっとくか。

どうせ半分ぐらいは海人と陽《はる》に持ってかれるんだろうけど。

優空《ゆあ》が行儀の悪いふたりを叱《しか》り、七瀬《ななせ》と和希《かずき》は呆《あき》れたようにそれを見ている。

そして夕湖が…………。

なんて、な。

そんな日々は、もう来ない。

たったいま、終わったところだ。

どれだけ上手に積み直そうとしたって、二度と同じ景色は見られない。

ずり、ずり、ずり、とスタンスミスが泣く。

ところどころの縫い目には、まだ名残惜《なごり》しそうな海の砂が詰まっている。

さり、ざり、ざり、とつま先を地面にぶつけても、そう簡単には消えてくれそうもない。

ああ、上履き持って帰るのを忘れたな。

このまま夏休みが終わるまでぽつんと置き去りだなんて、悪いことをした。

いつもの河川敷を、いつもより塞《ふさ》ぎ込んで歩く。

ふと、あの人の顔が思い浮かぶ。

いつもここで、話を聞いてくれたあの人が。

——ガヅッ。

考えた瞬間、海人《かいと》に殴られたほうの頬《ほお》を自分で殴っていた。

この期に及んで、なんてさもしい。

お前は最後まで夕湖《ゆうこ》の信じた千歳朔《ちとせさく》でいようと決めたんだろ。

だったら、せめてその矜持《きょうじ》ぐらいは守ってみせろ。

傷つけたやつが傷ついたような面《つら》してんじゃねえよ。

そうして前を向こうとしたところで、

「——よかった、まだいたんだね」

ふありと、やわらかな声が響いた。

え……？

ゆっくり、顔を上げると、

「朔くん、いっしょに帰ろっか」

夕暮れを背負いながら、優空《ゆあ》が黄色いたんぽぽみたいに微笑《ほほえ》んでいた。

「なん、で……」

ほんの少し身支度は整えたりはしたけど、それからすぐに学校を出た。

いまここにいるってことは、俺が教室を出たあと、他のみんなを、夕湖を顧みずに追いかけてきたのでもなければ帳尻《ちょうじり》が合わない。

よく見れば、肩や胸が小さく上下しており、まるでそれを気取らせまいとするように、薄く開いた唇から短い呼吸をゆっくり繰り返している。

それでも優空《ゆあ》は静かに言った。

「夕湖《ゆうこ》ちゃんが好き、悠月《ゆづき》ちゃんが好き、陽《はる》ちゃんが好き。水篠《みずしの》くんも浅野《あさの》くんも山崎《やまざき》くんも、みんなで過ごす時間が大好き」

だけど、と一歩前に出る。

「もしもいつかなにかを選ばなきゃいけなくなったときは。

自分にとっての一番を選ぶって、ずっと前から決めてたの」

穏やかに、言葉が続く。

「私を見つけてくれた朔《さく》くんの心にいるのが、夕湖ちゃんでも、悠月ちゃんでも、西野《にしの》先輩でも、陽ちゃんでもいいと思ってた……」

そっと目を伏せ、もう一度俺を見る。

「だけど、もしもあなたがひとりぼっちでうつむいているのなら。

あのときの私みたいに、声を押し殺して震えているのなら。

……月の見えない夜に、迷い込んでいるのなら」

どこまでもやさしい声色で、

「――そのときは、誰よりも朔くんの隣にいるから」

強く、俺の手を握りしめた。

来て、と優空が歩き出す。

護岸の真ん中に設けられた人ひとり分の細い道まで下り、言われるがままに水門の近くへと腰かけた。

「部室まで取りに行ってたから、ぎりぎりだったよ」

いつの間にか担いでいたケースからサックスを取り出した優空が、俺の前に立ち、

「優空、その……」

「大丈夫だいじょうぶ」

くるりと背中を向けた。

「ちょっとうるさく《練習》するけど、ごめんね？」

華奢《きゃしゃ》な肩がすうっと上がり、ろるう、とアルトサックスのメロウな音色が響く。

黄昏《たそがれ》の河川敷に、たそがれる誰かの心に。

泣き笑いのような夕陽が、名残《なごり》惜しそうに沈んでいく。

ぶちぶちと千切れた雲の浮かんだ空が、さめざめと通り過ぎていく水面が、またねのつかないばいばいでそれを見送っている。

まるで最後の灯火《ともしび》みたいに、あたりが真っ赤に染まった。

「――ッッッ」

ダンッ、と半歩踏み出し、前かがみになった優空《ゆあ》が力強い音を出す。

「っ、ぁあ、うぐッ……」

湿った空気を切り裂くように、弱虫の嗚咽《おえつ》をかき消すように、演奏が激しくなっていく。

俺は両腕に顔を埋めて、まるで小さな子どもみたいに、いつまでも泣きじゃくっていた。

あとがき

お久しぶりです、裕夢《ひろむ》です。

今回はけっこう長いことお待たせしてしまってごめんなさい。

あれです、なんというか、不測の事態ってやつに見舞われておりまして……。

そう、「このライトノベルがすごい！2021」において、『千歳《ちとせ》くんはラムネ瓶《びん》のなか』が総合1位をいただきました!!!!!!

僕も担当編集の岩浅《いわあさ》さんも本当に寝耳に水という感じで、ご連絡をいただいてから発表までのあいだにインタビューを受けたり新PVやグッズを制作したりと毎日ばたばた走り回っていたせいで、とてもじゃないけど原稿に手を着けられるような状況ではなかった……ユルシテ。

結果を聞いたときの気持ちや作品に対する想いなんかはこのラノのインタビューでがっつり語っていますので、ここでは割愛します。ぜひ購入して読んでみてください！

これまでは発売日にも一冊棚差しだった近所の書店でチラムネが全巻山のように平積みされてるのを見たときはちょっと泣いた（笑）。

それから今回はシリーズ初となる特装版が出ました！

存在を知らなかった方が追加で買ってくれたらいいなという下心から少しだけ説明すると、

特装版はraemz《レームズ》さん描き下ろしの「悠月《ゆづき》×陽《はる》」カバーで、130ページにおよぶSS（ショートストーリー）冊子が付いてきます。このSSというのは新刊発売時にアニメイトさんやとらのあなさんなどのお店で購入された方への特典として書きためてきたもので、ひとつひとつは短いお話ですが、本編では触れられなかった舞台裏などを描いています。たとえば三巻で明日《あ》《す》姉《ねえ》と東京から戻ってきた朔《さく》をじつは悠月が待っていて……みたいな感じですね。

加えて、一年生の頃の悠月×陽を描いた新規書き下ろし掌編も収録してますよ！

今回は本編の余韻を壊さないよう、おふざけ少なめでこのまま謝辞に移ります。

raemzさん、カバーを見たときは本気で震えました。メロンブックスさんの有償特典タペストリー用のイラストも震えました。特装版の陽×悠月も震えたし優空《ゆあ》も当然震えました。もうアル中ならぬレム中です。早くまた新しいイラストを描いてもらえるよう頑張ります。

岩浅さんは絵本『がまくんとかえるくん』の企画展で、編集者は「I love this」を伝えて作家のモチベーションを上げるという術を学んだそうですが、さっそく実践してたのさすがです。次からはあとがき用に「ネタなので傷つかないでください」と注意書きをしたうえで心のない赤字を用意してくれたらもっとえらいと思います。なお晒《さら》す際、ネタであることは隠します。

そのほか、宣伝、校閲《こうえつ》など、チラムネに関わってくださったすべての方々、なによりこのラノ1位という最高の結果を届けてくださった読者のみなさまに心から感謝を。五巻のこの引きでまた長く待たせたら暴動が起きそうなので次はもう少し早く……出せるといいね？

裕夢

クス
続々
展開中!!
ドラマCD
ガガガショップオンラインにて、
好評販売中!!
ドラマCD「王様とバースデー」
原作・脚本／裕夢 ジャケットイラスト／raemz
CAST
千歳朔……… CV. 馬場惇平
柊夕湖……… CV. 阿澄佳奈
内田優空…… CV. 上田麗奈
青海陽……… CV. 赤﨑千夏
七瀬悠月…… CV. 天海由梨奈
西野明日風……CV. 奥野香耶
山崎健太………CV. 宮田幸季
水篠和希………CV. 西山宏太朗
浅野海人………CV. 木村隼人
岩波蔵之介……CV. 酒巻光宏

メディアミックス
コミカライズ
千歳くんはラムネ瓶のなか
コミックス1～2巻、好評発売中!!
マンガUP!!にて、好評連載中!!
(スクウェア・エニックス)
漫画／ボブキャ 原作／裕夢
キャラクター原案／raemz

GAGAGA

ガガガ文庫

千歳くんはラムネ瓶のなか5

裕夢

発行　2021年4月25日　初版第1刷発行

発行人　鳥光 裕

編集人　星野博規

編集　岩浅健太郎

発行所　株式会社小学館
〒101-8001 東京都千代田区一ツ橋2-3-1
[編集] 03-3230-9343　[販売] 03-5281-3556

カバー印刷　株式会社美松堂

印刷・製本　図書印刷株式会社

Printed in Japan　ISBN978-4-09-451899-3

第16回小学館ライトノベル大賞
応募要項!!!!!!!!!!!!!!!!!!!!!!!!!!!!!!!

ゲスト審査員は磯 光雄氏!!!!!!!!!!!!!!

大賞：200万円＆デビュー確約
ガガガ賞：100万円＆デビュー確約
優秀賞：50万円＆デビュー確約
審査員特別賞：50万円＆デビュー確約

第一次審査通過者全員に、評価シート＆寸評をお送りします

内容 ビジュアルが付くことを意識した、エンターテインメント小説であること。ファンタジー、ミステリー、恋愛、ＳＦなどジャンルは不問。商業的に未発表作品であること。
（同人誌や営利目的でない個人のWEB上での作品掲載は可。その場合は同人誌名またはサイト名を明記のこと）

選考 ガガガ文庫編集部＋ゲスト審査員 磯 光雄

資格 プロ・アマ・年齢不問

原稿枚数 ワープロ原稿の規定書式【１枚に42字×34行、縦書きで印刷のこと】で、70～150枚。
※手書き原稿での応募は不可。

応募方法 次の3点を番号順に重ね合わせ、右上をクリップ等（※紐は不可）で綴じて送ってください。
① 作品タイトル、原稿枚数、郵便番号、住所、氏名（本名、ペンネーム使用の場合はペンネームも併記）、年齢、略歴、電話番号の順に明記した紙
② 800字以内であらすじ
③ 応募作品（必ずページ順に番号をふること）

応募先 〒101-8001 東京都千代田区一ツ橋 2-3-1
小学館　第四コミック局　ライトノベル大賞係

Webでの応募　GAGAGA WIREの小学館ライトノベル大賞ページから専用の作品投稿フォームにアクセス、必要情報を入力の上、ご応募ください。
※データ形式は、テキスト（txt）、ワード（doc、docx）のみとなります。
※Webと郵送で同一作品の応募はしないようにしてください。
※同一回の応募において、改稿版を含め同じ作品は一度しか投稿できません。よく推敲の上、アップロードください。

締め切り 2021年9月末日（当日消印有効）
※Web投稿は日付変更までにアップロード完了。

発表 2022年3月刊『ガ報』、及びガガガ文庫公式WEBサイトGAGAGAWIREにて

注意 ○応募作品は返却致しません。○選考に関するお問い合わせには応じられません。○二重投稿作品はいっさい受け付けません。○受賞作品の出版権及び映像化、コミック化、ゲーム化などの二次使用権はすべて小学館に帰属します。別途、規定の印税をお支払いいたします。○応募された方の個人情報は、本大賞以外の目的に利用することはありません。○事故防止の観点から、追跡サービス等が可能な配送方法を利用されることをおすすめします。○作品を複数応募する場合は、一作品ごとに別々の封筒に入れてご応募ください。